HUNGER
A MEMOIR OF (MY) BODY

飢える私
ままならない心と体

ROXANE GAY

ロクサーヌ・ゲイ　野中モモ＝訳

AKISHOBO

飢える私

ままならない心と体

もくじ

あなたへ
私がもう必要としないものをあきらかにし、
私のあたたかさへと至る道を見つける、　私の陽の光

I

1

ひとりひとりの体にそれぞれの物語と歴史がある。ここに差し出すのは私のもの。私の体と私の飢えについての回顧録《メモワール》。

2

私の体の物語は勝利の物語ではない。これは減量体験記ではない。ここに痩せた私の写真があらわれることはないだろう。この本の表紙で大々的に褒《ほ》め称えられるほっそりした私、かつての太っていた自分のジーンズの片足の中に立つ私の姿はない。これはやる気を与える本にはならない。私には、ままならない体とままならない食欲に打ち克《か》つために必要なものについての自信に満ちた見識なんてまったくない。私の物語はサクセスストーリーではない。私の物語は、ただただ、本当の話。

私はそれはもう強く思っている。輝かしい減量と、どうやって自分の中の悪魔とうまく折り合いをつけながら生きることができるようになったのかについての本を書ければよかったのに、と。どんなサイズであろうと、自分自身をまるごと愛し、穏やかでいることについての本を書ければよかったのにと思っている。だがその代わりに私はこの本を書き、それはこれまでの人生で最も難しく、想像をはるかに超える苦しい執筆体験だった。書きはじめたとき、いつものように言葉はすぐに出てくるだろうと思っていた。だって、自分自身が四〇年以上にわたってその中で生きてきた体について書くことほど簡単なことなんてあるだろうか？　しかし私は、自分がただ自分の体のメモワールを書いているだけではないのだとすぐに気づいた。私はこれまで私の体が耐えてきたもの、私が増やしてきた体重、その体重と共に生きることとそれを減らすことの両方がいかに難しかったかを自分自身に見つめさせていたのだ。私は自分の最も罪深い秘密を見つめざるを得なかった。私は自分自身を切り裂いた。私は剝き出しになった。気持ちのよいものではない。それは容易なことではない。

あなたに勝利の物語を語れるような強さと意志の力が自分にあればよかったのにと思う。私はそういう強さと意志の力を探し求めている。私は自分の体以上のものになろうと決意している――私の体が耐えてきたもの、私の体がなってきたもの以上の存在に。しかし、まだそれほど成果は出ていない。

この本を書くことはひとつの告白だ。これらは私の最も醜く、最も弱く、最も裸の部分。これが私の真実。これは（私の）体のメモワール、なぜなら、たいてい、私のような体の物語は無視され、退けられ、嘲笑されているから。人々は私のような体を見て推測する。彼らは私の体がこうである理由を自分たちが知っていると考える。彼らは知らない。これは勝利の物語ではない。しかし語られることを求めており、耳を傾けられて然るべき物語だ。

これは私の体について、私の飢えについての本であり、究極的には、消えることと道に迷うことと強く求めること、目を向けられ理解されたいと求めることについての本である。この本は、どんなにゆっくりとであろうとも、誰かに目を向けられ理解されることを自分自身に許せるようになることについての本である。

3

私の体の物語を語るにあたって、自分が最大で何キロあったかをあなたに伝えようか？ その数字を、常に私を苦しめてきた恥ずべき真実をあなたに伝えようか？ 私の体の真実を恥ずべきことと思ってはいけないと自分でわかっているとあなたに伝えようか？ それともただ真実を伝え、息を止めてあなたの審判を待とうか？

私は最大の時点で身長六フィート三インチ〔訳註（次以降略）・およそ一九一センチ〕、体重五七七ポンド〔およそ二六二キロ〕だった。とても信じられない、びっくり仰天の数字だけれど、ある時点ではそれが私の体の真実だったのだ。私はこの数字をフロリダ州ウエストンのクリーヴランド・クリニックで知った。自分が一体どうやってこんなに諸々を制御不可能にさせておいたのか、私にはわからないけれど、わかる。

父に付き添われてクリーヴランド・クリニックに行った。私は二〇代後半だった。七月だった。外は蒸し暑く緑が生い茂っていた。クリニックでは、空気は冷たく無菌状態だった。すべてがつややか、高価な木材、大理石。私は「これが私の夏休みなのか」と思った。

他に七人の人たちが会議室にいた――胃バイパス手術の説明会だ。太った男性ふたり、やや太りすぎの女性と彼女の痩せた夫、白衣のふたり、もうひとり大きな女性。私は周囲を探るうちに、太った人々が他の太った人々にしがちなことをした――自分自身と彼らのサイズを比較するのだ。私は五人より大きく、ふたりより小さかった。少なくとも、自分にそう言い聞かせた。二七〇〇ドルを費やして、ほぼ一日中、体重を減らすために私の内臓を劇的に変形させるとどんなに良いことがあるのかを聞いて過ごした。それは「肥満を治療する唯一効果的な方法」だと医者は言った。彼らは医者である。彼らは私にとって何が最善であるのかを知っているはず。私は彼らを信じたかった。

精神科医は集まった私たちに、この手術を受けるにあたっての心がまえ、私たちの胃が親指サイズになった際どのように食べものとつきあうか、「普通の人々」（これは彼の言葉、私のではない）がこれまで私たちを太った人々として捉えてきたがゆえにしばしば私たちの減量を妨害しようとするのをどう受け入れるかについて語った。私たちは自分たちの体が残りの人生ずっと栄養の吸収を制限されるようになること、私たちが三〇分以上かけて食べたり飲んだりしなければいけなくなることを学んだ。私たちの髪は薄くなり、ひょっとしたら抜け落ちてしまうかもしれない。私たちの体はダンピング症候群を生じさせがちになるかもしれない。意味を摑むのにそれほど想像力を必要としない名前の疾患だ。そしてもちろん、手術に際しての危険性もある。私たちは手術台の上で死ぬかもしれないし、術後の感染症に倒れるかもしれない。

それは「いいニュースと悪いニュースがある」のシナリオだった。悪いニュース：私たちの体と生活は元と同じようにはいかない（手術で死ななかったとしても）。いいニュース：私たちは痩せる。私たちは最初の一年で余分な体重の七五パーセントを失うだろう。私たちはほぼ普通になる。

医師たちの提案はすごく誘惑的で、すごく魅惑的だった。少なくともこの医療の権威によれば、何時間か眠りに落ちれば、目覚めて一年以内に、私たちの問題のほとんどは解決されるというのだ。それは、もちろん、私たちの体こそが己の最大の問題であると私たちが自分をごまかし続けることができればの話だ。

プレゼンのあと質疑応答があった。私には質問も答えもなかったが、しかし私の右側の女性、太りすぎといっても四〇ポンド〔およそ一八キロ〕程度しか余分じゃないからどう見てもここにいる必要のない女性が場を支配し、私の胸を痛ませる細かい個人的な質問を重ねた。彼女が医師たちに質問するたびに、隣に座った彼女の夫はにやにや笑っていた。なぜ彼女がここにいるのかはっきりした。それはすべて彼と、彼が彼女の体をどう見ているかの問題なのだ。「こんな悲しいことってあるか」と私は思った。なぜ自分が同じ部屋に座っているのかは考えないことにして。私自身の人生においても、それはたくさんの人々が私という人間を見たり考えたりする前に、まず私の体を見てきたということには目をつぶって。

同じ日、医師たちは手術のビデオを見せた――なめらかな体内の空洞に入り込んだカメラと外科手術器具が、人体の必要不可欠な部位を切り裂き、押し、ふさぎ、除去している。内側は蒸気で曇った赤とピンクと黄色だった。グロテスクでぞっとした。父は私の左側でこの残酷な映像に血の気を失い、あきらかに震えていた。彼は静かに尋ねた。「どう思う？」。私は答えた。「完全に見世物小屋《フリーク・ショウ》」。彼はうなずいた。数年ぶりに意見が一致した。そしてビデオが終わり、医師はほほえんで、手術はごく短い時間で済み、腹腔鏡で行われると陽気な声で述べた。彼は、これまで三〇〇〇回以上の手術で執刀し、ひとりを亡くしたと私たちに言い渡した――八五〇ポンド〔およそ三八六キロ〕の男性、と彼は言い、その声は小さく申し訳なさそうな囁《ささや》きになった。まるでその男性の体の恥は、彼の普段の大きな声ではとても言えないことだとでもいうように。それから、その医師は私たちに幸福の値段を告げた――二万五〇〇〇ドル、マイナスこの説明会の参加費二七〇ドル。手術が行われた際にはこれが内金扱いになるのだ。

この苦行が終わる前に、診察室で医師との一対一の面談があった。医師がやってくる前に、彼の助手であるインターンが私についての必要情報を調べにきた。私は身長体重を測られ、静かに評価を下された。インターンは私の心臓の鼓動を聞き、扁桃腺に触れ、追加で何か書き込んだ。三〇分経ってようやく医師が颯爽と登場した。彼は私を上から下まで眺めた。彼は私のカルテにすばやく目を通した。「うん、うん」、彼は言った。「きみは完璧にこの手術を受けるべき患者だよ。すぐに予約を取るから」。そして彼は行ってしまった。インターンは私に必要とされる予備検査のための処方箋を書き、私は説明を受けたことを証明する書類を手にそこを去った。彼らがこれを毎日やっているのはあきらかだった。私は珍しい存在ではなかった。私は特別ではなかった。私は治療の必要なひとつの体であり、こういう人体で生きている人たちは、私を含めてこの世界にたくさんいたのだ。

設備の整ったロビーで待っていた父は、私の肩に手を置いた。「ここはおまえにはまだ早いよ」と彼は言った。「あと少しの自己管理。日に二度の運動。おまえに必要なのはそれだけだ」。私も賛成し、力を込めてうなずいたが、あとになってベッドルームでひとり、受け取ったパンフレットを熟読し、術前／術後の写真から目をそらすことができなくなった。私は望んだし、いまでもまだ、「後」を強く望んでいる。

そして私は体を計測され評価された結果を覚えている。あの計り知れない数字、五七七ポンド。私は自分の人生における恥を知っていたつもりだったが、しかしあの夜、本当に恥を知ったのだ。あの恥を越えて、私の体に向き合い、私の体を受け入れ、私の体を変えられる場所に向かう道を見つけることがはたしてできるのかどうか、私にはわからなかった。

4

この本、『飢える私』は、自分が数ポンドあるいは四〇ポンド〔およそ一八キロ〕程度の太りすぎというわけではない世界で生きることについての本である。これは自分が三〇〇あるいは四〇〇ポンド〔およそ一三六あるいは一八〇キロ〕太りすぎの世界に生きることについての本であり、ボディマス指数（BMI）にしたがって言えば、自分が肥満もしくは病的肥満ではないが超病的肥満である場合についての本だ。

「BMI」という用語は専門的かつ非人間的に響くから、私はいつもこの指標を無視してしまいたくてたまらなくなる。それでもやはり、これは医学界が律されていない体に規律意識を持ち込むのを認める用語であり、基準としてそこにある。

ある人のBMIはその人の体重（キログラム）を身長（メートル）の二乗で割ったものだ。数学はむずかしい。人体が耐えうる逸脱の度合いを定める指標がいくつか存在している。もしBMIが一八・五から二四・九のあいだなら、あなたは「普通」。二五以上なら、あなたは太りぎみ。三〇以上なら肥満で、四〇以上なら病的肥満、そして五〇以上なら超病的肥満。私のBMI

は五〇以上だ。

実のところ、こうした医学的指標の多くは恣意《しい》的なものだ。一九九八年、医療専門家たちが国立心臓・肺・血液研究所の監督のもとBMIの「普通」にあたる値を狭くさせ、二五より下としたことで、肥満とされるアメリカ人の数を二倍にした。彼らが普通の範囲を低くした理由のひとつは「二五のようなきりのいい数字は覚えやすいから」。

こうした用語の数々はもうそれ自体がなんだか恐ろしい。「肥満（obese）」は不愉快な言葉で、「太るまで食べた」を意味するラテン語の「オベサス」に由来している。これは文字通り、理に適《かな》っている。しかし人々は「肥満」という言葉を使う際、ちっとも文字通りの意味では使っていない。彼らは非難を差し向けている。そもそも患者を傷つけないようにするべき医師たちがこうした用語を思いついたというのは奇妙だし、おそらく悲しいことだ。修飾語「病的」は、実際そういうわけではない場合にも、太った体を死刑宣告と等しいものとする。「病的肥満」という用語は私たちのような太った人々をまるでゾンビか何かのように仕立てあげ、医療機関は私たちをそのように扱う。

何を肥満とするかの文化的な基準は、ときによって、サイズ六〔日本の九～一一号、Mに相当〕より大きく見える人だったり、あるいは男性のまなざしにあたりまえに迎合しない人だったり、あるいは太腿にセルライトができている人全員だったりする。

いま私は体重五七七ポンドではない。私は今でもすごく太っているけれど、一五〇ポンド

〔およそ六八キロ〕少なくなった。新たにダイエットを試みるたび、あちこち数ポンドずつ減らした。これはすべて比較の問題だ。私は小さくない。私は決して小さくならないだろう。第一に、私は背が高い。これは呪いであるのと同時に救いだ。私には存在感がある、と言われる。私は空間を占める。私は威圧する。私は空間を占めたくない。私は目立ちたくない。私は隠れたい。自分の体を制御できるようになるまで消えてしまいたい。

どうしてこんなに制御不能になってしまったのか私にはわからない、いやわかる。これが私の繰り返し《リフレイン》。どんどん増加するうち自分の体が制御できなくなった。私は自分の体を変えるために食べはじめた。これに関して私は意図的だった。何人かの男の子たちが私を壊し、私はなんとか生き延びた。またあんな目に遭ったらもう耐えられないとわかっていたから、私の体が近づきがたくなれば男たちを遠ざけられると思って、私は食べた。あれほど若い年齢でも私はすでに理解していた。太っていることは男にとって魅力的でなく、蔑まれすらしなくなるのだと。私は彼らの軽蔑をすでによく知っていた。これこそ大多数の女の子たちが教えられていることだ——私たちは細く小さくなければならない。私たちは空間を占めてはならない。私たちは見られ、しかし声に耳を傾けられず、そして見られるときには、男性たちにとって快く、社会に受け入れられなければならない。そしてほとんどの女性が知っている通り、私たちは消えてなくなるべきとされているけれど、しかし大声で、何度も何度も、言うべきことがあり、そうすることによって私たちは自分たちに期待されているものに身を委ねてしまうことなく、抗うことができるのだ。

5

あなたが知るべきは、私の人生がふたつに引き裂かれたということ。きれいにでは決してない。それ以前とそれ以後がある。太る前。太ったあと。レイプされる前。レイプされたあと。

6

私の人生における「前」、私はとても若く、守られていた。私はあらゆることについて何も知らなかった。自分が苦しむことができると知らなかったし、苦しみがどんなものになり得るのかを知らなかった。苦しんだとき、自分が自分の苦しみに声を与えられるということを知らなかった。自分の苦しみに対処するのにもっといい方法があるということを知らなかった。いまの私が知っていて、あの頃に知っていればよかったと思うことはいろいろあるが、とりわけ自分は両親に話して助けを求め、食べもの以外の何かに向かうことができるのだと知っていればよかったと思う。自分が暴行を受けたのは自分が悪かったからではないと知っていればよかったと思う。

私が知っていたのは食べものだったから、私は食べた。そうすれば自分はもっと大きな空間を占めることができるとわかっていたから。私はもっとどっしりと、強く、安全になれそうだった。私は理解していた。人々が太った人々をどんなふうに見つめるか、また私自身が太った人々をどんなふうに見つめるかを根拠に、体重がありすぎるのは望ましくないことだと理解していた。もし私が望ましくなかったら、さらなる痛みを遠ざけることができるだろう。少なくとも、私はさらなる痛みを遠ざけたいと願った。あの後には痛みについてよく知りすぎていたから。私は痛みについてよく知りすぎていたけれど、ひとりの女の子がどれだけ苦しむことができるのか自分が体験するまではまだ知らなかった。

しかし。これこそ私がしたこと。これが私が作りあげた体。私は肥満体——腕と太腿とおなか、茶色い肉のかたまりの集まり。そのうち脂肪は行き場がなくなって、私の体のまわりに独自の道筋を作り出した。私の巨大な太腿はたくさんのセルライトの谷間やストレッチマークに裂かれている。脂肪は私を恥ずかしがらせるのと同時に安心させる新しい体を作り出した。私は何よりも安心を必要としていたのだ。私は自分が難攻不落の要塞であるかのように感じたかった。誰にも何にも私に触らせたくなかった。

私は自分自身にこれを行なった。これは私の間違いであり私の責任。私はそう自分に言っているけれど、同時にこの体についての責任を自分ひとりで背負ってはいけないとも思う。

7

檻《おり》の中に囚《とら》われている、というのが私の体で生きる現実。この檻に関していらいらするのは、囚われていながらも求めているものがはっきりと見えるところ。檻から手を伸ばせるけれど、できるのはそこまでだ。

ありのままの自分の体でも別に問題ないふりをすれば楽なのかもしれない。自分の体を申し訳なく感じたり説明しなければならないものとして見ずに済めばよかったのにと思う。私はフェミニストで、女性たちを非現実的な理想にしたがわせようとする硬直した美の基準を捨て去るべきと信じている。私は、私たちの美の定義が、さまざまな体型を包含する、より幅広いものとなるべきだと信じている。女性たちが自分自身の体のありとあらゆる部分を変えたいと願うことなしに、その体に満足できるようになることはすごく重要だと信じている。私は、私の人間としての価値は、私のサイズや見た目にあるわけではないと信じている（信じたい）。これまで概して女性に対する悪意に満ち、女性の体を締めつけようとする文化の中で育ってきて、自分や誰かの体がどのように見えるべきかを評定する不条理な基準に抵抗することは重要だと、私は知っている。

私が知っていることと私が感じていることは別なのだ。

自分の体に満足することは美の基準だけの問題ではない。理想だけの問題ではない。日々、自分の骨と肌でどう感じているかの話なのだ。

私は自分の体に満足していない。体にまつわるほとんどすべてのことが困難だ。動くたび、私は自分がまとっている余分な重みを感じる。私にはスタミナがない。長いこと歩くとき、私の太腿とふくらはぎは痛む。私の足は痛む。私の腰は痛む。たいてい、私は何らかの肉体的な痛みを感じている。毎朝。体がすごくこわばっていて、そのまま一日ベッドで過ごすことを考える。私には圧迫神経症があるから、長いあいだ立ち続けると右脚がしびれ、感覚が戻るまでよろめいてしまうのだ。

暑いとき、私はやたら汗をかく。だいたい頭からはじまり、自意識がはたらいて、気づくとしきりに顔の汗を拭いている。汗の小川が私の胸のあいだから流れ出して、腰のくぼみに溜まる。私のシャツはしめって汗ジミが布に滲《にじ》み出てくる。汗をかいている私を見た人々が、自由気ままに発汗してその生命活動にいかに大変な労力が必要かをさらけ出す手に負えない体を持った私を非難しているように感じる。

私には自分の体でやってみたいけれどできないことがある。友達と一緒にいるとき、私は彼らの歩調についていけないので、なぜ自分がみんなよりゆっくり歩いているかを説明する言い訳を常に考えている。まるで彼らがそれをまだ知らないかのように。ときどき、彼らは知らなかったふりをして、あるいは、私の体の動きかたや空間占有率が自分たちと違うという明白なことを本当に知らない様子で、私のほうを振り返り、アミューズメントパークに行くとか丘の上のスタジアムまで一マイル〔一・六キロメートル〕歩くとかすばらしい景色を眺めにハイキングに行くとかとても不可能なことを提案するのだ。

私の体は檻だ。私の体は私自身が作った檻。私は今もなおそこから脱出する方法を見つけようとしている。二〇年以上にわたってそこから脱出する方法を見つけようとしてきた。

8

自分の体について書くにあたって、私はこの肉、この余剰を、ひとつの犯罪現場として検証するべきだろうか。事件の結論を出すために、私はこの物的証拠を調べなければならない。私は自分の体を犯罪現場として考えたくはない。私は自分の体を恐ろしく間違った方向に進んだ何か、非常線を張られて捜査されるべき何かとしては考えたくない。

自分が犯人、少なくとも犯人のひとりだとすでに知っている場合、はたして私の体は犯罪現場なのだろうか？

それとも私は自分自身を、私の体で発生した犯罪の犠牲者として見なくてはならないのだろうか?

私はいろいろな意味において印をつけられている。私が経験したことによって。私は生き延びたけれど、それは物語のすべてではない。何年にもわたって、私は生きのびること《サバイバル》と「サバイバー」を名乗ることの重要さを学んできたけれど、「犠牲者《ヴィクティム》」の名でも構わない。私はレイプされた、私は犠牲者になったと言うことはちっとも恥ではないとも思っているし、今日までずっと、私は他のいろいろでもあるのと同時に、今でも犠牲者だ。

ここに至るまで長い時間がかかったけれど、現在の私は「サバイバー」より「犠牲者」のほうを好む。私は起こったことの重さを軽減したくない。自分が何か輝かしい、希望あふれる旅路を進んでいるようなふりはしたくない。すべて大丈夫なふりはしたくない。私は起こったことと共に生きていて、忘れることなく前に進み、傷ついていないふりをせず前に進んでいるのだ。

これは私の体のメモワール。私の体は壊された。私は壊れた。どうやって元通りにすればいいのかわからなかった。私はばらばらにされた。私の一部は死んだ。私の一部は声を奪われ、何年にもわたってそのまま放置された。

私はからっぽにされた。私は空洞を埋めようと決心し、わずかに残っていた自分自身の周りにシールドを築くのに利用したのが食べものだった。私は、もし自分を大きくすれば私の体は安全になるだろうという希望のもとに食べて、食べて、食べた。私はかつて自分だった女の子を埋めた。なぜなら彼女はあらゆる種類のトラブルに突っ込んでいったから。私は彼女についてのあらゆる記憶を消そうとしたけれど、それでも彼女はそこに、どこかにいる。彼女は今もなお小さく、怖がり、恥じていて、もしかしたら私は彼女が耳を傾けなければならないことすべてを語ろうとして、彼女への返信を書いているのかもしれない。

9

私は壊され、ばらばらにされた痛みを麻痺させるため、食べて、食べて、食べて、単なる太りすぎとか肥満とかではなくなっていた。それから一〇年も経たないうちに、私は病的肥満になって、それから超病的肥満になった。私は自分の体に囚《とら》われた。自分自身では認識も理解もできないままに私が作りあげた体に。私はみじめで、でも安全だった。あるいは少なくとも、自分自身に私は安全だと言い聞かせることができた。

事件後の私の記憶はとっちらかっていて断片的だけれど、はっきり覚えているのは、食べて食べて食べて、そうすれば忘れられるし、私の体はすごく大きくなり二度とふたたび壊れることはないだろうと思ったことだ。孤独だったり悲しかったりしたとき、しあわせだったときにさえ、食べることで静かな安らぎを得たのを私は覚えている。

今日、私はでぶ女だ。私は自分が醜いとは思わない。社会が私に自分自身を憎ませようとしているようには私は自分自身のことを憎んではないが、そうはいっても私はこの世界に生きている。私はこの世界においてこの体で生きていて、世界がこの体にしょっちゅう見せる反応を憎んでいる。頭では、私は自分が問題なのではないと理解している。この世界と、世界が私を受け入れず私に親切にしない姿勢が問題なのだ。しかし、この文化とその太った人々に対する姿勢が変わるよりも先に、私が変わるほうがありえそうではないかと思う。ボディ・ポジティヴィティ〔体の多様性を肯定する運動〕の「よい闘い」を闘うのに加えて、私は今ここにある私の人生の質について考えなくてはならないのだ。

私は二〇年以上にわたってこの無軌道な体で生きてきた。私はこの体と和解しようとしてきた。私はこの体を愛するか、少なくとも耐えようとしてきた。この体に軽蔑しか示そうとしない世界で。私は自分にこの体を創り出させたトラウマから抜け出して先に進もうとしてきた。私は愛し、愛されようとしてきた。私は自分の物語について沈黙してきた。私の体、あるいはあらゆる太った体の理由について知っていると思い込む人々の世界で。そして今、私はもうこれ以上は黙っていないことを選んでいる。私は自分の体の物語をなぞる。自分の体を信じることができ、自分の体でいて安全だと感じていた屈託ない若い少女だった頃から、その安全が破壊され、自分にされたことをなかったことにしようと懸命に試みたにもかかわらず現在も続いている余波に至るまで。

II

10

ここに私の写真がある。洗礼を受ける週末、年上のいとこに抱かれている。私はまだ幼児で、白いサテンのガウンを着ている。私たちはニューヨーク市のビニールで覆《おお》われたソファに座っている。写真の中のいとこは年上で、たぶん五歳か六歳。私は理不尽に怒って身をよじり、腕は意味不明の角度に曲がっている。

私は自分の子ども時代の写真がたくさん残っていることをありがたく思う。忘れてしまっていることがいっぱいあるから。

自分の人生のうちで何年にもわたって何も覚えていない時期がある。家族の誰かが「(何か重大な家族の出来事を挿入) を覚えてる」と言い、私にはそれらの記憶がまったくなくて、ぽかんと空を見つめる。私たちは共有される歴史を持っているし、持っていない。いろいろな意味で、これは私と私の家族、そして私の人生におけるほぼ全員との関係を説明するのに最適の表現だろう。私たちが共有しているすばらしい人生があり、彼らがほぼ知ることなく、共有していない私の人生の困難な部分がある。私が何を覚えていられて何を覚えていられないかに理由はない。この記憶の欠如を説明するのもまた難しい。なぜなら、私にはまるで昨日のことのように覚えている子ども時代の瞬間もあるからだ。

私は記憶力がいい。私は友達との会話を、数年経ってからもほぼ一言一句思い出せる。四年生のときの教師の髪がすごいプラチナブロンドだったのを、三年生のとき授業が退屈で本を読んでいたら面倒なことになったのを覚えている。叔父と叔母のポルトープランスでの結婚式、そこで私の膝が蚊に喰われてオレンジみたいに腫れあがったのを覚えている。私はいいことを覚えている。私は悪いことを覚えている。とはいうものの私は必要とあれば自分の記憶を剝がし取ることができるし、消去しなければならない場合には、しばしばそうしてきた。

両親の家から持ってきたアルバムがある。とても幼い私とふたりの弟の色あせた写真で膨れあがったアルバム。デジタル時代以前のものだけれど、それでもまるで私の人生のほぼすべての瞬間が写真に収められ、一枚一枚現像され、細心の注意をもって保存されているかのように感じられる。アルバムにはそれぞれ丸で囲まれた番号がついている。その多くには名前、年齢、場所が簡単に書かれている。母には、これらの思い出が何にせよ保存されるべきとわかっていたかのようだ。彼女は私の弟たちと私を鉄の意志と彼女独自の気品をもって育てた。彼女の私たちへの愛と献身の激しさは圧倒的で、その激しさは私たちが年を重ねるにつれますます強まる一方だった。私が子どもだった頃、母はこれらのアルバムをきちんと順番に並べており、一冊のアルバムが埋まると、次の一冊を買ってきてそれを同じように埋めていたものだ。

母は、私の子ども時代の空白期間の一部を埋めようと試みてきた。自分ではそうしていることに気づいていなくても。彼女はすべてを覚えている、またはそう見える、または私が一三歳で寄宿学校に行くまでは実際そういう仕組みになっていて、その後は私の思い出を私のために取っておく人は誰もいなくなった。

私の母は今でもあらゆるものごとの写真を撮っており、フリッカーのフォトストリームには二万枚以上を溜め込んでいる。彼女の人生と私たちの人生と私たちの人生に関わる人々と場所の写真だ。私の学位審査会に出席した彼女は、誇らしげに私を見つめながら、私の大舞台のあらゆる場面を逃すまいと二〜三分ごとにカメラを持ち上げて写真を撮った。ニューヨーク市で開かれた私の小説の朗読会でも、彼女はまたもやカメラを携えてあらわれ、写真を撮り、重要な瞬間を記録した。

私があらゆる小さなものごとの写真を撮っていることに人はしばしば気づく。そうすれば自分が見て経験したすばらしいものごとすべてを私は忘れない、忘れられないからやっているのだと私は言う。人生が違って見えるいま、思い出のほうが大切だとは言わない。しかし、これはそれ以上のものなのだ。私はどこまでも母の娘なのだ。

私の赤ちゃん時代のアルバムの表紙は、白にキラキラ光るグリッターがちりばめられている。表紙には大々的に「女の子！」の言葉が刻まれている。このアルバムの最初のページには、私の両親の名前、私の誕生日、身長と体重、髪の毛と瞳の色が書かれている。私の小さな黒い足形の上に「ガール・ゲイ」と書かれている。私が生まれたのは朝七時四八分。これこそ私が朝型ではない理由だと確信している。罫線が引かれた「赤ちゃん時代のわくわくする思い出」の欄があり、幼い私のちょっとした初めての記録で埋められている。どうやら私は二歳半でアルファベットを読み、三歳で時計を見て何時かわかるようになったらしい。「五歳でほとんどのものは読める」と私の母は誇らしげに書いている。これは彼女の言葉そのまま、そのきれいな文字で書かれていたものだが、家族に伝えられるところでは私はそれより一年半ぐらい前から父親と一緒に新聞を読んでいたらしい。

人生の最初の五年間、母は私の身長と体重を記録していた。私は三角形の大きな頭をしていた。最初に生まれた子はそうなりやすく、母は生まれたばかりの私の頭を何時間もかけて丸いかたちに整えたと言っている。誕生日から一三日後、一九七四年一〇月二八日の「オマハ・ワールド・ヘラルド」紙で私の誕生が報じられていて、この新聞記事の切り抜きが、出生証明書の原本と、病院でバシネット〔新生児用かご型ベッド〕に置かれた小さなカードに並んでこのアルバムに保存されている。私の母は二五歳で父は二七歳、とても若く、しかしこの時代に家族をはじめた人々の多くに比べると、それほど若くはなかった。出生証明書の私の名前はnひとつで正確に綴られており、それはピンク色だ。ジェンダーをめぐる繊細な文化的理解は当時まだ存在していなかった——女の子はピンクで男の子はブルー、そういうものだった。

母と私が一緒に写っている最初期の写真で、彼女は私を抱いて、太いポニーテールにした真っ黒な髪が背中に垂れ下がっている。彼女はありえないぐらい若くて美しい。私は生後三日。実のところこれは私たちが一緒に収まった写真の最初の一枚ではない。私を妊娠してお腹が大きくなった母が、しゃれたブルーのミニドレスを着て太いヒールを履いている写真がある。彼女の髪は無造作に背中に垂れている。彼女は車に寄りかかり、撮影者である父に視線をよこしていて、それがある種の親密なまなざしだから私は彼らのプライバシーのために顔を背けたくなる。彼女は私が知っている中で最も人目につくのを嫌がる人間にもかかわらず、この写真をアルバムに収めた。彼女は私にこのすばらしいイメージを見てほしかったのだ。彼女と私の父親がいつもお互いに愛し合っていたことを私に知らせるために。

これらの古い写真はあまりにも長いことアルバムに入っていたためページにくっついてしまっている。取り外そうとしたらだめになってしまうだろう。

幼児の私と両親の写真すべてにおいて、両親は、まるで私が彼らの世界の中心であるかのように私に向かってほほえんでいる。そうだった。そうなのだ。これは私がはっきりと知っている私の真実の一部——私にまつわる良いことや強さのすべては両親に由来している。まさにすべて。幼児期の私の写真ほぼすべてにおいて私はほほえんでいて、それはすごく感染力が強いから、眺めていると私もついほほえまずにはいられない。しあわせな赤ちゃんがいて、しあわせな赤ちゃんがいる。私はしあわせな赤ちゃんだった。これには議論の余地がない。

赤ちゃんはかわいい。しかし彼らはかなり使いものにならない、と私の親友は言う。彼らは自分ではほぼ何もできない。その使いものにならなさにもかかわらず、あなたは彼らを愛さねばならない。私ひとりだけの写真では、私は椅子の肘《ひじ》掛けか枕に支えられている。ある写真では、悪趣味な、ぶ厚い模様入りの織物で覆われた赤いソファで、私はひとり気が狂ったように泣き叫んでいる。狂ったように泣き叫んでいる私の写真は一枚だけではない。泣き叫ぶ赤ちゃん写真は愉快なものだ。それがしあわせな赤ちゃんで、単純に赤ちゃん特有の激昂がたまたま出ているところだとわかっている場合には。こうした赤ちゃんの写真を見て「私は姪に似てる」と考える。しかし本当は、私に似ているのは幼い姪のほうなのだ。何はともあれ、家族は強力だ。私たちは常に私たちの目、唇、血、ハートってやつで結びついている。私が三歳のときに弟のジョエルが生まれた。茶色く丸く、ふさふさの髪で、私の隣に座っているか立っているかの彼の写真が何枚もある。

大人になってから、私はこれらのアルバムに何度も目を通した。私は思い出そうとしてきた。最初、私はいつか自分の子どもに「あなたはここから来たのよ」と見せるための写真を探していた。そうすればその子は、たとえ完璧ではなくとも、自分の家族が愛することを知っていることがわかるだろう、彼女の母親は常に愛されてきて、したがって彼女も、次は自分も愛されるとわかるだろう、と。子どもにさまざまなかたちの愛を見せるのは重要なことで、その子がどんな風に私の人生にやってくるかを問わず、それは私がするべきよいことなのだ。私はこれらの写真、そこに写っている人々のことを観察もする。その多くが記憶から抜け落ちている名前と場所、大切な瞬間で、私はそれらを思い出そうとする。私はこれまで入念に消去してきた記憶のかけらたちをつなげようと試みる。私は自分がこうして完璧に写真に収まったこれら完璧な瞬間の子どもからどうやって現在の私に至ったのかを理解しようと試みる。

私は知っている、はっきりと。しかし私は知らない。私は知っている、しかし私が本当に求めているのは、あの頃と現在のあいだに距離が生じている理由なのだと思う。なぜかは複雑で摑みにくい。私はそのわけをこの手にしっかり握ることができるようになりたい。それを切断するにしても引き裂くにしても燃やしてその灰を見て占うにしても。そこで目にするものに対して自分はいったいどうするというのか恐れているにもかかわらず。はたしてそんな理解が可能なのかどうかもわからないけれど、しかし私はひとりでいるとき、ゆっくりと、憑《つ》かれたようにこれらのアルバムのページを繰る。私はそこにあるものと失われたものと起こったことを見たいのだ。そのわけは依然としてわからないにもかかわらず。

私の写真がある。私は五歳。私の目は大きく首は骨張っている。私はソファに腹這いになって、足首を交差させ、おそらくは空想にふけりつつ、プラスチック製のタイプライターを見つめている。私はいつも空想にふけっていた。その頃にはもう、私は物書きだったのだ。まだ幼い頃から、私はナプキンに小さな村の絵とその村に住む人々についての物語を書いていた。そうした物語を書き、自分自身のものとは違う暮らしを想像するという現実逃避が大好きだった。私には荒ぶる想像力があった。私は空想にふける人で、実生活に対応するために空想から引き離されることに憤慨していた。私の物語の中では、私は自分にはいない友達を書くことができた。自分に起こるはずのないたくさんのことを起こすことができた。私は勇敢になれた。私は聡明になれた。私は面白くなれた。私はなりたいもの何にでもなれた。書いているとき、しあわせになるのは簡単なことだった。

私の写真がある。私は七歳。私はしあわせで、オーバーオールを着ている。私は子どもの頃よくオーバーオールを着ていたのだ。私はさまざまな理由からそれが好きだったのだが、ポケットがたくさんついていていろいろな物を隠せること、複雑なつくりでボタンなどの留める部分がたくさんあることがその主たる理由だった。オーバーオールは私を安全でくつろいだ気分にさせた。おそらくこの時期の写真の三枚か四枚に一枚の割合で、私はオーバーオールを着ている。変わっているが、私は変わっていた。この一枚では、私は弟のジョエルと一緒で、彼は私にカラテキックをして、私は彼の小さな足を避けようとしている。彼は当時も今も元気いっぱいだ。私たちは三歳違いだ。私たちは楽しんでいる。私たちは今でもとても親しい。私たちはかわいい子どもたちだった。自分自身にこの種の剝き出しの喜びを見るのはたまらない。もしもう一度あれほど自由になれるのなら、私はもう何でも差し出すだろう。

八歳のとき、弟のマイケルJrが生まれ、それからは私たち三人が一緒に写真に収まるようになり、よく身を寄せあって、または手に手を取ってカメラを見つめている。

私は書くのと同じくらい本を読むのに夢中になっていった。私は手当たり次第に何でも読んだ。お気に入りの本は『大草原の小さな家』シリーズだ。大平原育ちの普通の女の子であるローラ・インガルスが、私の時代とはすごく違う時代に、普通じゃない普通の暮らしを生きていたということに心を奪われた。このシリーズのあらゆる細かい部分が大好きだった――父さんがうちに持って帰ってくるおいしいオレンジ、雪の中のメープルシロップでのキャンディ作り、インガルス姉妹の強いきずな、ローラが小びんちゃん《ハーフ・パイント》と呼ばれていること。インガルス家の女の子たちが成長するにつれ、私はローラとネリー・オルソンとのライバル関係と、後に夫になるアルマンゾ・ワイルダーとの恋愛に夢中になった。ふたりが結婚して最初の数年、入植者として農業の試練に耐え、娘のローズを育てるのをはらはらしながら読んだ。私はああいった類のしっかりした、本物の恋人が欲しかったし、自立しているのと同時に、愛され気遣われる関係が欲しかった。

『大草原の小さな家』を卒業すると、あらゆるジュディ・ブルーム作品を読んだ。私がセックスについて学んだのは主に彼女の小説『キャサリンの愛の日』からで、何年ものあいだ、男性はみんな自分のあそこを「ラルフ」と呼ぶものなのだと思い込んでいた。カリフォルニアで金を採掘し、馬車道の旅の幾多の試練を乗り越える冒険心あふれる女の子たちについて読んだ。私はうつくしいカリフォルニアの街スイート・ヴァレーで展開するジェシカとエリザベス姉妹のあたたかいライバル関係に熱烈に入れ込むようになった。『エイラ　地上の旅人』を読み、セックスは『キャサリンの愛の日』におけるキャサリンとマイケルの初々しい手探りが示していたものよりもずっと面白くなり得るのだということを学んだ。私は読んで読んで読んだ。私の想像は無限に膨らんだ。

私がスカートとワンピースを着ている写真が数え切れないほどある。手入れされた長い髪、アクセサリー、あのプリンセス路線で私が女の子女の子している写真。私は家族で唯一の女の子だったから、長いこと自分はトムボーイ〔男の子みたいな女の子〕なのだと思っていた。私たちはときどき現在をうまく説明するように過去を再構成して、決して真実ではないことによって自分を納得させようとする。これらの写真を見ると、私は弟たちと泥んこになって遊んだりして大騒ぎするのを楽しんでいた一方で、完全なトムボーイというわけでもなかった。

弟たちが遊び仲間だったから、私はG.I.ジョーのアクションフィギュアで遊び、家の隣の空き地に砦を築き、近所の林で騒いだ。たいていの場合、弟たちは私の親友だった。本の中に見つけた友達を別にすれば。私たち三人は、口げんかになるときを除けば仲がよく、そして口げんかも発生した。特にジョエルと私は。私たちは何もかもについて口げんかし、それから仲直りして面倒を起こした。赤ちゃんことマイケルJrはずっと年下だったから、だいたいのところ、私たちの悪ふざけのぐるになっていた。なっていない場合、彼はつまらない意地悪の標的だった。私たちは彼を洗濯かごに入れて地下室に連れていったり、プラスチックの蜘蛛で悩ませたり、さらに悪いことには、私たちと遊びたがるのを無視したりした。それにもかかわらず、なんだかんだ彼は私たちを崇拝し、ジョエルと私は彼の崇拝を浴びて満足していた。

私の子ども時代のアルバムの写真は、私がしあわせで完全体だった時代の遺物だ。それらは、私がかつて愛らしく、優しいこともあったのを示す証拠の品だ。あなたがいま目にしている表向きの下には、かわいい女の子的なものが大好きなかわいい女の子がまだ存在しているのだ。

写真の中で私は年を取っていく。あまり笑わなくなる。私はまだかわいい。一二歳のとき、私はスカートを穿《は》くのをやめ、アクセサリーをほぼつけなくなり、髪を整えるのをやめて、きついおだんごやポニーテールにするようになった。私はまだかわいい。それから二、三年後、私は髪の毛を超短髪にしてだぶだぶのメンズの服を着るようになった。私はそれほどかわいくない。これらの写真で私はカメラを見つめている。私は空っぽに見える。私は空っぽ。

11

それが自分の物語だったとき、レイプと性暴力についてどう語ればいいのか私にはわからない。「酷《ひど》いことが起こった」とは、まあ言えるけれど。

酷いことが起こった。その酷いことは私を壊した。それで済ませておけるのならいいけれど、これは私の体のメモワールだから、私は私の体に起こったことをあなたに伝えねばならない。かつて私は若く、自分の体をあたりまえに受け入れていて、それから女の子の体に起こり得る酷いことを知り、すべてが変わった。

酷いことが起こり、私は物書きであるのと同時にひとりの女で、自分に起こった最悪のできごとによって私という人間を定義されたくはないのだから、もうその件については放っておければよかったのにと思う。そういうふうに自分のパーソナリティを消費されたくない。私は自分の仕事が消費されたり、この酷いできごとによって定義されたりするのは嫌だ。

だが同時に、私は沈黙していたくないのだ。沈黙していられない。酷いことなんて何も起こらなかったようなふりはしたくない。私はこれらすべての秘密を、たったひとりで、あまりにも長い年月にわたって保持し続けるのはもういやなのだ。そんなことはもうできない。

もし私が自分の物語をシェアする必要に迫られたら、自分の領分でやりたい。その際に避けられない注目は要らない。哀れみも受容もアドバイスも要らない。私は勇敢でも英雄的でもない。私は強くない。私は特別じゃない。私は数え切れないほどの女たちが経験してきたことを経験したひとりの女。私は生き延びた犠牲者。もっと悪いことになっていたかもしれない、もっとずっと。ここで重要かつ滑稽ですらあるのは、この手の物語を経験するのは普通によくあることだということだ。私が自分の物語をシェアすること、そして同じように自分の物語をシェアしている女性と男性たちの合唱の声に加わることで、どれだけの苦しみが性暴力から生み出されているか、その余波がどれだけ大きな影響を及ぼすかを、より多くの人々が適切に恐れることができるようになればいいと願っている。

私はしばしば自分に起こったことの周りをめぐるように書く。なぜならそのほうが、あの日、あの日に至るまでのすべて、その後に何が起こったかに戻るよりもやりやすいからだ。何が起こったか知っているにもかかわらず、それに関して自分に非があると感じてしまう自分自身と向き合うよりもやりやすい。私は今もなお罪の意識を感じている。それは起こったことについてだけではなく、その後の私の対処、私の沈黙、私の過食、私の体がどうなったかについてもだ。私が自分に起こったことの周りをめぐるように書くのは、自己弁護しなければならないのはいやだからだ。そんな風に人目に晒される恐怖に対処しなければいけないのはいやだ。思うにそれが私を臆病で、怖がりで、弱い人間にさせたのだ。

私が自分に起こったことの周りをめぐるように書くのは、家族の頭にあんな酷いイメージが持たれてほしくないからだ。私が耐えたこと、それから二五年以上にわたって秘密を守り続けたことを彼らに知ってほしくない。恋人が私を見るとき、そこに私が暴行された瞬間だけを見るようなことになってほしくない。彼らに私が実際以上に傷つきやすいと思われたくない。私が壊れているという以上に私は強い。私は彼らに、いや誰にでも、私に起こった最悪のこと程度のものと私を重ねて考えてほしくない。私は私の愛する人たちを守りたい。私は自分自身を守りたい。私の物語は私のもので、ほぼ毎日、その物語を埋めてしまえればいいのにと願っている。私がそれから自由になれるかもしれないどこか深くに。しかし。三〇年近くが経過し、どういうわけか、私はまだそれから自由になっていないのだ。

確かに私は自分の物語の周辺を何度も書いてきたが、それでもなお、私は書く。私は自分の物語の一部をシェアし、こうしてシェアした行為はもっと大きなもの、つまり同じように痛ましい物語を持つ人々の集合的証言の一部となる。私はそれを選ぶ。

私たちは多種多様な暴力についての物語にどう耳を傾ければいいのかをわかっているわけではない。なぜなら暴力は複雑であるのと同じ程度に単純だということ、人は自分を傷つける誰かを愛することができるということ、人は自分を傷つける誰かと一緒にいる場合もあるということ、自分を愛する誰かに傷つけられる場合もあるということ、まったくの他人に傷つけられる場合もあるということ、あまりにたくさんの酷い、親密なやりかたで傷つけられる場合もあるということを受け入れるのは難しいものだから。

私は私が自分の物語に関して自分が何をしたかもシェアする。なぜなら私は暴力経歴をシェアすることの重要性を信じているからだ。私自身の暴力経歴をシェアするのは気がすすまないけれど、しかしその経歴は私が誰であるか、私が何を書くか、私がどう書くかについてたくさんのことを知らせるのだ。それは私がこの世界をどんな風に歩んでいるのかを知らせる。それは私がどんな風に自分自身を愛し、愛されることを自分に許すのかを知らせる。それはすべてを知らせる。

「暴行」とか「侵害」とか「事件」といった個人的でない語を使うほうが、一二歳のとき、私は好きだと思っていた男の子と彼の仲間たちに集団レイプされたと前に出て言うよりかはたやすい。

一二歳のとき、私はレイプされた。

レイプされてから長い年月が過ぎ去っており、私はこれが「過去のこと」だと自分に言い聞かせる。これは一部しか正しくない。あまりにもたくさんの意味で、過去は今もなお私と共にある。過去は私の体に書き込まれている。私は日々それと共にあるのだ。ときどき私は過去に殺されるのではないかとすら感じる。それはたいへんな重荷だ。

私の暴力経験には、ひとりの男の子がいる。私は彼を愛していた。彼の名前はクリストファー。これは彼の本当の名前ではない。ご存じの通り。私は森の中の打ち棄てられた狩猟小屋でクリストファーと彼の何人かの友達にレイプされた。私の叫び声はこの男の子たち以外には聞こえなかった。

しかし、それ以前には、クリストファーと私は友達だった。もしくは、少なくとも友情に似た何かを共有していた。彼は学校では私を無視していたけれど、放課後には一緒に過ごすこともあった。私たちは彼がしたいことを何でもした。彼はいつも私たちが一緒に過ごす時間の主導権を握っていた。本当のところ、彼は私に酷い扱いをしていたけれど、私は彼がわざわざ酷い扱いをしてくれること、彼が私のような女の子にかまってくれることをありがたく思うべきだと考えていた。わずか一二歳にしてそんなに自尊心が低いなんて不条理だ。私には自分が酷い扱いをされることを許す理由なんてなかった。だが何にせよそうだったのだ。そのつらい真実は、私が今でもそこから自分自身を解放しようと苦闘しているものとしてある。

この男の子と私は自転車に乗って森を行き、小屋のところで足を止めた。ティーンエイジャーたちがよからぬことをする、いまいましい、忘れ去られた場所。彼の友達が待っていて、それから私たちは小屋の中に立っていて、クリストファーは彼と私がしたこと、プライベートなことを彼らに自慢し、私は人心地もなかった。なぜなら私はカソリックのよい女の子で、クリストファーと私がしてはいけないことをしたことについてすでに深い罪悪感を抱えていたからだ。

彼はなぜ私が誰にも決して言っていないこと、私たちの秘密だと思っていたこと、彼が私を愛する、または少なくとも近くに置いておく理由を友達に言うのかわからず、困惑した。彼の友達はクリストファーが言ったことに興奮した。彼らはすごく興奮して、顔は上気し、笑い声は騒々しくなった。彼らが私の周りで話しているあいだ、私は自分がどんどん小さくなっていくように感じた。自分を通り抜ける奇妙なエネルギーに気づくことができなかったにもかかわらず、私は怖かった。

危険を悟ってすぐにそこから逃げ去ろうとしたけれど、無駄だった。私は自分を救うことができなかった。

クリストファーは彼の友達、私より大きな体たちがたくさん笑っている目の前で私を押し倒した。私はすごく恐れ恥じ混乱した。私は傷ついた。なぜなら私は彼を愛し、彼も私を愛していると思っていたのに、それがあの瞬間、私は、彼の友達の目の前で手足を広げられていたからだ。私は彼らにとってひとりの女の子ではなかった。私は彼らが楽しむために使える物、肉と女の子の骨。クリストファーは私の上に乗ったとき、自分の服を脱がなかった。この彼にとって自分が私にしようとしていることは本当にたいしたことではなかったのだ。この細かいことがずっと私について回っている。彼はジーンズの前を開け私の脚のあいだにひざまずき彼自身を私の中に突っ込んだ。他の男の子たちは私を見下ろし、いやな目つきでクリストファーをけしかけた。私は彼らを見たくなくて目を閉じた。私は起こっていることを受け入れたくなかった。守られた、カソリックの「よい」女の子だった私は、何が起こっているのかほとんどわかっていなかった。痛みはわかった。その鋭さと生々しさは。その痛みから逃れるのは不可能で身動きができなくなり、体をあの男の子たちのなすがままに任せて自分自身をどこか安全な場所に隠したくなった。

私はクリストファーにやめてと頼んだ。やめたらあなたが望むことを何でもすると彼に言ったけれど、それでも彼はやめなかった。彼は私を見なかった。クリストファーには長い時間がかかった、もしくは少なくともそれは長い時間に感じられた。なぜなら私は彼が私の中にいるのがいやだったから。私が何を求めていたかは関係なかった。

クリストファーが果てたあと、彼は私の腕を押さえつけていた男の子と場所を交代した。私は闘ったけれど、私の闘いはあの男の子たちを笑わせただけだった。その友達は私を押さえつけ、唇はつやつや、ビール臭い息が私の顔にかかる。今でも私はビール臭い息に耐えられない。私はあの男の子たちの体重で自分が壊れてしまうのではないかと思った。

私はすでに傷だらけだった。クリストファーは私を見ようとしなかった。彼はただ私の手首を摑んで、私の顔に唾を吐いた。私は自分に言い聞かせた、今もなお自分に言い聞かせている。彼はただ友達を感心させようとしていただけだと。彼はそんなつもりではなかったのだ、と私は自分に言い聞かせる。彼は笑った。あの男の子たちみんなが私をレイプした。彼らは自分たちがどこまで行けるかやってみたかった。私はおもちゃ、乱暴に使われた。そのうち私は叫ぶのをやめ、動くのをやめ、闘うのをやめた。私は祈るのをやめ、神は私を救うと信じるのをやめた。痛みはやまなかった。苦痛は絶え間なく続いた。彼らはひと休みした。私はうずくまって震えた。私は動けなかった。何が起こったのか信じられなかった。私には自分の物語をそこで書かれた通りに受け入れる理解力が文字通りなかった。

彼らの名前は覚えていない。クリストファーを除いて、彼らの特徴は覚えていない。彼らはまだ男とはいえない少年たちで、しかしもうすでに、どうやって男の害を及ぼすかを知っていた。私は彼らのにおい、育ちの良さそうな彼らの顔、彼らの体の重さ、彼らの汗の鼻にツンとくるにおい、彼らの手足の驚くべき強さを覚えている。彼らが楽しんでいたこと、大笑いしたことを覚えている。彼らはただ単に私を見下したのだということを覚えている。彼らは私がこれまでもこれからも決して語ることができないことを私にした。どうやって語れというのだろう。私はそのための言葉を見つけたくない。私には暴力被害歴があるが、その公的な記録はこの先もずっと不完全なものとなるだろう。

すべてが終わると、私は自転車を押して家に帰り、自分が私の両親が知っている通りの娘、成績優秀ないい子だというふりをした。何が起こったのかを自分がどうやって隠し通したのかわからないけれど、私はいい子でいる方法を知っていて、その夜にはすごくうまくその役を演じたのだと思う。

その後、あの男の子たちは何が起こったかを、というよりはあるヴァージョンの物語を学校の全員に語り、おかげでその学年が終わるまで私のあだ名は「アバズレ」になった。私は私のヴァージョンの物語はどうでもいいのだとすぐに理解し、起こったことの真実を秘密にしておいて、この新しい名前と共に生きる努力をした。

この彼の言い分／彼女の言い分の構造こそ、数多くの犠牲者（あるいはサバイバー。どう呼ぶかはあなたのお好みで）が表に出てきていない理由である。たいがい「彼の言い分」のほうが重んじられるから、私たちはただ真実を呑み込んでしまうのだ。私たちはそれを呑み込み、たいていの場合、その真実は悪臭を放ちだす。それは感染症のように体じゅうに広がるのだ。彼女が言ってもよかった、言うべきだった、言えなかったことの沈黙は、抑うつあるいは中毒あるいは妄執、あるいはその他の肉体的兆候としてあらわれる。

日々が過ぎてゆくにつれ、私はどんどん自分自身を憎むようになった。私はますます自分にうんざりした。私は彼から離れることができなかった。私はあの男の子たちがしたことから離れることができなかった。私は彼らのにおいを嗅ぎ取り、彼らの口と舌と手と乱暴な体と残酷な肌を忘れることができなかった。彼らが私に言う酷いことがいつまでも耳から離れなかった。常に彼らの声が聞こえていた。自己嫌悪は息を吸うのと同じぐらい自然になった。

あの男の子たちは私を無価値なものとして扱い、私は無価値なものになった。

12

それ以前と以後がある。以後には、私は壊れて、粉々で、無言だった。私はでくのぼうだった。私は怖がっていた。私には秘密があり、心の深く、あの男の子たちが私にしたことは秘密にしておかねばならないとわかっていた。その恥と屈辱をシェアすることはできなかった。自分にむかつくことをされるのを許してしまった私はむかつく人間だった。私は女の子ではなかった。私は人間以下だった。私はもはやよい女の子ではなく地獄へ行くのだ。

私は一二歳で、突然、もう子どもではなくなった。私はもう自由でもしあわせでも安全でもなくなった。私はどんどん内にこもっていった。最悪の状況に救いがあったとすれば、私たちは父親の仕事のために引っ越しを繰り返しており、レイプされたあとの夏に新しい州に移って、そこでは誰も私があの森の中の女の子だったことを知らず、私は自分の名前をふたたび獲得できたことだ。それでも友達は誰もいなかったし作ろうともしなかった。だって共通するものが誰ともあるわけがなかった。まわりの子どもたちに自分がこうなったことについての話を持ち出せるわけがなかった。私は本を読んだ。憑《つ》かれたように。スクールバスで読書している私を同級生たちはからかった。ときどき彼らは私の本を奪って前へ後ろへ投げ、私は本を取り戻そうとして無力に手を振り回すしかなかった。本を読んでいるとき、私は忘れることができた。私は世界中のどこにでも、自分の秘密に固執する孤独な八年生である現実以外のところに居ることができた。私は読むことと書くことが私の命を救ったとたびたび言ってきた。それは文字通りそういう意味だ。

家では、両親が思っている通りのいい子の自分でいようとしたけれど、それで疲労困憊した。間違ったことが起きて私は内側から死んでいるのだと彼らに伝えたくなる場面はたびたびあったけれど、私には言葉を見つけることができなかった。彼らがなんて言うだろうか、私のことをどう思うだろうかという恐れをいかに克服すればいいのかわからなかった。黙っていればいるほど、その恐れは大きく育って、その恐れは他のものすべてを小さく見せた。

自分が誰または何になったのか両親に見られたくなかった。両親は愛想をつかして私をゴミのように捨て去るかもしれず（私は自分がゴミだと知っていた）、そうしたら自分が無になるだけでなく、持っているものが何もなくなってしまう。私の人生に真実が入り込む余地はなかった。

今となっては、自分が間違っていたことがわかる。両親は私を支え、助け、私のために正義を求めていただろう。その恥は私が耐えるべきものではないと彼らは示してくれただろう。悲しいことに、私の恐れに満ちた沈黙はなかったことにはできない。すごく怖がっている孤独な一二歳の女の子に、彼女がどれだけ無条件に愛されているのかを伝えることはできない。だけど、ああ、私はどれだけそう伝えたいか。私がどれだけ彼女を慰めたいか。私がどれだけ次に起こることから彼女を救いたいか。

私はいい子の役、いい娘の役、いい生徒の役を演じた。私は信仰がないにもかかわらず教会に通った。罪悪感は私を消耗させた。私はもう神を信じていなかった。なぜならもし神がいるのなら、私をクリストファーとあの男の子たちから助けていたはずだから。私はもう神を信じていなかった。なぜなら私は罪を犯したから。私はそんなことができるとは知らなかったやりかたで罪を犯した。私はひとりぼっちで、自分の人生にとってすごく大事だったもののすべてから切り離されるのを恐れていた――私の家族、私の信仰、私自身。

私は秘密を抱えて孤独で、別のタイプの女の子のふりをした。生き延びるために、私は起こったこと、あの男の子たち、彼らの息の臭さ、私から私の体を奪い、私を徹底的に殺す彼らの手を忘れようとした。

13

この酷いことが起こる前から、私は自分の体を失いはじめていた。若すぎた私は、知りすぎた、欲しがりすぎた男の子と見せかけの悲しい関係にあった。私も欲しがりすぎていたけれど、彼が欲しがっていたものと私が欲しがっていたものは別のものだった。クリストファーは私を使いたかった。私は彼に私を愛してほしかった。私は彼に孤独を埋めてほしかった。ぶざまでいる痛み、いつも外から中を覗いている女の子でいる痛みを消してほしかった。私が彼に出会ったとき、私たちはその地域に引っ越してきたばかりだった。

私の内側には全生涯をかけて埋めようとしてきた空洞、この孤独の洞穴があった（そして今もある?）。私はあの男の子が私の孤独を癒してくれるならほぼどんなことでもすすんでやるつもりだった。彼と私がお互いのものであるように感じたかったけれど、一緒に過ごすたび、まったく逆に感じた。そして今もなお、私は彼に引き寄せられている。

当時、そしてその後何年もずっと、私は『スイート・ヴァレー・ハイ』シリーズに夢中だった。私はちっともエリザベスとジェシカのウェイクフィールド姉妹みたいではなく、イーニド・ロリンズですらなかったからこそ、それをむさぼり読んだ。自分は決してスイート・ヴァレーのハンサムなバスケットボール・チームのキャプテンであるトッド・ウィルキンズや、ハンサムでお金持ちのワルであるブルース・パットマンのような男の子とデートすることはなさそうだった。しかし私はこれらの本を読むとき、もっといい人生の可能性が自分にもあるような気分になれた。いつか、どこかに、私のことを何でも知っている愛情あふれる家族とハンサムなボーイフレンドと友達がいて、周りになじめている人生があるかもしれない。もっといい人生の私はいい子のようにふるまえた。

このクリストファーという男の子は、とてもハンサムでとても人気者で、私が住む手入れの行き届いた郊外の町における、私のスイート・ヴァレー・ハイのひとかけらだった。もちろん彼は学校では決して私を認知するそぶりを見せなかったからこのことは誰も知らなかったけれど、私は知っていたしそれで十分だと自分に言い聞かせていた。その後何年も何年ものあいだ、私は恋人からほんのわずか最小限でも気にかけられたらそれで十分なのだと自分に言い聞かせ続けていた。

私たちは彼のベッドルームで会い、彼のお兄さんが持っていた雑誌「プレイボーイ」や「ハスラー」の擦り切れたページをぺらぺらめくった。私はあの裸の女たち、だいたいが若い白人でブロンドの痩せた美女たちについて学んだ。彼女たちの体は現実離れしたまるで異質なものに見えた。このふしだらな裸体を晒している女たちを見るのはいけないことだとわかっていたけれど、私は目をそらすことができなかった。

彼はあきらかにあの女たちに興奮して、性的に魅力的だと思っており、そして私は当時でさえ、自分は彼女たちにどこも似ていないとわかっていた。私はあの女たちのようになりたいと強く願っていたわけではないけれど、彼に私を求めてほしかったし、彼にあいう雑誌を見るように私を見てほしいと願っていた。彼は決してそうはせず、彼なりのやりかたで私を罰したのだ。私が彼女たちではなく、これから先も決してそうはなれないという理由で。彼は私を、若すぎて、うぶすぎて、愛情にあふれすぎていて、言うことを聞きすぎるという理由で罰したのだ。

私は彼にとって、彼と彼の友達が私をレイプする前から、ひとつの物にすぎなかった。彼はいろいろなことを試してみたくて、私は異常に言いなりだった。私はどうやってノーと言えばいいのかわからなかった。ノーと言うことが思い浮かびもしなかった。これは彼に愛されるために、あるいはもっと自分に正直に言えば、彼に我慢してもらうために私が支払うべき代償、と自分に言い聞かせた。言いなりで世間知らずで無価値で彼の関心を必死で求める私のような女の子は、それ以上を求めたりしてはいけないのだ。私はそれをわかっていた。

私が壊れる前に彼が私にしたことの詳細と向き合う気にはなれない。やりすぎだし、あまりに屈辱的だ。しかし私たちが新たな逸脱行為に手を染めるたび、私は私の体を失っていった。私は「ノー」という言葉の可能性からもこぼれ落ちていた。私はどんどんかつてのいい子ではなくなっていた。私は鏡にうつる自分を見るのをやめた。鏡を見ても罪と恥以外に何も感じなかったからだ。

そしてあの森の中の酷い日が訪れた。そしてついに私はノーと言った。そしてそれは無意味だった。そのことが私を最も傷つけた。私のノーは無意味だった。クリストファーと話すことは二度となかった、と言えればよかったと思うけれど、しかし私は話した。それこそが私が最も恥じていることかもしれない。彼があれだけのことをした後で私は戻り、数ヶ月後に私の家族が引っ越すまで、彼に私を使わせ続けたのだ。彼が私を使うのを許し続けたのは、他にどうすればいいのかわからなかったからだ。あるいは、私を利用し続けることを彼に許したのは、森の中の出来事のあと、自分には価値がないと感じていたからかもしれない。自分はこれよりましな扱いに値しないと私は信じていた。

あのあと私はマークされた。男たちは私が自らの体を失ったこと、彼らが私の体を利用できること、私がノーと言わないこと――なぜなら自分のノーが無意味だと知っているから――を嗅ぎつけた。男たちは私からそれを嗅ぎつけ、ことあるごとに利用した。

14

どうして自分が食べものに向かったのか私にはわからない。いやわかっている。私は孤独で怖がっていて、食べものは手っ取りばやく満足感をもたらした。慰めがほしかったけれど、私のことを愛している人々に自分が必要としているものをどうやって求めればいいのかわからなかったとき、食べものは私に慰めを与えた。食べものはおいしくて私の気分を良くしてくれた。食べものは私に手が届く唯一のものだった。

体重が増えはじめるまでは、食べものへの私の向き合いかたはごく健全だった。私の母は料理に情熱を傾ける女性ではなかったけれど、自分の家族に注ぐ強烈な情熱があった。私の子ども時代にはずっと、彼女が健康的で栄養バランスの良い食事を準備し、私たちはみんな揃って食卓を囲んだ。テレビの前に座っての、もしくは台所に立ったままのあわただしい夕食はそこになかった。私たち子どもはバルサ材で作る吊り橋だとかベーキングソーダの火山といった最新の学校の課題についてわれ先にと語った。私たちは自分たちの優秀な成績――もちろん期待されていた通りの――だったりサッカーの試合で決めたゴールだったりの成功体験をシェアした。弟たちと私は夕食が終わりに近づくにつれ、たいてい誰が皿洗いをするかをめぐって言い争いをした。ハイチからの移民である両親は、「アメリカの」隣人たちとか父の最新の建築計画とか、私たちには半分しか理解できないことについて話した。私たちは世界のあれこれについて話した。自分たちのために何が欲しいかについて話した。私はそれをどんな家族もやっているあたりまえのことだと思っていた――ひとりひとりが集まってひとつの島になるキッチンテーブル、その太陽のまわりを私たちが回る。

母が私たちのために料理する食べものはおいしかった。しかし、私たちがお互いに結びつこうとする熱意に比べると、味はそれほど重要でなかった。両親はいつも弟たちと私がまるでものすごく面白い人間であるかのように接して、私たちの子どもじみた考えに対して思慮深い質問を投げかけ、私たちが最高の私たちになるよう促してくれていた。私たちが軽んじられたときには、私たちの側について憤ってくれた。私たちに何か小さな栄光の瞬間が訪れたときには、おおいに祝福した。私はほとんどの夜を、自分が彼らのもので彼らが自分のものだとわかる喜びに上気して眠りについていた。

私がどんどん内にこもるようになったときにすら、私の家族は強くあり続け、このように親密に、決して消し去ることのできないやりかたで結びついていた。両親は間違いなく私の変化に気づいていたと思う。彼らはそのあと二〇年とそれ以上のあいだ、私の何かに感づき、心配し続けることになった。しかし彼らは私にどうやって話しかければいいのかわからず、私は彼らに踏み込ませなかった。彼らがそれを試みたとき、私は身をかわし、差し出された命綱を摑もうとしなかった。秘密を守ってきた時間が長引けば長引くほど、私は自分の真実を自分の胸だけに守り続けることにますます執着するようになり、ますます沈黙を育むようになった。

15

この世界をどう生きるか、私が知っているのは、ハイチ系アメリカ人、ハイチ人の娘としての生きかただけだ。ハイチの娘はいい子だ。礼儀正しく勤勉で働き者。自分に受け継がれた文化や伝統の大切さを決して忘れない。私たちは西半球における最初の自由黒人国家の一部なのだ、と弟たちと私はたびたび教えられてきた。どれだけ深く落ちようとも、肝心なときには、私たちは立ち上がるのだ。

ハイチ人たちは故郷の島の食べものが大好きだが、大食いを非難する。これはしょっちゅう言われすぎているわりにあまりに知られていなさすぎるハイチの貧困に由来しているのではないかと私は疑っている。あなたがハイチ系の家族の一員で太りすぎていた場合、あなたの体は家族の心配事になる。兄弟姉妹、親、叔母、叔父、祖母、いとこ——誰もが意見、評価、助言を口にする。善意からのことだ。私たちは激しく愛し、その愛からは逃れられない。私の家族は、私が一三歳の頃から私の体のことで頭がいっぱいになりすぎている。

弟たちと私を育てるためにずっと家にいた母は、私に料理を教えなかったし、私も教わることに興味がなかった。私はただキッチンの周りから彼女が私たちの食事を用意するのを眺めるのを楽しんでいた――作業を要領よくこなす彼女の有能さはいつも私を感嘆させた。集中する彼女の眉が歪んだ。彼女は会話を続けることができたけれど、注意が必要な作業をしているときはじっと黙りこみ、それはまるで全世界が彼女から剝がれ落ちたようだった。彼女はキッチンの空間に他の誰かがいるのを好まず、手伝いも要らなかった。いつもまるで医者のようにゴム手袋をつけていた――感染を防ぐため、と彼女は言った。肉でも果物でも野菜でも洗うときに水に除菌・漂白剤のクロロックスを一滴加えるのがならわしだった。彼女はお皿でもまな板でもボウルでも使ったあとは即洗った。ガスコンロから漂ういいにおいを別にして、母が何を料理しているかを示すヒントは何もなかった。

母は私の子ども時代を通じて、突拍子もない組み合わせの食べものを用意してきた――ある晩は『ベティ・クロッカー・クックブック』または『ジョイ・オブ・クッキング』からのアメリカ料理、次の晩はハイチ風の食事。私が覚えている一等のお気に入りはハイチ料理だった――レギュム〔野菜の煮込み〕、フライドプランティーン、レッドライス、ブラックライス。グリオ、すなわち豚肉をブラッドオレンジでマリネしシャロットとローストした一品。ハイチ風チーズマカロニ。すべてソース（トマトをベースにタイム、胡椒、たまねぎ入り）とスパイシーな野菜ピクルスを添えて供され、すべて出来合いではない食材で作られていた。これが私の母の愛情の示しかただった。

私の母は加工食品もファストフードも信じていなかったから、私は人々があたりまえに口にしているものの多くを食べたことがない――TVディナー〔トレーにメインディッシュと付け合わせがセットされた冷凍食品をこう呼ぶ。テレビを見ながらでも電子レンジで手軽に夕食の用意ができる〕、シェフ・ボヤーディ〔缶詰パスタやピザソースの商品名〕、クラフト・マック&チーズ〔クラフト社のチーズマカロニの商品名〕。彼女は時代の先を行っていた。彼女の姿勢は弟たちと私を激怒させた。なぜならアメリカ人の友達はお砂糖いっぱいの朝食用シリアル、おやつのチートス、チップスアホイやリトル・デビー・スナック・ケーキといった夢みたいな食品を食べ慣れていたから。「フルーツはおやつよ」と母は私たちによく言っていた。私は大きくなったら透明のガラスボウルにM&M'Sをいっぱい入れて自分の家を飾ってやると誓い、母は笑った。

私たちが成長するにつれ、母はゆるくなっていった。いちばん下の弟がやってきたときには、ジャンクフードは私たちの家の周りに巡らされた防衛境界線を突破していた。まったくうちの両親らしい節度をもって、だけれども。

16

一三歳のとき、私は全寮制の学校に進学した。父が土木技師として輝かしいキャリアを積むのにしたがい、うちの家族は私の子ども時代を通じて引っ越し続きだった。彼はトンネルを建設した――コロラド州のアイゼンハワー・トンネル、ニューヨークとワシントンDCの地下鉄路線、ボストンの河口整備。弟たちと私が工事現場に彼を訪れると、父は私たちの頭に安全ヘルメットをかぶせ、地下深く暗いところにまで連れてゆき、自分がどんな風に世界を変えているのか（まさに文字通り）私たちに見せた。

父の会社の本社はネブラスカ州オマハにあったが、担当地域で新しい建築事業が立ち上がるたび、彼は現地――イリノイ州、コロラド州、ニュージャージー州、ヴァージニア州――に派遣され、私たちもそこで一年か二年を過ごし、そしてオマハに戻ってくるのだ。高校《ハイスクール》の四年間を全部ひとつの学校に通えるかもしれないということで、私は全寮制の学校を調べはじめた。私がエミリー・チェイスの『キャンビー・ホールの少女たち』シリーズ〔*The Girls of Canby Hall* 寄宿学校を舞台にしたヤングアダルト小説。八〇年代半ばから後半にシリーズ全三三作が刊行された〕に夢中だったことも認めよう。まるで陸にあがった魚みたいだというのに、典型的なニューイングランドのキャンパスを背景に若さいっぱいの冒険を繰り広げ、新しいルームメイトと生涯の友情を築くアイオワ出身のシェリー・ハイドみたいになりたかったのだ。

そして私はレイプされ、自分ではない誰かのふりをしなければならず、なによりも逃げ出したかった。確かに、寄宿学校に行くというのはいかにもアッパーミドルクラスの女の子の逃げかただ。遠くの高校に行けば、世界のことなど何も知らないよい子のふりをする必要はなくなるだろう。自分自身を説明する必要なしに、そのとき私がすでになっていた無になれた。私は私の秘密と罪と恥に必死でしがみつき続けることができた。

子ども時代を転々として過ごしたこともあり、私はすごくシャイで内に引きこもっていたから、後に残していく人々は家族だけだった。失って寂しくなりそうな友達はいなかった。何年も通いたいと思える地元の高校は特になかった。父はまた転勤を命じられるかもしれず、私には自分たち家族が高校一年目の年にどこに住むことになるのかすらわからなかったのだ。私はまだたった一三歳だったけれど、家を離れたいと決心するのは驚くほど簡単だった。

高校に入る前の年、両親が私の何に感づいていたのかはわからない。私たちは引っ越したから、私は自分がみんなからアバズレと呼ばれる学校に通わなくてもよくなった。その代わり、そこには新たな苦痛、新たないじめがあり、自分自身からできるかぎり遠く逃げて逃げて逃げたい気持ちはますます強くなった。私はいくつかの寄宿学校に願書を出し、すべてに合格した。ローレンスヴィルは共学化するところで、同校初の女子生徒のひとりとして私の入学を認めたけれど、そんなにたくさんの男子がいる学校に通うと思うと気が引けた。私は結局ニューハンプシャー州のエクセターに行くことにした。いとこのクロディーヌが卒業したばかりで、彼女も学校もいい感じに思えたし、両親も学校の評判を聞いて気に入っていたからだ。若い私は、この世界とは言わなくてもこの国で最高レベルにエリートでお金のかかる高校に自分が通えることを、まったく当然のように思っていた。大事なのは自分が逃げられるということだけだった。

寄宿学校で自分の思うままに暮らすようになった私は、自分の体内に何を入れるかに関するコントロールのようなものを一切失った。突然、あらゆる種類の食べものに手が届くようになったのだ。食堂は食べ放題の狂宴だった。確かに、おおむね質は悪かった――工業的に生産された食べものならではの、味気なくいやな匂いだ――しかし、おびただしい量が手に入ったのだ。そして、サラダバーがあった。ピーナツバターとジャムのサンドウィッチがあった。朝食用シリアル。無制限のドリンクバー。デザートの選択肢。ピザのデリバリー。そして、キャンパス内の安食堂、ザ・グリルでは、数ドルでハンバーガー、ポテトフライ、フラッペが買えた。そして街中にはコンビニがあって、そこで私は巨大なサブマリン・サンドウィッチ〔細長いパンに肉、チーズ、野菜などを挟んだサンドウィッチ〕が買えた。ちゃんとしたカウンター席のイートイン付きのウールワース。ピザをオーダーすれば三〇分以内に寮に届けられて、ひとりでまるごと食べることができ、私の素のままの、恥知らずな放埒《ほうらつ》を止めようとする人は誰もいなかった。ものすごくたっぷり制限なしで食べる自由は、私に真の喜びをもたらした。私が高校時代に知っていた真の喜びはそれだけだった。

食べものの狂乱を差し出された私は、そのすべてに耽溺した。自分の欲しいものを何でも、欲しいときにいつでも食べることをおおいに楽しんだ。しょっぱいフライドポテトからあつあつのピザのなめらかにとろけるチーズからフラッペのひんやりした濃厚な甘さを次々に口にする流れをおおいに楽しんだ。私は自分にできるかぎり頻繁にその愉悦を求めて耽溺した。私は自分の秘密を呑み込み自分の体を膨張させ爆発させていた。私はありふれた景色に隠れる方法、決して満たされることのない飢えを満たし続ける方法を見つけた——痛みを止める飢え。私は自分自身をより大きくした。私は自分自身をより安全にした。私は自分自身と勇敢にも私に近づこうとする誰かとのあいだにはっきりした境界線を作り出した。私は自分自身と私の家族とのあいだに境界線を作り出した。そうしたのは私だけれど私じゃない。

寄宿学校に通う体験もまた、私が世界を理解するにあたって一種のショックとなった。私はミドルクラスで育ち後にアッパーミドルになったが、エクセターでは、何世代にもわたって富と名声そしてあるいは悪名を保持してきた家の出の生徒たちに出会った——政界の名門、ハリウッドのセレブリティ、財界の支配者層の子どもたち。寄宿学校に行く以前にも自分は富について知っていると思っていたけれど、富が本当のところどんなものなのかを学んだ。好きに使えるお金がありすぎて当然のように浪費し、そういう自分と同じ特権を持っていない者にはまったく興味がない人々が存在することを私は学んだ。自分が不適格だとは感じなかった。どれだけ道に迷っていても、私は自分が愛されていて幸運だということはわかっていた。しかしそうしたお金持ちの学友たちがいかに尊大な態度でこの世を渡り、いかに多くを手にするのかを知って、私は途方に暮れてしまった。

私はまあまあ裕福な家庭の出の黒人学生で、またよりによってネブラスカ州出身でもあったから、白人学生たちは私にどう接すればいいのかよくわかっていなかった。私は特異な存在で、彼らの脳内にある黒人はこういうものという物語に合致していなかった。彼らは、黒人学生は全員が貧しい出自で都市のスラム街に暮らしていると思っていた。彼らはエクセターにいる黒人学生は全員が学資援助と白人による慈善の恩恵を受けているのだと思っていた。黒人学生のほとんどは彼らの社交の輪に私をすすんで受け入れようとはしなかった。なぜなら私は彼らの頭の中の黒人はこういうものという物語にもまた合致していなかったからだ。ハイチ系アメリカ人である私は彼らと同じ文化的基準を持っていなかった。育ちに共通しているところがある生徒はほぼいなかった。人づきあいが下手で引っ込み思案な少女だった私の孤独はさらに深まった。食べものは慰めだっただけではない。食べものは私の友達にもなった。なぜならそれは常にそこにあり、食べるには自分自身以外に何も必要なかったからだ。

最初の感謝祭の休暇で帰省したとき、両親はショックを受けた。まるで私が誰だかわからなくなったように。そしておそらく、彼らにとっては、実際にそうだったのだ。彼らはあきらかに私を見たけれど視線は私を通り抜けた。私はたった二ヶ月半で少なくとも三〇ポンド〔およそ一四キロ〕増量していた。突然、私はすごく丸くなっていて、頬と腹と太腿はかつてないほどに肉厚だった。ぴったりだったはずの服は、縫い目の部分が引っ張られていた。私はいやだったけれども、両親に医者に連れていかれ、彼は慈悲深くも私が成長期なのだと宣言した。私の体にそれ以上のことが起こっていたときに。彼はあまり心配していない様子で、私の体重増加はおそらく初めて家を離れたのが原因だと判断した。私の両親はどうしたらいいかわからず、しかしものすごく心配して、すぐに私の体を一種の危機として扱いはじめた。彼らはこの初期の体重増加がこの先の問題のはじまりでしかないことを理解しないまま、私を助けようとした。彼らは何がこの問題を生み出しているのかについてさっぱりわかっていなかった。自分の体を自分が必要とするものにしよう、私を裏切った小さな弱い小舟でなく、安全な港にしようという私の決意について、彼らは何も知らなかった。

17

高校の最初の二年間、私は食べて食べて食べて、ますます自分を見失った。私は高校生活を無からはじめて、それから無以下になった。かつての自分だった女の子のふりをする必要があったのは、親と電話で話すときと休暇に帰省するときだけだった。あとの時間は、私は自分が誰なのかわからなかった。だいたいのところ、私はぼんやりしていた。私は役立たずだった。私は物書きになろうとしていた。私は自分に起こったことを忘れようとしていた。私はあの男の子たちを自分の肌の上と内側に感じるのを止めようとしていた。彼らがどんなふうに私を笑ったかを、どんなふうに私を笑って破滅させたかを。

高校時代のことはあまり覚えていないけれど、しかしここ何年か作家として名が知られるようになるにつれ、かつて一緒に高校に通っていた人たちから連絡が来はじめ、すると奇妙なことに彼らはみんな私のことをはっきり覚えているのだ。彼らはメール、フェイスブック、またはイベントなどで話しかけてきて、私も彼らのことを覚えているかしきりに聞いてくる。彼らの語る逸話を聞くと、まるで自分が私の記憶にあるほどには耐えがたい人間ではなく面白い人間だったかのように見えてくる。こうした他の人々の記憶をどう解釈すればいいのか、または彼らの記憶と私の記憶の帳尻をどう合わせればいいのか、私は知らない。高校で毒舌に磨きをかけたことは覚えている。私は無口だったけれど、その気になれば誰かを言葉で切りつけることができた。

自由時間には、私は年若い少女たちが恐ろしい男や少年たちに苦しめられる暗く暴力的な物語をたくさん書いた。私は自分に何が起こったのか誰にも言えなかったから、同じ物語を何千もの別のかたちで書いた。大声で言うことができないものに声を与える行為は心をなだめた。私は声を失ったけれど言葉があった。英語教師のひとり、レックス・マッギン先生は、私の書く物語の中にある何かに気づいた。彼は私のことを書くべき人だと言って、毎日書くようすすめた。毎日書けというのは大勢の教師がよくやる文章指導だと現在は知っているけれど、しかし私はそれをあたかも聖なる忠告のように、とても真剣に受け止めた。そして私は今でも毎日書いている。

しかしマッギン氏が私にしてくれたことで最も重要だったのは、私をキャンパス・カウンセリング・センターまで歩いていかせたことだ。彼は私に助けが必要なのを見て取り、私が助けを得られる場所まで連れていった。カウンセリング・センターで慰めあるいは救いを見出したとは言わない。私は見出さなかったから。私にはまだ準備ができていなかった。男性カウンセラーとのはじめの何回かのセッションは恐ろしかった。私は椅子のはじっこに腰掛け、ドアを見つめて、脱出ルートになりそうなところを見つけ出そうとした。私はどんな男性ともふたりきりになりたくなかった。まして知らない人と、ドアの閉まった部屋でなんて。私はそこで何が起こり得るかわかっていた。しかしそれでも、私はたびたびそこに戻っていった。マッギン氏が私にそうするよう言ったからかもしれないし、私の一部が自分に助けが必要だとわかっていて、それを渇望していたからかもしれない。

18

学校で私は食べて食べて食べた。休暇で帰省したときには、ダイエットをしているふりをした（そして自分が本当に食べたいもの全部をこっそり食べ続けた）。この食の二重生活はかなり大人になるまでずっと続いた。現在もまだ完全にはなくなっていない。両親はなぜ私がそんなに体重を増やしたのか理由を解明しようとした。私は彼らに教えられる答えを持っていなかった。高校一年生が終わった夏、彼らはとある「医師が開発した液体ダイエット」を私にやらせた。私は粉っぽく吐き気を催させるミルクシェイクを毎日五本ずつ飲んだ。もちろん体重は減った——四〇ポンド〔およそ一八キロ〕、もしかしたらもっと。両親は私が自分の体を制御したことを喜んだ。私は学校に戻り、同級生たちは私の新しい体に感嘆し、私を褒《ほ》めて、私とつるみたがった。このときはじめて私は、減量は、痩せていることは、本当に社会的貨幣《ソーシャル・カレンシー》なのだと理解した。この注目の最中で、私はせっかく身につけた目立たなさを失いつつあり、それは私を怖がらせた。ティーンエイジャーである私はすごく怯えていたのだ。

二年生の一学期がはじまってまもなく、私は夏のあいだに獲得した貨幣を失った。二、三週間で、私はすぐにふたたび食べはじめ、夏に成し遂げた前進をしきりになかったことにしようとした。私の細くなった新しい顔は膨らんだ。私の胃は張ってパンツのウエストの部分を伸ばした。私の胸は野放図に膨らんだ。なぜなら私は体重をたくさん増やしていただけでなく、思春期真っ只中でもあったからだ。

私はそれでもまだ自分の寄宿学校生活が『キャンビー・ホールの少女たち』みたいになるかも、すなわち寮の女の子たち全員となかよくなって先生はみんな私が好きになるかも、という希望を抱き続けていた。私の経験にまったくないことだ。

孤独は常にずっとそこにいる相棒だった。私には友達が多くなく、できた友達には適応できずぼんやりしていて、ほぼずっと、みんなは哀れみから私を仲間に入れているのだと確信していた。私はしばしば間違ったことを言った。私はボーイフレンドのミスターXをでっちあげた。現在の私を何よりもうんざりさせるのは、かつて自分が自分の想像の産物にこの奇妙な偽名をつけていたこと、またはそもそも偽名を考え出したということだ。私は私の夢の非実在男性にもっとありそうな名前を思いつくことすらできなかったのだ。そのうち、私の社交の輪にいる女の子たちは、私が彼女たちのボーイフレンドのうちのひとりをもとにミスターXを描写していることに気づいた。ご想像の通り、信じられないくらいマヌケだし、彼女たちはそれを私に忘れさせてくれなかった。私にはファッションセンスがなかった。私は自分の髪をどう整えればいいのか知らなかった。私はどうやって普通の女の子になればいいのかわからなかった。どうやって人間になればいいのかわからなかった。それは悲しい、悲しい時間だった。毎日が心を砕く失望あるいは屈辱のむち打ち刑だった。

そして二年生の秋の暮れ、私は腹部に激しい痛みを感じはじめた。そのせいで夜も眠れず、家から遠く離れた寮の部屋でひとり、涙を流してあえぐことになった。私はちっとも役に立たないことで知られる保健室へと向かい、そこで職員たちは何度も何度も、妊娠ではないのかと私に尋ねた。それは彼らの頭の中では、一〇代の女の子に最もありがちな問題なのだった。私は妊娠しておらず、彼らにはさらに調べようという意欲はなかった。毎回、彼らは私を帰し、真剣に受け取っているようには見えなかった。まじめな話、医学界は女性の痛みを取り除くことにそう興味があるわけではないのだ。

ある夜、私は自分の階の管理委員がいる部屋の前まで這っていった。一年生のときにジェスチャーゲームで私のマネをし、ヒントとして両手を広げ、誰かが私の名前を口にするまで部屋をヨタヨタ歩き回った女だ。彼女がようやく目を覚ましてドアを開けたとき、私は汗をかきじっとりと湿って冷たくなっていた。キャンパスの警備員が私を地元の病院に連れていき、そこで医師たちは私に胆石があるのを見つけた。私は怯えて両親に電話し、父は心配するなと言った。彼は私に、目を閉じなさい、朝にはそこにいるよと言った。私は彼が言った通りにし、目を覚ますと彼はそこにいた。彼はいつもそういう父親だった。私は緊急手術を受け、胆嚢が摘出された。夏のあいだの高タンパク質ダイエットは胆嚢によくなかったことが判明した。私は寮の保健室で一〇日ほど過ごし、まがまがしく、触ると柔らかい新たな傷が残された。

回復中にも私はまだ痛みを感じており、まもなく医師たちは執刀医が私の体内にいくつかの胆石を残していたのを発見した——あんなに小さな物質がすごい痛みを引き起こす。私はボストンのマサチューセッツ総合病院に搬送され、はじめて救急車に乗って、怯えたけれども同時にまだ死についてしっかりとは理解していない子どもらしくワクワクもした。このときは両親ふたりともやってきて、私がよくなるまで気を揉《も》んでいた。やがて私は学校へ戻った。これらの病のせいでまた体重を減らしていたので、再度、私は私の体を大きく大きく大きく、より安全にすることに取り組まなければならなかった。

19

カウンセラーの部屋では大部分の時間をむっつりと押し黙って座っていただけだったが、それでも私は高校でずっとセラピーに通い続けた。大きな前進はなかったが、そこは極端に要求の大きな学校でいい成績を取らなければいけないというプレッシャーからしばし逃避できる空間だった。私はものすごく孤独な、人気がなくぼんやりしたティーンエイジャーでいることから逃避することができた。残念な娘でいることから逃避することができた。

そのうち、女性のカウンセラーが私の担当になって、エレン・バスとローラ・デイビスの『生きる勇気と癒す力』を手渡された。最初、私はこの本が嫌いだった。なぜならそこには「ワークブック」と、とても真面目に受け取るのは無理なうさんくさいエクササイズが含まれていたから。言葉づかいは大げさすぎたし、肯定的な断言《アファメーション》でいっぱいなのも私の不信を煽った。

この本で信奉されている理論の多くは現在では信用に値しないとされているが、当時、すごく怯えて打ち砕かれていたあの頃には、『生きる勇気と癒す力』は、自分が体験してきたことを表現する語彙《ごい》を私にもたらした。私はあの本を、そこで奨励されているあの子どもじみたエクササイズを嫌うのと同じ程度に必要としていた。犠牲者とサバイバーとトラウマについて、そしてトラウマを克服するのは可能だということを学んだ。私は私がひとりではないことを学んだ。レイプされたのは私に落ち度があったからではないと学び、たとえそうして学んだことすべてを信じたわけではなくとも、そういう考えかた、そういう真実があることを知るのは重要だった。自分が癒されているようには感じなかったし、あの本が提示しているような癒しに自分をはめこみ作り変えることができるとは思えなかったけれど、少なくとも癒しが可能に思える場所に至るために参照することができる地図のようなものがあるのかもしれないと感じたのだ。私はあの連帯感と希望を必要としていた。たとえ自分がいつかふたたび完全体になることは想像できなかったとしても。

20

私が自分自身と自分の傷を忘れることができる場所がひとつだけあった——演劇部だ。高校で、私は情熱的な演劇オタク《ドラマギーク》になり、舞台技術に恋した——どんなショウも可能にする裏方仕事全般である。舞台の裏側で働いているとき、新たに獲得した胴回りは関係なかった。引っ込み思案な性格も関係なかった。私は何かの一部になれたのだ。私が何かの一部であることをショウの観客の誰もが知らないままに。

私が携わった最初の演目は、一年生のときの『リトル・ショップ・オブ・ホラーズ』だ。私は音響ブースにつき、効果音のキューを担当して、ハンサムな若い卒業生（というか五年生シニア〔四年の課程を修了後すぐに大学に進まず高校にしょっちゅう顔を出す人〕）マイケルと友達になった。彼はショウの最後に出てくる巨大植物も動かした。学年の終わり、マイケルは私をボストン港クルーズ船でのプロムに連れて行くことになった。彼は私にとても優しく、友情のほかには何も求めなかった。若い男が優しい場合もあるのだ、と知るのは、私にとって一種の天啓だった。

私は劇オタとして、その演目に必要な背景に見えるよう書き割りを組み立てたりピンと張ったキャンバスに絵を描いたりする方法も学んだ。私は音響効果と照明の設計や延々と続く稽古をいかにやり通すかを学んだ。私はかび臭い衣装倉庫をさまよい歩いて特定の衣装を見つけたり、舞台に必要な小道具を探しだしたり作ったりするのを手助けした。劇場にいるとき、そこは真っ暗でホコリっぽく、私は役に立った。私は使えた。人々は私にあれこれやるよう指示し、私はそれをした。私は目の前のタスクに集中して、森の中の男の子たちと彼らが私の体にしたことについて忘れることができた。

私は芝居とミュージカルに命が吹き込まれるのを見るようになった。どんな演目でも、その仕掛けと、見事に自分がただの高校生以上の人物であるようなふりをしてみせる役者たちの表情や動きが大好きだった。顧問のオガミ・シャーウッド先生とベイトマン先生はおおらかな性格で演劇への情熱があった。ふたりは私たち演劇オタクみんなをとりこにした。ベイトマン先生はウォッカのダイエット・コーク割りでいっぱいのタンブラーを片手にうろついていることで悪名高かった。彼は禿《は》げつつあったけど、まだ残っていた髪はボサボサに逆立っていた。彼は黒いタートルネックがお気に入りだった。私が一九九二年に卒業してまもなく、彼は児童ポルノの所有およびそれを州境を越えて送った件で有罪判決を受けた。彼は懲役五年の刑に処せられた。オガミ・シャーウッド先生はカールするゆたかな髪を伸ばしていた。彼女は背丈こそ低かったけれど、他のあらゆる側面において大きかった。彼女はばかげたことを許さず、私たちのほぼ全員が彼女を恐れるのと同時に彼女の関心を切望していた。

公演の夜、私はしばしば裏方をつとめた。私は全身黒を着て、舞台を進行させる見えない機械の一部になった。私は自分が関わったすべての演目のすべての台詞を覚えていて、私と同じように劇場にとり憑《つ》かれた他の演劇オタクたちと一緒に、おおいに楽しんだりちょっとした魔法を創り出したりする方法を見つけた。高校は最悪だったけれど、劇場では、私たちはお互いのために、一度に数時間ずつ自分たちが馴染める場所を創出したのだった。

21

キャンプ・キングスモントは減量およびフィットネスのキャンプで、高校二年生が終わったあとの夏に私が参加したときは、風光明媚なマサチューセッツ州のバークシャーで開催されていた。パンフレットはすべてを牧歌的でいかにも感じよさそうに見せていたから、私は即、こんなプロパガンダを信用してはならないとわかった。高校時代の夏、両親は私を数週間にわたってキングスモントに送った――私の体の問題を解決しようとする試みのひとつである。この件に関して私が口を出せる余地はなかった。なぜなら彼らは必要ならばどんな手段を使っても私の体重を減らしてみせると決意しており、私はいやだと言っても意味がないことをすでに学んでいたので、キャンプに向かうしかなかったのだ。

私はキャンプとアウトドアが大嫌い、特に森は大嫌いだ。私たちキャンパーが滞在した小屋はよく言えば田舎風で、かなり急な丘のてっぺんにあり、その小屋の中に用事ができるたびに強制的に丘を登るはめになるのだった。

しかしながら私たちはそんなに長い時間を小屋の中で過ごすことにはならなかった。なぜならこのキャンプは私たちがアウトドアを「楽しむ」よう仕向けることに熱心だったからだ。カウンセラーたちは私たちみんなを、自分はいま運動しているとはっきり感じさせずに運動させせる狙いで用意されたさまざまなアクティヴィティで忙しくさせた。少なくとも、彼らはそう自負していた。私はいつも自分が運動していると感じていた。悪夢だった――自然観察の散歩、水泳、団体スポーツ、そしてもちろん、夕食後および小屋に何か忘れるたびに丘を登るつらい道行き。体重測定が行われ、一日三食とおやつには、さらなる減量を促す狙いのつまらない栄養食品を食べた（たくさんの焼いたチキンと蒸したブロッコリ、ピザやハンバーガーといった普通はおいしい食品の味気ない版）。不自然な量のジェローが出されていたことは特にはっきり覚えている。

ふたたび、私は減量したが、年長組のキャンプ参加者のひとりとして、カウンセラーたちと一緒に時間を過ごすようにもなった。彼らのほとんどは私たちのたった三つか四つ年上なだけだった。夜、年少の参加者たちが眠りにつくと、私たちは小屋のひとつの裏にある焚き火場のまわりにたまった。こんな風にささやかにひとつのグループに入りこみ、自分が規則を破っているかのように感じるのは、ひそかなスリルがあった。

自分の現実生活、つまり両親のいる家に戻ったとき、私はすぐさまそれまでの学びをすべて打ち棄て、失った体重をふたたび獲得し、さらにいくらか増やした。キャンプ・キングスモントで私が身につけたのはタバコの吸いかただった。なぜなら私たちはカウンセラーたちにタバコをたかることができたからだ。喫煙は私にとって一八年にわたって大切に続けられる習慣となった。

喫煙はいい気分で、いつも私に軽い興奮をもたらした。喫煙は自分が全然クールじゃないとわかっていたときに私をクールな気分にもさせてくれた。私は喫煙という儀式が大好きだった。あの頃、私はそのパフォーマンスに夢中だった。私はジッポーのライターを買い、常にオイルで満タンにしていた。それを自分の太腿に当てて開けたり閉じたりするのが好きだった。神経性チックの症状だ。

私はバージニア・スリムあるいは私たちがバージニア・スリムと呼んでいたものからはじめて、マールボロ・レッドに移り、それからマールボロ・ライト、そして最終的に箱のキャメル・ライトに落ち着き、それは一八年近く私のお気に入りだった。新しい箱を手に入れるたび、てっぺんをトントンと掌《てのひら》に何度か軽く叩きつけてタバコの中身を詰め、それからプラスチックの包装と銀紙を引きはがした。タバコを一本さかさまにしてから、別の一本を引き出して吸った。私はこのちょっとした儀式をキャンプのカウンセラーの誰かから習ったはずだ。

食事のあとに吸うタバコ、朝起きてまず吸うタバコ、寝床につく直前に吸うタバコが大好きだった。高校ではタバコを吸っているのを教職員に隠さなければならなかったから、授業のあいまに繁華街に歩いていって、ウォーター・ストリートに並ぶ店の裏、どんより濁ったエクセター川のほとりで吸った。水辺で捨てられたタバコの吸い殻やらビール缶やら何やらに囲まれ、砂利石の上に座って過ごすあの静かな時間、私は反逆者のような気分だった。私はあの感じ、自分は規則を破れるほど、規則は自分には適用されないと信じるほどに面白い人間なのだという感覚が大好きだった。

多くの喫煙者同様、私は眉をひそめそうな人々、つまり両親から証拠を隠す精巧な手続きを開発した。私はたいてい口臭予防のミントキャンディやガムなどの寄せ集めを身につけていた。車に乗っているときは、運転しながらすべての窓を開けた。まるでこれで空気が入れ換わると自分を説得しようとするように。

一日一箱の習慣がつくのにそう長くはかからず、当然、階段を上がるときに私の肺は痛むようになり、ときには咳で目が覚め、私のすべての衣服はいやな臭気を放ち、この習慣はひどく高くつくようになりつつあった。けれど私はクールだったし、たったひとつの小さな部分だけでもクールになれるのなら喜んで犠牲を払うつもりだった。

22

あの後、私は食べものに向かったわけだけれど、他にも問題をさらに厄介にする要因があった。私はほっそりしていた頃にも決して運動が得意なわけではなかった。私は郊外の子どもだったから、両親は私と弟たちにありとあらゆるスポーツをやらせた。彼らは運動が得意だったけれど、私はやってみたスポーツのどれひとつうまくはできなかった。律儀に練習に通っていたにもかかわらず。

サッカーではゴールキーパーだった。うちの家族はいまでも、私が試合の最中にゴールポストの近くに座ってたんぽぽを摘んでいた話をするのが好きだ。私には記憶がないけれど、試合がちっとも私の興味をそそらなかったのは驚きではない。花々は愛らしくサッカーの試合は長くて退屈。とりわけ自分がやっている試合のルールも戦略もほとんどわかっていない子どもにとっては。

ソフトボールではキャッチャーだったけれど、私はボールが怖かった。あんな威力と速度で自分に向かってくるなんて。私はボールを避けるためにできることは何でもして、それは自分のポジションをうまく務めることにまったく貢献しなかった。塁を駆け回るのにも全然興味がなかった。私にとっての理想の試合は、私がボールを打って、誰かが代わりに走って塁を回り、対戦チームが攻撃側のときはプレーしなくていいというものだった。

ある時期にはバスケットボールをやっていたけれど、私はまだ背が高くなかった。背丈はだいぶあと、一〇代の終わりになってから伸びた。なので私には生まれつきの強みがなく、得点するのも守るのも、コートにいる人が要求されるあらゆることがちっともうまくなかった。重ねて、私はコートを駆け回るのに興味がなかった。ユニフォームも似合わなかった。私の好きなポジションはスコア記録係だった。私は点が入るたびに得点板の数字をめくるのがすごく上手だった。

学校で私たちはドッジボールとテザーボールをやった。大統領体力スポーツ栄養諮問委員会（PCFSN）のフィットネス・チャレンジが行われていて、私はランニング課題をほぼ毎年、いちばん最後に完走していた——一マイル〔一・六キロメートル〕がまるでマラソンみたいに感じられた。高校では、スポーツは重要かつカリキュラム上の必修事項で、それは私に向いていなかった。私はボートを漕いだが、私たちが使っていた古くてきしむボートが大嫌いだった。ホッケーをやったけれど、ホッケースティックの武器としての利点のほうに興味があった。ラクロスは単純に意味がわからなかった。アイスホッケーは悪夢だった——極寒の中で長時間過ごし、薄い二枚のブレードでバランスを取ろうとしながら、要は小さなパックと役立たずのホッケースティックで氷上サッカーをするのだ。私はすぐに自分はスポーツアレルギーであるという結論に達した。いまでもこの結論は揺るがない。

だが、泳ぐのはまあまあできた。私は水が、その中を動き回る自由が、無重力を感じるのが大好きだった。私は自分の体が地上では決してできないであろうことを水の中ではできるのが大好きだった。塩素のにおいすら好きだった。あるときは自由形五〇ヤード〔四五・七二メートル〕で校内記録を出した。誤解のないように言っておくと、これは六年生のときの話だ。けれど、私は今でもこれを思い出してちょっとした達成感のほとばしりを感じる。なぜなら水の中では、私は自分の筋肉と自分の肺を使い、優秀で強くて自由だったのだ。

私よりはるかに運動神経がよかった弟たちは、両方ともサッカーに熱中し、真ん中の弟は何年かプロ選手として活動するまでになった。私はあきらかに彼らが享受しているスポーツの、優れた運動神経の快楽に嫉妬したけれど、その快楽を本気で求めていたわけではなかった。私はこれまでずっと矛盾だらけの女だった。私の真実の愛はあの頃も今も本と物語を書くことと夢想することに向かっていた。スポーツは私が本当にしたいことから私を引き離す邪魔なものでしかなかった。

23

高校時代を通して、私は何かのふりをし続けていた。学校ではいい生徒のふり、両親と話すときはいい娘のふり、そうして私の心は引き裂かれ続けた。年を経るごとに、私はどんどん自分が嫌になっていった。レイプされたのは自分が悪い、当然の報いだ、あの森の中で起こったことは私みたいなみじめな女の子にはあたりまえのことだと信じ込んでいた。私はどんどん眠らなくなっていった。なぜなら目を閉じると、少年の体が私の少女の体を押しつぶし傷つけるのを感じてしまうからだ。私は彼らの汗とビール臭い息のにおいを感じ彼らが私にした酷いことすべてを思い出した。私は恐怖にあえぎながら目を覚まし、天井を眺めたり、本を読んで自分の体と人生から抜け出しもっとましなところへ入り込んだりしながら夜の残りの時間を過ごしたものだった。私が読むものはてんでばらばらだった。その純粋な現実逃避を求めてたくさんのトム・クランシーとクライブ・カッスラーを、豊富にあるという理由でハーレクイン・ロマンスを、学校の図書館で見つけられるものは何でも読んだ。

日中、私は授業に出たが、それもまたある意味で一種の現実逃避だった。学業の面においてエクセターは厳しくて、大学の授業よりもよっぽどきつかった。私は授業が好きだった。建築の授業では、ビルの屋根から落としても中の卵を安全に保つことができる船を作らなければならなかった。しかも使えるのは発泡スチロールと輪ゴムみたいなものだけだ。英語の授業では、アッパー（他のところではジュニア〔最高学年の一つ下の学年。ここでは日本の高校二年生にあたる〕）の生徒は全員「論説」を書かなければならなかった——興味のある題材について調べ関係者に取材し熟考して深く掘り下げる課題だ。その頃の私はハイチ系の両親が認める職業のひとつである医者になりたかったので、うちの家の隣の外科医について書いた。彼は私の質問につきあい、春休みに外科手術を見学させてくれた。自分の「論説」に取り組みながら、私は自分が単なるさえない高校生よりもっと立派なものになったような気分になった。

学業では私は上出来だった。私はそういうふうに育てられた。極めて優秀に、それ以下で決して満足しないように。ABは悪い成績であり、もしAマイナスがついたらまだまだできるはずだから、そうした。私はベストを尽くした。私は長年にわたってずっと、さまざまな理由から学校に関して神経を張り詰めていた。好成績をあげなくてはならないプレッシャーと、少なくとも学業では自分が主導権を握っているのだという心の慰めを得るためでもある。私は勉強し記憶し複雑なものごとを理解する方法をわかっていた。それが自分と何の関係もないことである限りは。また私は、両親が私の教育にどれだけのお金を注ぎ込んでいるかも知っていたから、失敗はできなかった。私にはもうこれ以上彼らをがっかりさせることはできなかった。私には、たとえささやかであっても、自分は彼らがかける期待に見合っていると感じる必要があったのだ。

私はどんどん自分の体から切り離されてゆき、過食と体重増加は続いた。私は両親にさんざんやかましく言われてようやく気乗りしないままダイエットを試みた。私は太ることを気にしていなかった。私は太って、大きくなり、男たちに無視され、安全でいたかった。高校の四年間で、私の体重はおそらく一二〇ポンド〔およそ五四キロ〕ほど増えた。食べたりお金を遣ったりするのはうさ晴らしになるということで、私はザ・グリルであまりにもたくさんの食べものを買い、校内の書店では気の向くままにクズを買ったから、校内通貨制度であるライオンカードの勘定はとんでもない額になった。

お金を遣い果たしたのは、おそらく私が周囲のお金持ちの子どもたちについていこうとしていたのもあったのだと思う。彼らは自分のアメリカン・エキスプレスのカードを持っていて、それをボストンで過ごす週末や、ヨーロッパやアスペンの旅の休暇で派手に切った。両親は請求書を見て私を問い詰め、無駄遣いに激怒し、すべての支出について答えを求めたけれど、本当に求めていたのは、自分たちが知っていると思っていた娘とはあまりにも違う私がいったい何者になってしまったのかについての答えだった。私は彼らへの答えを持たなかった。自分に起こったこと、こんなにもたくさん体重を増やすことによって自分が自分の体にしていたこと、自分が普通の人のように機能できないこと、自分が明白に両親を失望させていることについて自己嫌悪でいっぱいだった。

私は引き続きドラマギークの中のドラマギークでいることに身を捧げていた。最終学年では、何人かの友人たちと性暴力についての戯曲を書き、上演した。私たち全員にそうした経験があり、年を重ねるうちに何らかのかたちで打ち明け合っていた。公演初日、客席には両親がおり、終演後に私がロビーで見つけた彼らは、あきらかにうろたえていた。彼らは私にどうしてこんなことを思いついたのかと尋ねた。それは彼らに私の真実を伝えるチャンスだったけれど、私は肩をすくめて質問をやり過ごした。私は私の秘密を厳守し続けた。

どの大学に進むか決める時期には、両親を幸せにするために自分にできることなら何でもしなければならないと思っていた。私が彼らを失望させてきたこと、私が私であったことの埋め合わせをするために。私は義務感で主にアイビーリーグの大学とニューヨーク大学（NYU）に願書を出した。私はどこも受かったがブラウン大学だけ落ちた。これは私が決して（はっきりと）忘れることのない冷遇の経験である。私は学校の郵便局で、自分と同じようにしきりに将来がどうなるか知りたがっている同じ学年の他の生徒たちに囲まれてイェールの合格通知を受け取った。私は封筒を開き、優越感に興奮するのを自分に許した。私の近くに立っていた若い白人男性、ラクロスをやるタイプの男は、まだ志望校にひとつも受かっていなかった。彼ははっきりと嫌悪の目で私を見た。彼は「アファーマティヴ・アクション〔有色人種や女性など社会的に差別されてきたマイノリティ集団を教育や雇用の場で優遇する措置〕」と口に出して私をあざ笑った。黒人の女の子である私が、彼にできなかったことを成し遂げたという非情な真実を呑み込むことができずに。

もし大学に行かなければならないのなら(そしてハイチ系の娘である私は大学に行かなければならなかった)、私はNYUに行きたかった。そこにはすごい演劇プログラムがあった。不幸なことに、両親はニューヨーク市にある大学に行くのは私のためにならないという意見を譲らなかった。演劇を専攻するのもあまりに奇抜かつ非現実的だった。私の切望にとどめを刺したのは、あの大都会は危険すぎるという彼らの心配だった。この心配は私を途方もなくいらつかせた。なぜなら私は本当はどこに危険が潜んでいるのか知っていたから――よく手入れの行き届いた閉鎖的な郊外住宅地の裏の森、育ちのいい男の子たちの手が届くところだ。

NYUに行きたいのと同じかそれ以上に私が求めていたのは休むこと、頭の中に響く騒音を静かにさせる機会だった。これ以上体裁を取り繕う気力が自分にはないとわかっていたから、両親に一年休みを取っていいか尋ねた。私は混乱状態で、もう少しで倒れそうだったのだが、私の要請は拒否された。高校と大学のあいだに一年間の休みを取るのはいい女の子がすることではなかった。いったんノーと言われてからは、この件に関して自分に選択肢があるという発想は決してなかった。

私は結局イェールを選んだ。そこにはすごい演劇プログラムがあり、かつてジョディ・フォスターがしていたみたいにイェール大学演劇部で活動したかったからだ。ニューヘイヴンはニューヨーク市から一時間だから、週末はあの街で過ごせる、と自分に言い聞かせた。もちろん、世界最高の大学のひとつであるアイビーリーグの大学に通うのをまるで不服のように感じるのはちょっとおかしいのだが、私は私の秘密を、私のトラウマを抱えているのに加えて気難しいティーンエイジャーだったのだ。私はまだ自分の特権、あるいはその特権を自分がいかに当然のものとして享受しているのかに向き合うようにはなっていなかったのだ。

24

高校卒業後の秋、両親は私を車でニューヘイヴンに連れていき、一年生全員が住む旧キャンパス内の寄宿舎に引っ越しさせた。私は階段であがるしかない五階の四人部屋に、他の三人の若い女性といた。私はルームメイトたちと会った。うまくやっていけそうな、感じのいい女の子たちだった。父は共用スペースのために小さな青い二人掛けソファを買ってくれて、彼ともうひとりの父親でそれを五階まで引っ張りあげた。母は新品のシーツで私のベッドを整え、荷解きを手伝ってくれた。ふたりがふたたび居を定めるネブラスカへと向かう前に私たちはディナーに出かけた。すべてはすごく普通に感じられた。離ればなれになる前、彼らは私の幸運を祈り、問題に取り組むよう励ました。もちろん体重のことだ。そして私はまたひとりになった。

両親が私をまた学校に残していくのを恐れていたことに疑いの余地はない。前回、私はものすごく体重を増やした。彼らは大学でもそれが起こることを、私がどれだけ大きくなってしまうのかを間違いなく怖がっていた。飲酒やドラッグについては心配していなかった。なぜなら彼らはすでに私が選んだ悪徳が何かを知っていたから。それでも、彼らは教育の重要性を信じ、思うに、私が自衛本能みたいなものを持っていて、与えられた機会を活かし、減量したいと願うようになることを望んでいたのだ。そうすればもっと他の女の子たちみたいに、より小さく、したがってより良くなれるということで。

それまで寄宿制の学校に通い、二年にわたってキャンパス内の寮に住んでいたから、よく大学進学と結びつけられがちな成長の痛みのようなものは私にはなかった。キャンパスにおいてどんなふうに自分の面倒をみればいいのかはわかっていた。もしくは少なくとも、自分の面倒をみているように見せるにはどんなふうにすればいいのかは。

しかし私は苦しんだ。高校時代よりもずっと。知り合いはいたけれど、自分に正直になれると感じられるような人は誰もいなかった。監視はずっと緩くなったから、私はさらにもっとダメになった。さらにたくさんの誘惑と、時間の費やしかたがあった。コネティカット州ニューヘイヴンはニューハンプシャー州エクセターとはかなり違う町だ——ずっと大きく、都会で、さまざまな人々がいる。キャンパス内でも外でも、さらにたくさんの食べものが手に入った——私はアティキャスに行くのが大好きだった。そこは書店カフェで、おいしいサラダとサンドウィッチがある。授業には滅多に出ず、出てもほぼ意味不明だった。生物学の教師は私たちに、医者になろうとしている学生たちの中から上辺だけの者を一掃するのが自分の使命だと告げた。私は、まったくもって効率よく一掃された。大量の課題はとんでもなく厳しかったからだ。そこには実験と宿題と非常に厳しいガイドラインに沿って書かねばならない研究報告があった。微積分学Ⅲの計算はものすごく複雑かつ難解で、もはや面白くなってくるほどだった。教授が別の言語を喋っていた可能性すらあるかもしれない。

私は二年間で専攻を三回変更した。医学部進学課程・生物学から、建築そして英語へ。高校でそうだったのと同じように、ほとんどの自分の時間を演劇をやって過ごした。演劇的スペクタクルを生み出す舞台裏の静かな選択に責任を負うのに飽くことは決してなかった。

夜も昼もイェール大学演劇部のバックステージとキャンパスのあちこちの校舎（または寮、その他どこでも）で行われる演劇公演で過ごした。私はセットを組み張り物を塗り音響調整卓を操作し照明を吊るした。『ウエスト・サイド物語』の最後の場面に使う金網フェンスを手に入れるために、顧問の教師についてマサチューセッツ州の私立高まで行ったこともある。私は小さな大学公演のセットをデザインし、この実験劇場作品の技術監督を務めた。舞台に取り組んでいるとき、私は学校のこと、家族のこと、自分のみじめな状態のことを忘れることができた。バックステージ、大道具置き場、またはキャットウォークの上にいるとき、そこにはやるべきことがあって、私はそれをどうやればいいかわかっていた。自分が役に立つというのは癒しだった。

25

私が一九歳だったあの夏は私の失われた時代のはじまりで、それはインターネットと共にはじまった。二年生の年が終わると、私は知人と小さな食料雑貨店の上階のアパートに引っ越した。特に親しい仲だったわけではないが、当初は自分たちが一緒に暮らしていけると信じられる程度には仲がよかった。

大学にあがったとき、両親は私にコンピュータを与えた。マッキントッシュLCⅡとモデム。勉強に役立つということだったが、私は世界中の知らない人々と掲示板やIRCのチャットルームで話をするのに使った。ＩＲＣはいにしえのチャット用プログラムで、その幾千のチャンネルには主にいかがわしい会話を交わすことに興味がある幾千人もの孤独な人々が生息していた。

私は起きている時間のほとんどをオンラインで、知らない人たちに話しかけて過ごした。そこで私は自分で認識している自分、つまり太った、友達のいない不眠症の負け犬でいなくてもよかった。私はこの匿名性と、自分自身を他の人たちに対して思い通りに示せる自由に浸った。私は七年ぶりに自分が他の人たちとつながっている感覚に我を忘れた。オンラインでいることは、極めて限定的かつものすごく必死の思いで求められていたスリルを私に提供したのだ。

高校時代を通じて、私はわざわざ言うほどの恋愛は経験しなかった。誰かとつきあうには私は不器用すぎ、引っ込み思案すぎ、とっちらかりすぎだった。私は私の黒さ、大きさ、自分の容姿への関心のなさから、高校の男の子たちの目には見えない存在だった。すごくたくさんの本を読んでいたから、心の奥底ではロマンティックだったけれど、でも自分がロマンティックな物語に参加したいという欲望は頭の中限定で、まるで他人事のようだった。男の子が私を誘い、デートに連れ出し、キスするという考えが好きだったけれど、実際に男の子とふたりきりにはなりたくなかった。男の子は私を傷つけるかもしれないからだ。

オンラインで話しかけた男たちのおかげで、私は自分の体の安全を保ったまま、ロマンスと愛と欲望とセックスという概念を楽しむことができた。私は自分が痩せていてセクシーで自信があるようなふりができた。

レイプおよび性的虐待サバイバーのためのフォーラムを発見し、『生きる勇気と癒す力』を読んだときと同じく、自分はひとりぼっちではないのだと知った。私はこうしたオンライン・フォーラムから、あまりにもたくさんの女の子たちが、そしてときには男の子たちも恐ろしい目に遭っているということを知った。私の秘密がどれだけ酷かろうと、さらに酷い秘密を持っている人々がたくさんいるのだと知った。

IRCのチャットルームで、私はBDSMコミュニティの人々と話し、安全で、理性的で、合意にもとづく性的接触について学んだ。そこでは力の交換が行われるけれど、やめてほしいときにやめさせることができるセーフワードが定められている。正しい種類のノーをノーとして受け取る人々がいて、それは力に満ちており、興奮をもたらすということを知った。私はノーと言うための安全な方法についてもっと知りたくなった。

今では、私は森の中で起こったことを豊富な語彙《ごい》で語ることができる。一二歳の頃には、そうした言葉を持ち合わせていなかった。私が知っていたのはあの男の子たちが私を無理やり彼らとセックスさせた、女の子の体の使われかたとして私が知らなかったやりかたで私の体を使った、ということだけだった。本とセラピーとネットの新しい友達のおかげで、私はレイプと呼ばれるものがあるのだとそれまで以上にはっきりと理解した。女性がノーと言ったとき、男性は耳を傾け、していることをやめて然るべきなのだと知った。私がレイプされたのは私に落ち度があったからではないと知った。こうした新しい語彙を学ぶことには静かなスリルがあったが、しかしいろいろな意味で、その語彙が自分に適用され得るものだとは感じなかった。私は赦《ゆる》しを受けるにはあまりにも傷ついており、あまりにも弱かった。こうした真実をありのままに信じることは、それらを知ること以上に難しかった。

26

大学の三年目がはじまる数週間前、私は失踪した。どこへ行くつもりか誰にも言わなかった。私の奇矯なふるまいに当然のことではあるがますますうんざりするようになっていたルームメイトにも、知り合いにも、両親にすら。私はサンフランシスコに飛んだ。そこにはオンライン掲示板で出会った四〇代の男性がいて、私たちはお互いに……関心があったからだ。それまでの人生ではじめて自分が求められていると感じた私は、この男性に対して本物の欲望を感じていたわけではなかったけれど、求められるだけで十分だったのだ。私はそれとわかっていたはずなのに自分の体を危険に晒したけれど、とにかく自分の知っている自分の人生から離れたかったのだ。私は私にとってただひとつの脱出口にすがった。

これまで私はありとあらゆるトラブルを経験してきたものの、同時にきわめてラッキーでもあった。この年上の男性は変わっていたが優しかった。彼は決して私を傷つけなかった。彼は私がしたくないことを決して無理やりやらせはしなかった。彼は私を気にかけ、他の見知らぬ人々に紹介し、彼らも私を利用することなく私を当時のありのままに――人生に迷い、クソ打ちひしがれた若者として――受け入れる優しい人たちだった。私たちはいくつかのパーティに出るためサンフランシスコへ行き、そこで何ヶ月にもわたってオンラインでおしゃべりしていた何人もの人々に会った。騒々しい時間を過ごした後、彼は自宅のあるフェニックス郊外、アリゾナ州スコッツデールまでついてこないかと言った。私は自分の人生に戻りたくなかった。それはできなかった。だから戻らなかった。

私にはお金がなく、二、三日分の服しか持っていなかった。私を愛してきた人々は誰も私がどこにいるのか知らなかった。私は興奮した。自由を感じた。なぜならもう両親または他の誰かのためにアイビーリーグのいい子のふりをする必要がなくなったからだ。

私はフェニックスで一年近く過ごした。すっかり気がふれていて、ばらばらになった自分自身のかけらを集めて元に戻そうと試みることすらしなかった。私は何でもやりたいことをやった。長いこと擬態していたいい子の自分がやるなんて夢にも思わない類のことをやった。私はもう成績を気にするオールAの優等生とかいい娘とかいい何かのふりはしなかった。以前の生活との結びつきを完全に解かれて白紙状態になることができた。私は私自身を再発明することができた。ちょっと前なら考えられなかったような思い切った行動ができた。私はそれまで長きにわたって私と家族とのあいだに、また私が知っていたすべてとのあいだに育っていた断絶を完成させることができた。

私は他の迷走中の女の子たちと一緒に、フェニックスの都心にあるテレフォンセックス会社で深夜に働いた。たいていは自分のブースに座って、彼らに耳を傾ける女性がいるというささやかなファンタジーを求めて電話をかけてくる孤独な男たちと一〇分か一～二時間ほど話しながら、クロスワード・パズルを解いた。午前四時頃、私たちは私たちにとってのお昼休みに食事をとる。通りの向こうのジャック・イン・ザ・ボックスの、油でべたつく酷い食事を。私は太っていて、さらに太るために食べ続け、男たちに触れられることなしに彼らと会話していた。シフトが終わると私はうちに帰り、ときどき同僚を招いて、年上の男の家のプールの周りに腰掛け、サングラスをかけたまま眠った。アリゾナの太陽が私たちの肌を焼きつける。

ある日、私をアリゾナに連れてきた男が、蠟の弾丸を使って銃の撃ちかたを教えてくれた。銃を握り指をかけ、引き金を引くときの力を感じるのは、たとえ銃弾がピシャッと静かに音を立てて動かない標的に当たるだけであっても、やはり心が浮き立った。私は自分を傷つけた男の子たちに銃を向けることを考えた。自分自身に銃を向けることを考えた。

失われた年月のあいだ私が選んだことのほとんどには配慮が足りなかった。私は向こう見ずだった。自分の体などどうでもよかった。なぜなら私の体は無価値だったから。私は男たちに、たいていは、私の体に酷いことをさせておいた。私は彼らに私を傷つけさせた。なぜなら私はすでに傷ついていたし、実のところ私は、すでにはじまっていたことをやり終える誰かを探していたのだ。

底なし。恐れ知らず。周りの人々のあいだで私はそう評判になった。そのうちひとつは真実だった。

私は見知らぬ人々とうちに帰った。ある男は私を家に招き、私たちが寝たベッドの横の床で彼の妻が眠っていた。床は猫砂で覆われていた。翌朝こそこそ抜け出して公衆電話まで歩いて行き、一緒に住んでいた男に迎えにくるよう電話したときに裸足の裏に感じた、そのジャリジャリする感触を私はまだ覚えている。そして、私は女性とつきあいはじめた。なぜなら私は愚直にも、女性となら安全かもしれないと考えたのだ。女性のほうが私には理解しやすいだろうと考えたのだ。

数ヶ月のあいだ、私はあの男と一緒に住み、家賃を決して支払わなかったうえ最終的に私の分の家賃を奪っていったカップルと同居した。入居から数ヶ月して、かなり突然に私たちが追い出されたとき、ショックを受けていたのは私だけだった。

そのうち両親は私を見つけ出した。おそらく私立探偵の助けを借りて。私は決してそれを望んでいなかった。彼らは弟のマイケルJrに私へ電話させた。一家の赤ちゃんである彼からの電話なら私も切ることはないだろうとわかってのことだ。私たちはとりあえずふたたび結びついた。父がニューヘイヴンに行って私のアパートの荷物をまとめ、私があまりにも無責任に置き去りにしていったルームメイトにその埋め合わせをしたことを知った。いったんつながると、父は私に荷物の一部を送ってきた。彼は私の未払いだった請求書の支払いをした。私が親から離れようとしてやったすべてに関して、彼は親のつとめを果たしたのだ。

そしてすべてが終わった。うちに帰ってくるとアパートのドアには立ち退き通告が貼られていた。私が同居していたカップルは、まるで何も問題ないといった風情で、すごい勢いで持ち物をまとめていた。私はパニックになった。というのも、そうはいってもまだ比較的守られ、恵まれてきた私の人生において、そんな経験はなかったからだ。私は泣きすぎて気が変になりながら、自分のものをトランクに詰め込んで友達のもとに預けた。自分の選択肢を検討したけれど、家には帰りたくなかった。私にはまだその準備ができていなかった。手持ちのお金で、ミネアポリスへの航空券を買った。まさに真冬、私はインターネットで出会った女の子と同居するために、ミネソタへ行ったのだ。これはその後のお決まりのパターンになる――オンラインでの恋人たちとの出会い。最初、私は、そのほうがより安全に感じ、実際に性的になる必要なしに性的になれるという理由でチャットをしていた。当時どんどん太っていく私が大きな体の真実を見せる前に人に出会い、うまくしたらパーソナリティで彼らを魅了することができる手段だった。ミネソタの女の子は私の生涯の恋人だと思った。これもまたお決まりのパターンになる。二週間後、私は彼女が私の生涯の恋人ではなかったと悟った。彼女は見知らぬ人で、私には何もなかった。お金もなく、住むところもなく、仕事もない。私は泣き崩れて両親に電話した。父にミネアポリス空港に行くよう言われ、私がそうすると、航空券が私を待っていた。ふたたび、彼は父親として私の面倒をみたのだ。

そうしなくてもよかったのに、心配で気も狂わんばかりだったろうに、両親は私をあたたかく家に迎え入れた。彼らは疑問と怒りと痛みを抱いていて、私はそのどれについても大したことはできなかった。彼らに真実を告げることはできなかった。私がどうしてこんなに体重を増やし続けているのか説明することはできなかった。なるべく失望させないためにどうすればいいのかわからなかった。それでも、私には帰る家があるとわかっていた。私が歓迎され、愛される場所としてある家。

私はまだめちゃくちゃだった。自分の部屋、コンピュータの前で、電話線をモデムにつないでたくさんの時間を過ごし、それは他の家族の不評を買った。自分の人生を立て直したり、私のことを知っていると思っている人々に向き合ったりするより仮想世界に没入するほうが楽だった。私はまだ壊れていて、ただすべては間違っていて正すことはできないのだと受け入れているように感じるのが好きだった。やってみようとせず、そうしているふりもしないのはいい気分だった。

27

オマハの家で気の張る数ヶ月を過ごしたあと、私はおよそ五〇マイル〔八〇キロメートル〕離れたリンカーンに引っ越した。私は自立と自分の「空間」を、自分がひとりの大人であるように感じられることを求めていたのだ。まだとうてい大人ではなかったにもかかわらず。私は二〇歳で自分が一二歳のように感じていたし、百歳のようにも感じていた。私は何も知らなかったけれど、すべて知っていると思っていた。

そのアパートは、もちろん両親の資金援助を受けていて、ワンルームに小さなキッチンとバルコニーがついており、そこで私は引き続き熱心にタバコを吸った。ちょくちょく両親の家に行って、母の収納からトイレットペーパーと日用品を拝借した。家族の関係はいまだぎくしゃくしていたけれど、私は、かつてと同じように自分には帰る家があるとわかっていた。私はきわめて手厚い経済的支援を受けたダメ人間だった。私はものすごく飢えていたけれど、空腹になることはなかった。

少なくとも自活しようと、私はバイトを転々とした——アダルトビデオ店の店員、テレマーケティングのオペレーター、世論調査員、学生ローン会社のおまとめローン係——そしてすぐに大学の学位を取らないかぎりずっと最低賃金の雑用をするはめになると悟った。イェールへの復学は認められたけれど、ニューヘイヴンに戻ることを考えると耐えられなかった。

私は二一歳になり、コロナの六本パックを買って祝った。ビールの味もにおいも大嫌いだったのに。その夜遅く、軽くつきあっていた女性が電話してきて、私が今日は誕生日だけど汗くさい安ビールの六本パックとアパートにひとりで座ってると言うと、彼女は楽しませてあげると申し出た。私たちが何をしたのかも覚えていない。私には友達がいなかった。結局私は、当時ノリッジ大学――ヴァーモント州の軍事大学だ――の一部だったヴァーモント・カレッジの短期研修プログラムで学位を取った。私は書いて書いて書いた。

作家になりたいと強く願った私はネブラスカ大学リンカーン校のクリエイティヴ・ライティングの修士課程に入学した。夜間に働き昼間に学校に通った。常にお金がなかったけれど、それを貧困状態と混同してはならない。私にはセーフティーネットがあり、それがわかっていた。いくらインスタントラーメンで燃料補給する日々を過ごしたとはいえ、飢えていた一方で本当にひもじい思いをすることはなかったのだ。私はほぼ眠らなかった。なぜなら自分自身と、自分の過去と直面させられるのは眠りの中だったからだ。私は悪夢に、あの男の子たち、森、彼らの残酷さに晒された私の体の記憶に苦しめられた。

大学では、授業に出てヴィクトリア時代の文学と文化理論とポストコロニアリズムについて学び、ワークショップで他の学生たちと肩を並べて座った。彼らは驚くほど気前よく私の書いたものに感想をくれて、ライティング・ワークショップの一般的見識を授けられた。私はこのプログラムが出している文芸誌「プレーリー・スクーナー」の編集アシスタントになり、主にすべての新着メールを開くことを任された——自分によく似た、誰かに発見されたいと願っている書き手から届く週に何百通もの投稿作品だ。私はそこで、書き手としての自分の立ち位置を判定する最良の方法のひとつは文芸誌で働くことであると学んだ。あらゆるかたちの投稿作品が届いた。日記や猫を讃える叙事詩や小説全編または詩の本が、すべて注意深く印刷されマニラ封筒に詰め込まれて送られてきた。刑務所の独房で自分自身の声を見つけ、その声を聞いてほしいと願っている、私と同じように孤独な囚人たちからもたくさんの投稿があった。見たところ自分の人生について何であろうとシェアするつもりのこうした書き手たちが作品に添えた手紙を、私はじっくりと読んだ。

夜に家に帰ると、たいていまっすぐコンピュータに向かい、そこで主に女性たちとその痛みについての物語を次から次へと書いた。それこそ私が感じていたすべての痛みを吐き出すのに考え得る唯一の方法だったからだ。性暴行のサバイバーたちのためのニュースグループやチャットルームにもしょっちゅう参加した。自分に何が起こったのか実生活で関わる人々には決して言えなかったのに、インターネット上の見知らぬ人々には打ち明けた。私はブログを書いた。主に私の生活の細々したことが目を向けられ耳を傾けられるよう願って、だったと思う。私はオンラインでいることと、私の人生と体から自由でいることの自由を愛し、切望した。私は食べて食べて食べたけれど、何か量以外の理由で記憶に残っている食べものはほとんどない。私は心なく食べた。私の中に大きく口をあけた傷を埋めるために、あるいは私の中に大きく口をあけた傷を埋めようと試みて。どれだけ食べても私はまだ痛みを感じ、他の人々や逃げることのできない記憶のことを怖がっていた。私は卒業制作のために短編をまとめて『世界はいかに小さいか』と題し、うまいこと審査を通って卒業したが、どうしたものかわからなかったので、この大学の工学部のために働くライターの職に就いた。私は自分に期待されていることをしようと試みた。日によっては、本当に一生懸命働いていたのだ。

28

工学部で働く時間が増えるにつれ、私は作家として身を立てることを夢見ていたときに、それがつまり何を意味するのかもっとはっきりさせておくべきだったのだとわかってきた。それでもなお、私は毎日書くことになった。私には自分のオフィスとコンピュータがあってソリティアをやったり自分の書きものに取り組んだりできた。私は主に教員たちの研究、ロボット建設機械や宇宙空間で使用できるエアロゲルやバイオテロリズムに対する防衛策やRFIDチップの革新的利用法などについての記事を書いた――私はそれらについて何も知らなかったから、教員たちはしきりに説明した。

仕事は悪くなかった。それまで私がやった中では間違いなく最高の仕事で、たいして稼いでいなかったにもかかわらず、それでもいちばんお金になった。コンスタンスという励まし上手のすばらしいスーパーバイザーがいて、彼女は私を前よりずっと優れたライターにした。私はアドビのクリエイティブスイートの使い方を覚えた。私たちは学部生たちが作る雑誌のアドバイザーとして彼らと共同作業をした。

それでも私は、研究室に座って教授たちが自分の研究について語るのを聞きながら、「私にだって彼らのやっていることができたはず」と思ったものだった。もちろんそれはちょっと尊大だったけれど、私は一日一〇時間、常に誰か他の人の気まぐれに左右されて働いていたのだ。私は教職員に与えられているように見える自由がうらやましかった。週に二、三回教えて、自分自身のスケジュールを設定し、気前のいい報酬を受け取る。私もそういう人生を生きたかった。修士課程のあいだずっと博士号を取りたいなと思ってはいたけれど、つまり私はクリエイティヴ・ライティングで博士号を取って偉大なハイチ系アメリカ人小説を書いて教授職に就いて一生安泰になりたかったのだ。

あるとき、私は業務のひとつとして工学部の進学相談ブースを出すために、全国黒人エンジニア協会の年次カンファレンスに行った。会場でうちのブースの向かいの島にブースを出していた女性、ベティは、彼女が働いているミシガン工科大学と、そこがいかにすばらしいテクニカルコミュニケーション課程を設けているかについて私に話しはじめた。私はミシガン工科大学なんて聞いたことがなく、このままネブラスカ大学リンカーン校に居続けるという気持ちは揺るがなかった。しかしカンファレンスのあとも彼女は連絡をよこし続け、粘り強かった。すると私が恋愛関係にあると思っていた女性が、突然、バレンタインデーに、メールで、別れを切り出し、できる限りリンカーンから遠く離れたくなった。私はミシガン工科大学に願書を出し、受け入れられ、彼らは私が断ることのできない条件を申し出た——いまとほぼ同じ給料、教職、授業料免除、ろくでもない健康保険。その夏、私はミシガン州ハンコックに引っ越した。下見もせず、私が全然知らない分野の聞いたことのない学校で博士課程に進むために。弟のマイケルJrもミシガン工科大学に転校し、私に合流した。車で町の中に入っていくにつれ、私たちは自分たちが何に突っ込んでいこうとしているのかさっぱりわかっていないことを理解した。アッパー半島はそれは遠く離れていた。私たちが何時間も辿ってきた二レーンの田舎道路は、ぶ厚く葉が生い茂った木々によって小さくなっていった。日が暮れてそこらじゅうに鹿が出はじめたので、私たちは減速して這うように進んだ。大家はかつて彼女と彼女のもう亡くなった夫がドライクリーニング店を営んでいた古い建物の上の階に住んでいて、弟と私が会いにいってポーチに立ったとき、彼女は掛け金のかかった網戸のうしろに立っていた。私は三〇歳だった。彼女は私をじっと見て言った。「電話じゃ有色《カラード》人種の子だってわからなかった」。

29

大学院での知性に身を捧げる生活にはどこか心なごむところがあった。学生として授業を受け物事を学んでいるという理由で、私の体は問題にならなかった。私は教えかたを実地で学んだ。私には非常にはっきりした責任があり、それは私の集中力、時間、エネルギーのほぼすべてを要求するものだった。

しかし私は自分の体を忘れることができなかった。それから逃れることはできなかった。私にはどうすればいいかわからず、世界は常にそれを思い出させるのだった。

授業初日の月曜日、私は怖くなってはじまる前に吐いてしまった。怖かったのは教えることそれ自体ではない。私は一年生に文章作成を教えることになっていて、教室の運営は常に挑戦ではあるけれど、学生たちに説得力をもって作文の基本を教えることに関しては心配していなかった。私が恐れていたのは自分の見た目であり彼らが私をどう思うかだ。彼らが私を気に入らないこと、私を笑いものにすること、体重をあざ笑うことが心配で、ずっと自分のことをすごく好感の持てない人間だと感じてきたというのに、どうしたら彼らに好きになってもらえるのかさっぱりわからなかった。はたして自分の体力が持つのか、五〇分のあいだ立っていられるのかも心配だった。彼らの目の前で汗をかき、彼らがそんな私をどう思うのかが心配だった。着るものも心配だった。普段通りのジーンズとTシャツはカジュアルすぎるし、私が持っていたちょっとドレッシーな服は教室にはドレッシーすぎたからだ。

学校のいいところは、学生たちが幼い頃からルールにしたがうよう訓練されているところだ。彼らは教室にやってきて、たいていは席につき、秩序をもってふるまう。彼らに何かをしろと言えば、彼らはそれをする。私は初めての教室に足を踏み入れ、胸の鼓動は高まり、どこもかしこも汗をかいて、頭にはあらゆる恐れと不安が鳴り響いていた。レゴの入った大きな箱を運んでいた。ともかく学生たちはおもちゃで遊べば楽しいかもしれないと考えたからだ。最初、彼らは私が自分たちの教師だと理解していないようだった。それが私の大きさのせいなのか人種のせいなのか、ひょっとして若々しい見た目のせいだったらいいのにと思うのだけれど、それはわからない。教室の前に立つと彼らは静かになって、私が教師なのだと理解した。私は出席をとり、脚は不安でグラグラして、それからシラバスについて、この授業の狙いについて、彼らに何が期待されているのかについての話し合いに入った――毎回の出席、積極的参加、期限を守った宿題の提出、盗作などの禁止。こうした運営上の詳細を学生たちと一緒に確認するのは安心だったが、シラバスについてのディスカッションを済ませたら実際に教えなければならず、不安が私を貫いた。

最初の授業が終わり、学生たちが教室からぞろぞろ出ていくと、私はほっとして崩れ落ちそうになった。だって私はあの二二人の一八歳と一九歳の目の前で太っているという五〇分間を生き延びたのだ。それから私はこれをまた全部やらなければいけないのだと気づいた。

水曜日と金曜日にも、学期中は毎週毎週。

私は自分の授業に行った。教えた。学んだ。友達を作ろうとしてなんとか少しはできた。週末には、私はバラガのカジノでポーカーをやった。およそ四〇マイル〔六四キロメートル〕離れたオジブワ族の居留地で、見知らぬ男たちと猫背になってテーブルを囲み、私は彼らの金をいただこうと集中し、しばしばうまくいった。私はまだあまり眠らなかった。私は食べ続けていた。何らかの平穏を見つけようとして。

そんなある日、私は道路の反対側のガソリンスタンドから家へと歩いていた。タバコを買いにいっていたのだ。私は頭にニットキャップをかぶり、みすぼらしいTシャツにパジャマのズボン姿だった。酷い見た目だけど、シットゴー〔アメリカ合衆国の石油関連企業。ガソリンスタンドを展開〕の人たちは誰も気にしなかった。私も気にしなかった。男が私のうしろから声をかけてきて、「やあ、カジノ・ガール」と大声を出していたけれど、それは私を逃げたくさせるだけだった。彼は私を笑いものにしようとしているのだろうと思った。なぜなら私はもうずいぶん前から、人々とりわけ男たちが、車から、自転車から、通りすがりに残酷なことを言ってくるのに慣れていたから——彼らは私の体を自分たちがどう思うのかをはっきり知らせてくるのだ。

今回は違った。彼は私をアパートまで追いかけてきて階段を上がったので、私は急いで網戸を閉め、掛け金をかけ、彼を見つめた。「カジノでポーカーやってるよね」と彼は言い、私はしぶしぶうなずいた。私は彼が誰だか思い出そうとしたが思い出せなかった。彼はこの街の至るところで目にする白人男らしい見た目をしていた——暗い色でもじゃもじゃの髪、あご髭、フランネルとデニムとワークブーツ着用。「きみいつもポーカーテーブルで儲けてるよね。僕と僕の友達とどこかに行かない？」彼はどこかのほうを指差した。私は立ち去ってほしくて「絶対いや」と言ったけれど、彼はすごく粘り強かった。彼が私の何を求めているのかわからなかったけれど、それがいいもののはずがないことはわかっていた。私を友達に会わせたいのかも、そしたら彼らは私を傷つけられるから。お金が欲しいのかも。べらべら喋り続ける彼を前に、私はさまざまな可能性を思った。ついに彼は友達のところに戻らなきゃいけないと言い、私は動揺したままドアを閉めた。その夜、私は天井を見つめながら、家までついてきた変な男について心配して眠れなかった。

彼はまた戻ってきた。来る夜も来る夜も、いつもノックしてきて、最終的に私が戸口に出てくるまでポーチに立って、網戸越しに私に話しかけ、決して中に入ろうとはしなかった。ようやく、彼は一緒に出かけようと私を誘っているのだとわかってきた。私たちは、酷いレストランといいバーのある近くのラマダホテルに食事に行った。彼の名前はジョン。彼は木こり。彼は狩りと釣りが好き。彼はバスケットボールのレイカーズが好き。彼はミシガン州アッパー半島以外の場所に住んだことがなかった。

私は常に彼から向けられる関心に疑念を抱いていて、彼がその本来の残酷な自己をあらわにするのを待っていたけれど、何日経っても何週間経っても彼は私に優しかった。彼は薄っぺらくなかった。彼は私のいつもの辛辣さを無視し、彼を遠ざけようというあらゆる企てに抵抗した。彼は飲みすぎだったが、自分のジョークに笑って顔にほほえみを浮かべながら眠りに落ちるタイプのしあわせな酔っ払いだった。私はタバコをやめた。私は年を取りつつあり、もうすでに一八年もタバコを吸っていて、悪いけれど愛しいこの習慣を手放す程度には自分自身を愛そうと、少なくともそれを試みるべきだと思い至ったからだ。

私はいつもオンライン状態で、HTMLGIANTやザ・ランパスといったウェブサイトのためにブログを書きはじめた。私はソーシャルネットワークを発見した。私はふたたび自分の書いたものを世界に送り出しはじめた。ジョンは私のネットの知り合い全員のことを私の「コンピュータの中の小さな友達」と呼んだ。週末にはときどき、彼は私をキャンプに連れていった。アッパー半島版の人里離れた湖の小屋だ。そこにはネット接続はなく、携帯電話サービスもほぼないに等しかった。私は仮想世界の安全から切り離され、否応なしに実世界に、彼といることになった。彼は優しさをもって私に触れた最初の男だった。そうしないように私が頼んだときでさえも。彼は私を愛し、そのうち、気がついたら私も彼を愛していた。私たちは落ちているときよりいい調子のときのほうが多い、良好な関係だった。

そして私は博士課程の終わりに差し掛かった。イースタンイリノイ大学の教職を獲得した。私は物書きとして名を上げはじめていた。私には未来に希望を抱くだけのあらゆる理由があった。ジョンと私はふたりがこれからどうするか数え切れないくらい繰り返し会話を交わした。彼は私に留まってほしがった。私には一部そうしたい気持ちもあった。ここに落ち着いて木こりの妻になる。しかし私の大部分は彼に私を追いかけてきてほしかった。なぜって私は五年間すごく頑張ったのだ。私は、多くの人たち、特に黒人女性にはなおさら、なかなか成し遂げられないことを成し遂げたのだ。私は私たちのラブストーリーを信じたかった。彼が私の求め必要としていた立派なふるまいをするのを私は待っていた。自分がその立派なふるまいに値するのだと信じたかった。

ジョンと私は派手な口論を一度もしないまま、アッパー半島での私の時間の終わりに向き合った。私は卒業し、彼は私がイリノイに引っ越すのを手伝った。私たちはイケアに行って家具を買った。彼は本棚とコーヒーテーブルを組み立て、私の新しいアパートの鍵をチェックした。私たちは実際に「さよなら」と言うことなしに百通りの方法でさよならを言った。家に帰るとき、ジョンの目は赤かった。私のもだ。私たちは連絡を取り合い、しばらく私たちのあいだには、ありえたかもしれないふたりの関係への真の切望があった。そしてそれでも、私が期待していた立派なふるまいは決してなされなかった。私はおなじみの自己嫌悪の抱擁《ほうよう》のもとに戻っていった。私は自分を責めた。私は自分の体を責めた。

III

30

私はよく自分の二〇代は人生最悪の時代だったと言っているが、それはまさしくその言葉通りだったからだ。年を重ねるごとに私は大人として機能するようになり、状況はましになっていった。私は学位を取っていい仕事に就くことができた。ゆっくりとだが確実に、両親との関係を修復し、彼らの目に映る自分の名誉を回復しようとした。私はかつていい子だったから、その役をどう演じればいいかわかっていた。私の一部は、アリゾナでの失われた年月のあとにもその役をすすんで演じたいと願っていた。すさまじい孤独を感じていたとはいえ、私はまだ何かにつながっていたのかもしれない——仕事、書くこと、家族に。

しかし。

私の二〇代、私生活は終わりなき災害だった。何らかの優しさや尊敬をもって私を扱う人間にあまり出会わなかった。私は冷淡さ、軽蔑、紛れもない攻撃を一身に集める避雷針で、このすべてに耐えていた。なぜなら自分はそれよりましな扱いに値しないと思っていたから。私は傷つけられ自分の体を傷つけ続けていたから。

私の友達づきあい（この言葉を緩い意味で使うことになるが）は、はかなくて壊れやすく、しばしば痛みを伴うものだった。たいてい私から何かを奪おうとしていて、それを手に入れるとすぐに去っていく人々との友情。私はとても孤独で、そういった関係に耐えようとしていた。微かに人間のつながりに似たもので十分だったのだ。十分でなくてもそうでなければならなかった。

食べものは唯一の慰めの場だった。ひとり、アパートで、私は食べもので自分をなだめることができた。食べものは私を審判しないし、私に何も要求しない。食べるとき、私は私自身以外の何かになる必要はなかった。そして私は一〇〇ポンド〔およそ四五キロ〕増量し、さらに一〇〇ポンド、またさらに一〇〇ポンドと重くなっていった。

ある意味、体重はある日突然私の体の上にあらわれたようにも感じられる。私はサイズ八だったのがサイズ一六になって、それからサイズ二八になってそしてサイズ四二だった。

別の意味では、私は重みが一ポンドずつ私の体にくっついて蓄積されていくのにしっかり気づいていた。そして私の周りの人々も全員がしっかり気づいていた。私の家族の憂慮は絶え間ない小言の合唱となり、それは常に善意からのものだったが、しかしたいていは私が人間としての責任のいちばん基本のところ――自分の体を良い状態に維持すること――において失敗しているということを思い出させた。彼らは私に、私の「問題」をどうするつもりか執拗に尋ねてきた。彼らはアドバイスした。彼らは愛の鞭を試した。彼らは私をスパや専門家のもとに送ろうとした。彼らは痩せたら祝い金と新しい服と新しい車を贈ると申し出た。私が私の体の問題を解決するのを助けようとして彼らはあらゆることを試した。

私の両親は善かれと思っているのだ。彼らは私を愛している。彼らは世界をありのままに、つまりそこに私のサイズの人々のための空間は無いのだと理解している。私が年を取ったとき、この大きさでは生活するのがますます困難になるであろうことを彼らはわかっている。彼らは私の健康と私の幸せを心配している。彼らはいい親だ。私の親は理解しようとしている――彼らは知的で、賢く、実務的だ。私の体重を、彼らが他の問題に適用している知的能力でもって対処することができる問題であってほしいと願っている。彼らはどうして私がこんな事態を発生させたのか、自分の体をこんなにも大きく、制御不能にしてしまったのか理解したいと願っている。その点では私たちは共通していた。

しかしそれでも。彼らは私にとっては私立肥満危機介入チームだった。彼らは私が一四歳の頃から私の体の問題を積極的に追いかけてきた。私は彼らを愛しているからそれを受け入れる。ときにはやわらかく、ときにはそうでなく。いまようやく、四〇代前半になって、彼らが私の体についての会話をはじめようとしたとき、「やめやめ。私の体についてあなたたちとは話し合わない。やめやめ。私の体をどう動かすか、どう栄養を与えるか、あなたたちには関係ない」と断固として言えるようになったのだ。

あらゆる会話に私の体重に関する質問のようなものが含まれていた頃があった。私の両親、特に父は、ダイエットしているか、エクササイズしているか、そしてあるいは体重が減っているかを、まるで私の大きく太った体が私のすべてであるかのように質問する。しかし彼らは私を愛している。私はそのことを自分に思い出させ、彼らを許すことができる。

私の父は、この肥満撲滅派の中でも特に熱心だった。彼は長年にわたって、減量プログラムやダイエット本、とりわけオプラ・ウィンフリーが褒《ほ》めたやつを私に贈り続けた。ある年には、リチャード・シモンズの『ディール・ア・ミール』だった。減量プログラムのパンフレットも送ってきた。彼は「おまえが取ろうとしている学位はおまえの役には立たないよ。その大きさだとおまえを雇う人は誰もいないだろうし」という理由で、学校を一時休むように言ってきた。「私は他の人たちがおまえに言えないことを言っているだけだ」と彼は言ったが、もちろん彼は、私が行く先々で常に世界が私に言い続けていることを言っているにすぎない。彼は新しいダイエット薬品やプログラムについてラジオで、テレビで、空港で、どこからでも耳にすると、すぐに私に電話してきて、彼が私の体の問題の特効薬になることを望んでいるそれについて聞いたことがあるか尋ねる。彼は私が自分の体を克服することさえできたらなれるものに、すごく大きな希望を抱いている。彼の希望は私の心をばらばらにする。

母のほうはもっと穏やかで、彼女はまず第一に私の健康問題を心配していた。彼女はよく肥満の健康上のリスクについて私と話し合った——糖尿病、心臓発作、脳卒中。彼女は、もし私が深刻な病気に倒れたら面倒をみる義務が彼女に降りかかることになり、それが自分にできそうもないことを心配していた。

弟たちも気にかけていて、私もそれを知っていたけれど、彼らは私の弟たちだから減量に関してせっつくことはなかった。彼らは私を守る者であり、苦しめる者でもあった。彼らには歌があった。「どでかい」歌。真ん中の弟はそれを私に歌って聞かせるのが大好きだった。「どでかいと言や、どでかラララーーーーーー」彼は甲高い声を出し、みんなが笑う。だってそれはすごくおかしいから。私がティーンエイジャーになったときにはそれは面白くなくなって、いまも面白くないけれど、歌は頭に残る。私はしばしば彼らがこの歌を歌うのに激怒した。私の体はジョークでもないしお楽しみのネタでもない、けれど、おそらく、多くの人にとっては、そうなのだ。

家族からのやむことのない痩せろプレッシャーは私をますます頑固にした。私が本当に傷つけていた人間は唯一私自身だったのに。絶え間なくプレッシャーを与えられた私は、減量を拒否して、私を愛していると主張するくせにありのままの私を受け入れようとしないこれらの人々を罰しようとした。心配の大合唱をかき消し、人々から酷い扱いを受けるのに耐え、もうショッピングモールで、またはレーン・ブライアントで、ときにはキャサリンズでも服が買えなくなったことを無視するほうが次第に簡単になっていった。私は人々が注目したがるのが、いつも手に負えなくてがっかりの私の体ばかりだということに憤慨するようになった。私は完全に閉じてしまった。形だけやっているふりをした。両親を、弟たちを、路上の人々をいかに無視するかを学んだ。私はいかに自分の頭の中だけに生きるかを学んだ。そこでは私は、私を受け入れることを拒絶した世界を無視することができ、私と彼らのあいだにどれだけの時間と距離が広がっていようとも決して忘れられない男の子たちの記憶をブロックできた。

かつてそこには、私と、私が自分の頭の中で生きながら私自身とみなしている女と、私の太りすぎの体を持ち歩かねばならない女が同時に存在していた。彼女たちは同じひとりの人物ではない。まさかそんなはずはない。さもなくば私はそのうちどれひとつとしても生き延びてはいなかっただろう。

31

あなたが太りすぎているとき、あなたの体はさまざまな点において公的記録の対象となる。あなたの体は常時、著しく人目に晒される。人々はあなたの体にそれらしい物語を想定し、あなたの体の真実にはまったく興味を示さない。その真実がどんなものであろうとも。

脂肪。それは肌の色にもよく似て、どんなに暗い色の服を着ようが、もしくはいかに念入りに横縞を避けようが、隠すことのできないものだ。あなたは壁の花の役を演じるのがすごく上手になるかもしれない。パーティの主役になる方法を身に付けるかもしれない。そうすればみんなあなたと一緒に笑うか、またはあなたを笑うのに忙しくて、気まずい話題には触れないから。あなたのような体への耐性も思いやりもほとんどない世界で生き延びるために、あなたは必要なことなら何でもするかもしれない。

あなたが何をしようとも、あなたの体は家族、友人、見知らぬ人々らとの公的な会話の主題となる。あなたの体は、体重が増えたとき、減ったとき、またはその受け入れがたい体重を維持しているときも、コメントの対象となるのだ。人々は、まるであなたが太っているだけでなく、自分の体の現実とその体に対する世界の強力な冷酷さに対してあなたが信じがたいバカで、無自覚で、思い違いをしているとでもいうように、すぐ肥満の危険についての統計と情報を提供しようとする。このコメントはしばしば「心配」として、ただ心底あなたのためを思っているものとして表現される。彼らはあなたがひとりの人間であることを忘れている。あなたはあなたの体でしかなく、その体は絶対にもっと小さくならなければいけないのだ。

32

疫病の世界的大流行というのはつまり感染の広がりだ。それは人類に対する歩みを止めることのない感染症の行進である。歴史を通じて、数多くの流行病があった——インフルエンザ、はしか、天然痘、腺ペスト、黄熱病、マラリア、コレラ——しかし、数え切れないほどの報道によれば、そのうちどれひとつとして、肥満という病の流行ほどに危険かつ広く浸透しているものはない。高熱、吹き出物、分泌腺の腫れや皮膚の損傷に代わって、胴回りと質量そのものがあなたの症状だ。肥満体は不摂生と堕落と弱さのあらわれなのである。肥満体は大感染の場。それは意志の力と食べものと代謝間の戦いにおける勝ち目のない戦場であり、あなたは完全なる敗者なのだ。

肥満の蔓延とその危険性について論じる新しい記事が出ずに一日が終わることは、特にアメリカ合衆国では滅多にない。これらの記事はしばしば辛辣《しんらつ》で、大げさで、この病に苦しんでいる人々への偽物の心配と、私たちの知っているいわゆる生活というものへの本物の心配でいっぱいだ。ああ、これらの記事が嘆く医療制度への負担よ。肥満は私たちみんなを殺しており、容認できないほどの富を私たちから奪っているのだ、と、これらの記事は結局のところ言っている。

もちろん、これらの記事、この激高したパニック状態には、真実はほんの少しだけしか含まれていない。そしてここには恐れもある。なぜなら誰も肥満という病にはかかりたくないから。つまるところ、人々は自分たちが太った人々をどんなふうに見て、扱い、考えるかを知っていて、そんな運命が自分に降りかかるのはいやだと思っているからだ。

33

太った女性として、私はしばしば自分の存在が単なる統計上の数字へと矮小化されているのを目にする。まるで私たちの文化が、飢えが一体どんなものになり得るかを、冷たい、具体的な値によって理解しているかのように。政府の統計によれば、肥満という流行病には年間一四七〇億から二一〇〇億ドルのコストがかかっているとのことだが、研究者たちがどうやってこのとてつもない数字を出すに至ったのかをはっきりと示す情報はないに等しい。いったい肥満に関係するコストとは何なのだろう？　方法論からして不適切だ。太っていることは高くつき、したがって重大な問題だというのが要点だ。あまりにも人間らしいその体に医療と医薬品が必要だということで、太った人々は資源の無駄遣いの原因とされるのだ。大勢の人々が、まるで太った人々が彼らの財布に直接手をかけているかのように、他人の脂肪が自分たちの個人的収支への負担であるかのようにふるまっている。

統計はアメリカ人の三四・九パーセントが肥満状態であり、六八・六パーセントが肥満もしくは太りすぎであることもあきらかにしている。「太りすぎ」と「肥満」の定義はしばしばあいまいで、ＢＭＩやその他の気まぐれな尺度によってわかりにくくなっている。そしてただいま入ったニュースです。肥満という流行病は最近になって大西洋を渡り、多くのヨーロッパ人たちが、急速にパンデミックになりつつあるそれの餌食になっている。世界的規模の流行病だ。いちばん問題なのは、あまりにもたくさんの人々が太っているということだ。流行病は止めなくてはならないのだ。どんな手段を使っても。

34

大衆文化において、テレビのリアリティ番組ほど肥満に注目している分野は他にほぼ存在しておらず、そしてその注目のしかたはどぎつく、乱暴で、しばしば残酷だ。

『最大減量者（*The Biggest Loser*）』は資本主義とダイエット産業の汚れた同盟である。表面上、『最大減量者』はダイエットについてのテレビ番組だが、実のところ、これは反肥満プロパガンダであり、番組出演者と視聴者両方の側の始末に負えない太りすぎの人々に願望充足を提供している。番組は視聴者に、実際には何もしていないのにやる気が出たような気分を味わわせる。やる気を出した視聴者は、家にいながらダイエットに参加し、ある意味ほんの少しだけ番組の一部になっているような気分になる。同時に彼らは、毎週毎週、太った人々が賞金二五万ドルを競って前よりやや小さい太った人々になるのを眺めて楽しむのだ。

私は『最大減量者』の最初の何シーズンかを熱心に見ていた。番組は究極のデブ女子ファンタジーを提供していた――二、三ヶ月のあいだ〝牧場〟に行き、真剣なパーソナルトレーナーからのプレッシャー、危険なほど低いカロリー摂取量、リアリティ番組プロデューサーの巧みな人心操作、そしてテレビカメラによる常時監視のもと、自分の力だけでは決して減らすことのできなかった体重を減らすのだ。

はじめの数シーズン、私はしばしば番組出演者オーディションを受けてみたらどうだろうと戯れに思い巡らしさえしたが、だが現実的に考えて、それは決してありえないことだった。私はシャイすぎる。私はインターネット禁断症状を起こすだろう。私は音楽なしではワークアウトできない。もしジリアン・マイケルズに怒鳴りつけられたら、私は固まってしまうか赤ちゃんのように泣き出すか彼女を絞め殺すかだろう。当時私はベジタリアンで、この番組が何年にもわたってプロダクトプレイスメントの手法〔番組内で広告主の商品を使用する宣伝方法〕で臆面なく売り込んでいた商品、ジェニー・Oのターキーを食べられないことを気にしていた。番組に出演するのは私には単純に不可能だったし、いまもそうだ。

だが、『最大減量者』は、回を重ねるにつれどんどん私の気に障るようになっていった。そこには常に太った人々への辱めがあり、医療専門家たちは、肥満した出場者たちがいかに死に近いところにいるかことあるごとに得意げに語った。議論の余地なく嘘みたいに完璧な体をしたトレーナーたちは、なぜだかそれまで自分自身の体と健康な関係を築くことができずにいた人々に完璧を求める。これは出場者たちが非人間的なやりかたで――泣いて汗をかいて吐いて――自らを追い込む見世物でもあり、その弱さのかたまりとしての体は目に見えるかたちで粛清されるのだ。これはフィットネスを通じて力づけられる人々についての番組では決してないのだが、この番組の巧妙なマーケティングはあなたにそうであるかのように信じさせるだろう。

『最大減量者』は滅ぼされるべき敵、根絶されるべき伝染病としての脂肪についての番組である。これは必要とあらばどんな手段を使ってでも制御されるべき野放図な体についての番組。そしておそらくその制御を通じて、肥満の人々は社会の一員としてもっと受け入れられやすくなるのだ。この番組によれば、社会規範によれば、ひょっとしたら彼らは痩せていることによってのみ見出すことができるしあわせを見つけられるかもしれない。『最大減量者』およびそれを模倣するたくさんの番組を見るとき、私たちは事実上、自分たちを超越したパワーを求めているのだ。「どうかこのあまりにも人間的すぎる体を連れていって、そしてあなたの望むように変えて」

『最大減量者』シーズン一五の優勝者、レイチェル・フレデリクソンのドラマチックな暴露によって、われら視聴者はついにこの番組とそこで行われていることに激怒する十分な理由を与えられた。番組はこの時点でもうすでに長いこと放映されており、二〇〇四年から減量についての有害な物語を提供し続けてきたのだが。

番組がはじまったとき、フレデリクソンは二六〇ポンド〔およそ一一八キロ〕だった。テレビで生中継された最後の体重測定では、彼女は一〇五ポンド〔四八キロ〕だった。たったの数ヶ月で六〇パーセント減だ。このお披露目では、トレーナーのボブ・ハーパーとジリアン・マイケルズすらフレデリクソンのやつれた体にぽかんとしていた。彼女は自分の体を命じられた通りに統制したのだが、どうも見たところ、少しばかり厳しくやりすぎたようだ。いまや私たちは知った。最大減量者は、体重を失わなければならないが、やりすぎてはいけないのだ。体に関してはあまりにもたくさんのルールがある――それは多くの場合暗黙の了解のうちに変わり続けている。

後にハーパーはあるインタビューで、「愕然とした、というところだね。つまり、最後に一〇五ポンドにまでなった出場者は初めてだった」と語った。レイチェル・フレデリクソンの新しい体を目にしたマスコミとソーシャルメディアの反応はさまざまだった。いまや彼女の体は、他のほとんどの女性たちの体も同じなのだが、ただ減量が行きすぎたということで即座に公的なテキストに、言論の場になった。彼女は自分の体を厳しく統制しすぎたのだ。最近になって、かつての出場者たち何人かが、プロデューサーたちが番組をもっと面白くさせるため出場者たちに目標を達成させようと躍起になって、強制的に脱水症を起こさせ、カロリー摂取を極端に制限し、減量補助剤の利用をすすめるなどしたとして、この番組を告発している。さらに彼らの悪事を証明するのは、代謝の専門家ケヴィン・ホールの先導によって実施された、あるシーズンの出場者を対象にした医学的調査だ。この調査によれば、出場者一四人中一三人の代謝機能が、大幅に減量したあともなお低下し続けていた。この代謝の低下が一因となって、出場者たちは番組で減らした体重のほとんどを取り戻していた。たとえすべて元通りになったり、前より増えていることはないにしても。この結果は、減量は医学界がいまだ克服していない難題なのだということをはっきりと思い出させる。私たちの多くが自分の体に苦しんでいるのも不思議はないのだ。

暴露から二ヶ月後、フレデリクソンは二〇ポンド〔およそ九キロ〕増量し、見たところ、より受け入れられやすいがまだ適切な管理を要するサイズになっていた。彼女は自分が極端に体重を減らしたのは二五万ドルの賞金を獲得しようとしてのことだったと説明したけれど、自分自身を否定し自分の体を制御しようと懸命に努力する者たちはわかっている。レイチェル・フレデリクソンはまさに私たちが彼女に求めたことをやったにすぎない。そしてあまりにも多くの人々が、自分自身に求めて実際にやりかねないことを。

35

『最大減量者』の系譜を継ぐダイエット番組はいくらでもある。『究極の大変身：減量（*Extreme Makeover: Weight Loss Edition*）』は、大幅な減量という課題にもうちょっと現実的なアプローチで取り組み、太った人々の「減量の旅路」を一年にわたって追う。トレーナーたちは『最大減量者』のそれよりずっと穏やかな感じだ。私たちは、より本物らしい減量の苦しみを見て、それが手際よく達成されてテレビの視聴者向けにパッケージ化できるようなものでは決してないのだということを知る。とはいえ、そこで伝えられるメッセージは同じだ——すなわち、自尊心と幸福は痩せと密接に結びついている。

ウケ狙いに必死の番組もある。『イケからデブへ、またイケへ（*Fit to Fat to Fit*）』では肉体的に非の打ちどころのないトレーナーたちが体重を増やしてみせる。そうすれば彼らは自分のクライアントにもっと共感できるようになるというわけだ。それからふたたび体重を減らし、彼らにとっての自然状態に戻って、さらにもっと完璧なスタイルになるのだ。この番組は最初に気の向くままに食べる喜びを見せ、それからファストフードを強制的に食べさせられ太っている状態のあきらかに惨めな様子が続き、最終的にこのトレーナーたちが彼らの望む非の打ちどころのない締まった体に戻ってめでたしだ。彼らのクライアントは、概してこの番組が愛する悲劇から勝利の栄光に至る減量の物語におけるアクセサリーに過ぎない。

一一〇ポンド〔およそ五〇キロ〕よりほんの少し重いというだけでしばしばタブロイド紙に苦痛を与えられてきたクロエ・カーダシアンは、ケーブル局E!で『リベンジ・ボディ（*Revenge Body*）』という番組の司会をしている。出場者たちは体重を減らして良いスタイルになることで、彼らを不当に扱ってきた誰かに復讐するのだ。真に恨みを晴らすためにはより細く健康になればいいという考えは、それこそとんでもない。この番組の大前提は、太っているあなたを不当に扱う人々はおそらくあなたの状況をあざ笑い楽しんでいたのだと示唆している。『私の六〇〇ポンド〔およそ二七二キロ〕生活（*My 600-Lb Life*）』では、この番組の病的肥満の被写体たちはヒューストンへ旅し、そこでヨーナン・ナウザラダン博士――あるいは番組中での呼び名にしたがえばドクター・ナウ――が彼らに減量手術を行う。この番組では太った人は哀れな見世物として扱われる。『私の六〇〇ポンド生活』は、御しがたい体に打ちのめされ、自宅を出るのにしばしば救命士たちの助けを求めなければいけない人々の物語を面白がる。彼らはもう後戻りができない段階にあり、自らの体に押しつぶされ、彼らの愛する人々は憤慨して立ち去ろうとしている。この番組の太った人々はものすごい量の食べものを食べ、多くの場合、解決されないトラウマに苦しんでいる。彼らはさらに幾多の肉体的な病にも苦しんでいる。いろいろな意味で教訓的な物語だ。彼女を見ろよ、郵便受けに向かうだけで息切れしている。彼を見ろよ、ソファに沈み込んでべたべたした袋から直接ハンバーガーを食べている。彼女が四苦八苦して車から出入りし、ハンドルがはらわたにくい込むのを見ろ。私たちが目にするのはこれらの人々が最も傷つきやすい状態にある姿。サイズの合っていない、多くの場合大きすぎる服を身につけて、たとえ服を着ることができたとしても、その肥満はあらゆるところに広がり、慣習を否定し、私たちの文化的規範を否定する。

各エピソードにはよくある物語の横糸が含まれている。私たちは被写体に出会い、彼らの人生、その見たところみじめな制約について知る。それから彼らはドクター・ナウに出会う。

彼は彼らとその愛する人たちを、どうしてこんな手に負えない状態になるまで放っておいたのかと非難する。彼は自分の患者とその家族に悩まされている様子をはっきりと示しがちだ。ドクター・ナウはしばしばこれらの人々に一日一二〇〇キロカロリーのダイエットをするよう要求する。そうして五〇ポンド〔およそ二三キロ〕痩せれば、手術に取りかかることができるはずだと。彼は手術を行い、それは常にうまくいき、被写体はセラピストに面談し、これまでとは違う食べかたそして生きかたをしようとふらつきながら試みる。この番組は太った体、その並外れた不摂生、積み重ねられた大量の肉をムダに開示するのが大好きだ。肥満体は医学的に治療されるものとして差し出され、外科手術は生々しく、私たちは内臓を目にし、脂肪は医療機器によって押しのけられる。医療的介入を通じて、この番組は贖罪《しょくざい》を、あるいは、少なくとも、贖罪のチャンスを提供するのだ。毎回希望のある雰囲気で終わろうとしているけれど、しかしこの番組の目標は劇的に痩せた体であるゆえに、ときには医療的介入をもってしてもハッピーエンドにならないこともある。この部分において『私の六〇〇ポンド生活』はいくらかの真実を差し出している。

私はこれらの番組が大嫌いだが、もちろん見ている。あるときは私を激怒させ、またあるときは私の心を傷つけ、また太りすぎの体を受け入れられない世界で生きることによって生まれる真の苦しみ、失意、孤独といった痛いほど身に覚えのある体験を暴き出すにもかかわらず、私はこれらの番組を見る。私がこれらの番組を見るのは、それがどれだけ有害で非現実的かわかっていても、私の中の一部はなお彼らが約束する救済を切望しているからだ。

36

体重にとり憑《つ》かれているのはリアリティ番組だけではない。昼間の番組、特に〝女性向けチャンネル〟のものをよく見れば、あなたを歓迎するのは延々と続く減量製品とダイエット食品のコマーシャルのパレードだ――それらは体を締めつける手段であると同時にあちらこちらの企業の金庫を肥えさせもする。ああいうコマーシャルを見ると気が狂いそうになる。それらは自己嫌悪を促す。それらは私たちに、私たちのほとんどに、ありのままの体でいるのでは不十分だと告げる。それらは私たちに残酷きわまりない熱望を授ける。こうしたコマーシャルで、女性たちはどこか不気味な食べもので空腹を満たしながら適切にほっそりした体形を保つ可能性に恍惚となる。女性たちが無脂肪ヨーグルトや一〇〇キロカロリースナックの袋に示す歓喜はどうにも信じがたい。ヨーグルトのコマーシャルを目にするたび、私は「おお神よ、私もあれぐらいハッピーになりたいマジで」と思う。

痩せていることを自尊心があるのと等しいとするのは強力な嘘だ。減量産業が繁栄していることからも、この嘘の説得力がクソ強いことは明白だ。女性たちは社会的な意志に合わせて自分自身を曲げようと努力し続けている。女性たちは飢え続けている。私もそうだ。

ジェシカ・シンプソンは出演している何本ものウェイト・ウォッチャーズのコマーシャルのうちのひとつで、明るく笑い、「すぐに体重が減りはじめたの。すぐに笑顔になりはじめたの」と言う。ウェイト・ウォッチャーズのコマーシャルで、ジェニファー・ハドソンは減量を通じて——オスカーを受賞して、ではなく——いかに自分が成功を収めたかについて、そして新たに見出された幸福について金切り声をあげる。これらは幸福と痩せていることを同一視するたくさんの減量広告のうちのふたつの例であり、これを反対から見れば、すなわち肥満は不幸なのだ。

ヴァレリー・バーティネリはジェニー・クレイグ〔アメリカ合衆国で人気を集めた減量プログラム、その運営会社および設立者のこと。ジェニー・クレイグとその夫のシドニー・クレイグが一九八三年にオーストラリアでジェニー・クレイグ社を設立〕のスポークスウーマンを務め、二〇一二年に自身の「新しい体」を誇らしげに見せびらかした。彼女は四〇ポンド〔およそ一八キロ〕体重を減らしたものの、その一部を取り戻した。この罪に対して彼女が行なった贖罪は、トークショーで各地を回り、ファット・シェイミング〔太っていることを恥として侮辱すること〕と闘おうとすることだった。もちろん彼女は、宣伝の旅が終了するとふたたびジムに向かった。彼女は、ABCニュースの報道によるところでは、「夏までにビキニ体形に」戻りたいとのことだ。その頃カースティ・アレイもジェニー・クレイグ信者団にふたたび加わった。「道中で助けてくれるコーチがいなかったら、長い期間やりきることができるとは思わないわ」とアレイは言った。公開減量スペクタクルは、かつての栄光をふたたび取り戻そうと必死な女性有名人たちによく利用される頼みの綱だ。

これら恍惚状態のダイエット食品コマーシャルやセレブリティ御用達の減量商品のターゲットとされている女性たちは、正しい食品を食べ正しいダイエット法にしたがい正しい対価を支払えばすべてを手に入れることが「できる」ってことか。

減量への情熱が女性であることの初期値《デフォルト》の特徴であるとみなされているということは、私たちの文化についてはたして何を語っているのだろう？

37

これまで私が生きてきた時間ほぼ全部において、オプラ・ウィンフリーはずっと文化的アイコンであり続け、しかも体重問題に苦しんでいることが広く知られてきた。私もこれまで私が生きてきた時間ほぼ全部において自分の体重問題に苦しんできたけれど、ありがたいことに大衆の目に晒されていたわけではなかった。オプラは減量してその勝利を褒《ほ》め称えられた。オプラは増量してその失敗を嘆かれた。一九八八年、彼女のトーク番組が人気絶頂だった頃、彼女は流動食ダイエットで七〇ポンド〔およそ三二キロ〕近くを減らした。彼女は動物性脂肪をどっさり積んだラジオフライヤー社の明るい赤色のワゴンを引きながら自分の番組のステージにあらわれた。まばゆく、髪を高く逆立て、黒いタートルネックにスリムジーンズ姿の彼女はこれほどの脂肪という見世物への嫌悪を演じ、ワゴンからなんとか袋を持ち上げようとしてみせた。彼女は太っていたという罪の懺悔を上演していたのだ。

これが自分らしく最高の人生を生き、最も自分らしい自分になるという理想を私たちに示してみせた女性なのだ。そのうえさらに。二〇一五年、彼女は四〇〇〇万ドルを投資し、ウェイト・ウォッチャーズの株式の一〇パーセントを取得した。この銘柄のために出演した数多くのコマーシャルのうちのひとつで、彼女は「今年を私たち史上最高の体の年にしましょう」と言う。ここでほのめかされているのは、そう、現在の私たちの体は、私たちの最高の体では決してないということだ。六〇代前半のひとりの女性であるオプラ、億万長者であり世界トップクラスの有名人であるオプラでさえ、自分自身に、自分の体に満足していないのだと知ってギョッとする。規範に縛られていない体にまつわる文化的メッセージは、こんなにも害を及ぼしている――どれだけ年を重ねても、どれだけ世俗的成功を収めても、私たちは痩せていないかぎり満足できないし幸福にはなれないのだ。

オプラが輝きながら、二〇一六年には毎日パンを食べ続けたけどそれでも世界は回り続ける、と私たちに語りかけるコマーシャルがある。彼女が「チップス大好き!」と叫ぶコマーシャルもある。彼女が料理をしながらこれから食べるパスタについて歓声をあげるコマーシャルもある。ウェイト・ウォッチャーズの恩寵によって、彼女は自らの体を管理しながら炭水化物を楽しむことができるのだ。彼女が四〇ポンド〔およそ一八キロ〕減らしたことを自慢する示唆的なコマーシャルがあって、これは私が思うに、彼女がついに自分最高の人生を生きているということを意味している。

さらに別のコマーシャルでは、オプラは重苦しい調子で「すべての太りすぎの女性の内側には彼女がなれるとわかっているひとりの女性がいます」と言う。太っている女性の内側に痩せた女性がいるというのは、世間で人気の高い考えかただ。このコマーシャルを目にするたび私は思う。「私はその細い女を食らって、彼女はおいしかったけれどまだ物足りない」と。それから私は、まるで詐欺師、強奪者、無法者のような太った体のうちに隠れた痩せた女性こそが最も真実の私たち自身であるなんて考えを広めるのはどれほどバカなことかと考える。

同じコマーシャルで、オプラは体重問題は単なる体重問題ではなく、多くの場合それ以上の物語があることについて語る。これは多くの場合まったくその通りなのだが、しかしオプラが本当に売り込んでいるのは自己実現でも悪魔に立ち向かうカタルシスでもない。その代わり彼女は私たちに、究極のゴールは、私たちがダイエットで目指すべきより良い内側の・より痩せた女性であると告げているのだ。私たちは私たち自身のより良い体を手に入れ、彼女の帝国は栄え続ける。

38

ゴシップ雑誌は常に有名な女性たちの体に何が起こっているかを知らせ、残りの私たちを彼女たちと同じ列に並ばせようとする。有名な女性たちの体重の変動はまるで株式情報のように追跡される。なぜなら彼女たちの体は、その業種においては、彼女たちの個人資産であり、市場価値の肉体的な具象化だからである。セレブリティの女性が体重を減らすと、しばしばその新しい体を「見せびらかした」と書きたてられるが、それは実のところ、これまでと同じ彼女の唯一の体であり、ただサイズがタブロイド誌好みになっただけなのだ。セレブリティが妊娠すると、彼女の体はその間もその後も熱心に観察される——おなかの膨らみから産後の体まで。彼女のサイズはかつて私たちが知っていた極端に細い女性に似た姿に戻るまで、絶え間なく監視され、記録される。

セレブリティの体はとても実現不可能な基準を差し出し、私たちはそれを目指して奮闘する。そうした体たちは「シンスピレーション」——痩《シン》せ・インスピレーション——であり、私たちの実際の体と管理を徹底すればなれるかもしれない体とのあいだの距離を絶えず確認させる。

セレブリティたちは痩せていることの経済性を理解し、ほとんどはその経済にすすんで参加したがり、ソーシャルメディアに心を砕き、もっと細く見えるよう頬を吸い込んでセルフィー用にポーズを取る。その体が占める空間が少なくなれば少なくなるほど、彼女たちは重要な存在になるのだ。

39

太りすぎた人間の体に適用される分類法があり、その分類法は規格外に太りすぎた女性の体に対してはさらに厳密になる。私は太った女性として、この分類に精通するようになった。なぜならあまりにもたくさんの人々が私の体とその部位について議論していて、それらは慣れ親しんだ地元の方言と化しているからだ。

文化全般において、礼儀正しい集団では太った女性はさまざまに表現される――BBW（ビッグ・ビューティフル・ウーマン　大きく美しい女性）またはSSBBW（スーパー・サイズド・ビッグ・ビューティフル・ウーマン　特大サイズの大きく美しい女性）。彼女はもしかしたら丸い、カーヴィ、ぽっちゃり、まるまる、いい感じに膨らんでいる、「健康的」、重い、頑丈、どっしり、がっしり、厚い、と呼ばれるかもしれない。礼儀正しくない集団においては、太った女性は豚、太った豚、牛、スノーカウ、ファッティ、でぶっちょ、でぶ、ラード尻、ラードバケツ、デカケツ、飼育豚、獣、ふとっちょ、バッファロー、クジラ、象、おもしろ二トン〔トゥー・トンズ・オブ・ファン／ウェザー・ガールズと改名して有名になった女性デュオの名前〕、そしてシェアするのは忍びないたくさんの名前たち。

私たちの衣服については、プラスサイズもしくはエクステンデッドサイズまたはクイーンサイズもしくは「女性用」ウェアがある。

体の特定の部位、「問題領域」にも名前がつけられる――フーパ〔下腹〕、ガント〔下腹。gut（腹）とcunt（女性器）のあいだにあたる部分〕、カンクル〔太ってcalf（ふくらはぎ）とankle（くるぶし）の区別がつかない状態の膝から下の脚〕、太腿のすき間、サンダーサイ〔巨大な太腿〕、ハイ・スーザンズ〔胸〕、ウイングス〔たるんだ二の腕〕、カッテージチーズ太腿、雹《ひょう》害〔皮膚の凹凸〕、マフィントップ〔ウエスト部分からはみ出るお腹の肉を、焼き菓子のマフィンが型からはみ出て膨らんでいる部分になぞらえて言う〕、横乳、背肉、ラブハンドル〔腰回りの贅肉〕、サドルバッグ〔臀部から太腿の贅肉〕、スペアタイヤ〔腹部の贅肉〕、二重あご、ゴック〔太った男性の股部〕、雄っぱい、ビール腹。

これらの用語――医学的な、気軽な、スラング的な、侮蔑的な言葉――は、すべて太った人々に、自分たちの体は普通ではないのだと思い出させるようにできている。私たちの体は問題に充ち満ちているゆえに特別な名称があるのだ。自分たちの体が無慈悲に公然と分析され、定義され、中傷されるというのはまさに地獄だ。

40

体を管理することの一部は否定から成っている。私たちは求めても手に入れようとしてはいけない。私たちは特定の食べものを自らに禁じる。私たちは運動することで休息を自らに禁じる。私たちは自分の体に目を光らせるのを怠らないことによって心の平穏を自らに禁じる。私たちは目標を達成するまで自分自身を抑制し、それからその目標を維持するために自分自身を抑制する。

私の体は著しく自由奔放で、それでも私は私が欲望するものほぼすべてを自分に禁じている。公共の場にいるとき自らに空間の権利を否定し、自分の体が見えないように縮こまろうとする。実際のところ堂々と見えているのだが。私は自らに肘掛けを分かち合う権利を否定する。でしゃばるわけにはいかない。私は私が自分のような体には不適切と判断した特定の空間に足を踏み入れることを自らに禁じる――他の人々がいる空間、公共交通機関、私が人目に触れる、または邪魔になりそうな場所はどこでもだ、実のところ。日常の装いに明るい色を選ぶことを自らに禁じ、デニムと暗色のシャツというお決まりの組み合わせにしがみつき続けている。もっとずっと多彩なワードローブを持っているにもかかわらず。ある種の女らしい装飾品を自らに禁じる。まるで女性の体はこうあるべきという社会の指示に従っていない体の自分にはそうした表現をする権利がないとでもいうように。ごく穏やかな好意――

触れることあるいは優しく触れられること――を自らに禁じる。それが自分のような体には享受するに値しない喜びだとでもいうように。罰。それが実際、私が自分自身に許す数少ないことのうちのひとつだ。私は私の関心を自ら否定する。私はそれを持っている、もちろん持っている、でもそれを伝えない。だって私に求められるわけがない。自分の欲求を告白できるわけがない。その欲求にしたがって行動してみようなんてできるわけがない。私は自分自身をそれはたくさん否定し、しかしそれでもなお私の内側にはそれはたくさんの欲望が脈打っている。

否定はただ私たちの欲するものを手の届かないところに置く。けれども、私たちはそれがまだそこに存在していることを知っているのだ。

ロサンゼルスを訪れたとき、親友と私はホテルの部屋でワインを飲んだ。会話が快く途絶えたとき、彼女は私の手を取って親指の爪を塗った。彼女は何時間にもわたってこれをやると私を脅していて、私ははっきりとはわからない理由で拒否し続けていた。結局、私は降伏して、彼女の手のうちに私の手はやわらかく収まり、彼女は丁寧に私の爪を愛らしいピンク色で覆った。彼女は息を吹きかけてそれを乾かし、さらに二度塗りした。夜は続いた。翌日、私は、高速でアメリカを横断する飛行機の座席で自分の爪を見つめた。爪を塗るというなんてことない喜びを最後に自分に許したのはいつだったか思い出すことができなかった。私はそういう状態の自分の爪を眺めるのが好きだった。私の爪は長く、形を整えられていて、かつてのように囓《かじ》られてもいなかったからなおさら。そこで私は自意識過剰になって親指を掌の中に押し込んだ。まるで自分が親指を隠さねばならないかのように。まるで自分にはかわいい気分になる権利、自分自身に満足する権利などない、私はあきらかに女性であるためのルール——小さいこと、空間を占有しないこと——にしたがっていないのだから、自分自身を女性と認識してはいけないのだ、とでもいうように。

私が飛行機に搭乗する前に、親友は機上で食べるようにとポテトチップの袋を差し出したけれど、私はそれを断った。私は彼女に言った。「私みたいな人間は公共の場でそういう食べものは食べちゃいけないから」。それは私がこれまで言ったことの中でも最高に真実だった。私がこれを暴露できたのは私たちの深い関係があったからこそで、それから私は自分がこんな酷い話に自分たちを巻き込んだことを恥じ、自分がまったく自分の体を管理できていないことを恥じ、自分が自分自身をすごく否定していてそれがまだまだ足りないことを恥じた。

41

私は自分が嫌いだ。あるいは社会が私に私は自分自身を嫌うべきだと言っているから、たぶんこれは、少なくとも、正しい態度なのだ。

あるいは、私は自分の体が嫌い、と言うべきか。私は自分の体を管理することができないでいる自分の弱さが嫌い。私は自分の体でいるのが嫌い。人々が私の体を見てどう思うかが嫌い。人々が私の体を見つめ、私の体を扱い、私の体にコメントするやりかたが嫌い。私は自分の自尊心を自分の体の状態と等しいものとするのが嫌いで、この同一視に打ち克《か》つことのとてつもない難しさが嫌い。私は自分の人間的な弱さを受け入れることの難しさが嫌い。どんなサイズでも自分の体を受け入れることをできないでいる自分が大勢の女性たちをがっかりさせていることが嫌い。

けれど私は自分自身が好きでもあるのだ。私の性格、私の変な部分、私の笑いのセンス、私の奔放で心底ロマンティックな気質、私の愛しかた、書きかた、私の優しさと意地悪。ようやく今、四〇代になって、そうあるべきではないのだという疑念に悩まされながらも、私は自分のことが好きだと認められるようになった。長きにわたって私は私の自己嫌悪に屈服してきた。私はありのままの自分と、自分の生きかた、愛しかた、考えかた、世界の見かたを受け入れるという単純な喜びを自らに許さなかった。しかし、年を重ねるにつれ、他の人たちがどう思うかが気にならなくなっていった。年を重ねるにつれ、自分が自己嫌悪によって磨り減らされていることに気づいた。私が自分自身を嫌ったのは、ひとつには、他人からそうするよう期待されていると思っていたからで、まるで自己嫌悪は太りすぎの体で生きるにあたって私が支払わなければいけない代価であるかのように思い込まされていたことにも気づいた。ただこうした雑音すべてに耳をふさぐように努め、高校と大学と二〇代を通じて自分が犯してきた過ちについて自分自身を許し、そんな間違いを犯した理由に同情するほうが、ずっと、ずっと楽である。

私はありのままの自分を変えたくない。私は自分の見た目を変えたい。調子のいいとき、私には闘う意欲があり、この世界の私の見た目への反応を変えたいと思う。なぜなら頭では、私の体が本当の問題なのではないと自分でわかっているからだ。

だが調子の悪いとき、私は私の人格を、私が誰であるかをあらわす核心を、私の体から切り離す方法を忘れてしまう。どうやって世界の残酷さから自分自身を防御すればいいのかを忘れてしまうのだ。

IV

42

私は、太った体について、とりわけ自分の太った体について書くことを躊躇してしまう。私が自分の体について包み隠さず述べることが一部の人々を不安にさせるというのはわかっている。それはまた私自身をも不安にさせる。私はこれまでにも自己嫌悪だらけかつ肥満恐怖症的だとして責められてきた。最初の指摘についてはその通りだが、後のほうについては否定する。とはいえ、私は太った人々への大っぴらな嫌悪が堂々と認められ奨励される世界に生きている。私は私を取り巻く環境の産物だ。

私が自分が太っているのが好きではないと認めることによって居心地を悪くさせている人々は、私が呼ぶところのレーン・ブライアント・ファットであることがしばしばだ。彼女たちはまだレーン・ブライアントのような店で服を買うことができる。提供しているサイズは二六／二八まで。彼女たちの体重は私より一五〇か二〇〇ポンド〔およそ六八キロか九一キロ〕軽い。彼女たちは太っていることの困難をいくらか知っているが、「すごく」太っていることとの困難は知らない。

はっきりさせておこう。ファット・アクセプタンス・ムーブメント〔肥満受容運動〕はあきらかに重要であり、おおいに必要である。しかし、ボディ・イメージの問題に苦しみ、心の平穏と無条件の自己受容の場にまだ到達していない私たちのような人々の存在を受け入れることもまた、ファット・アクセプタンスには含まれるはずだと、私は信じている。

太った人たちのコミュニティはいろいろあるが、そのうちどこなら自分が馴染めるのかわからない。私はどんなサイズでも健康《ヘルス・アット・エヴリー・サイズ》運動をはじめとするファット・アクセプタンスのコミュニティを知っているし、それらについての記事をたびたび読んでいる。彼らの仕事とメッセージはすばらしいし、女性の体および太った体に対する私たちの文化の有害な態度にとって絶対に必要な中和剤になっていると思う。私はああいうコミュニティとそのポジティヴさに包まれたかったと思う。私はあの人たちがいったいどうやっているのか、どうやって平和と自己受容を見つけ出しているのかを知りたい。

それと同時に私は体重を減らしたい。自分がこのサイズでは健康ではないとわかっている（太っているからではなく、たとえば高血圧だから）。さらに重要なことには、私はこのサイズでは幸福でない。しかし私は明日の朝目覚めたら細くなっていて、すべての問題が解決されて幸福になっているだろうという幻想によって苦しんでいるわけではない。

これらを踏まえて、私は理に適った量の自尊心を持っている。正しい人々と一緒にいるとき、私は自分が強くパワフルでセクシーだと感じる。私はまわりが思っているほど怖いもの知らずではないが、たとえ怖がっていようとも私はチャンスを摑もうとするし、そこも自分の好きなところだ。

私は、人々の私に対する扱いと理解が嫌だ。自分が極端に目につくこと、だが目につかないことが嫌だ。あまりにもたくさんの自分が居たい場所に自分がうまく収まらないのが嫌だ。もし私の見た目が違っていたらこの世界はこうではなかっただろうという考えが頭から離れない。頭ではこの論理が破綻しているのをわかっているのだが、感情に道理を通すのは難しい。

私の体に必要なものすべてを手に入れたいけれど、私はまだそうしていなくて、しかしこの先そうするだろう、と私は思う。あるいは私はそこに近づく。私には勇敢な気分の日もある。ようやく、積み重ねてきた防御の一部を捨てても大丈夫だと感じる日もある。私は若くないが、まだ年老いてもいない。私にはまだ人生の日々がたくさん残っており、そしてなんと、過去二〇年にやってきたこととは何か違うことをしたいのだ。私は自由に動きたい。私は自由になりたい。

43

ダイエットについてはよく知っている。一般に、体重を減らすには食べる量を減らし運動量を増やす必要があるということを私は理解している。私は数ヶ月にわたって、理に適《かな》ったダイエットをすることができる。カロリーを制限し、食べるものすべてを記録する。両親の監督のもとはじめてダイエットをしたときは紙の日誌でこれをやった。いまこの現代では、私はスマートフォンのアプリを使う。一部の減量法のコマーシャルはそれが可能だと信じさせようとしているものの、食べたいものをすべて何でも食べることはできない。そしてそれは減量にまつわる文化的強迫観念が示す残酷さのひとつである。私たちは食べることを抑制せねばならないのと同時に、思うまま欲望に身を任せることができるという幻想に身を任せるべきとされているのだ。これは腹立たしい。あなたは体重を減らそうとしているとき、欲しいものを何でも食べられるわけではない。事実、これこそが核心だ。どうやら欲するものを何でも食べることこそが体重増加に寄与しているようだ。ダイエットは剝奪を要求するもの、みんなこの真実に向き合ったほうがいい。私はダイエット中、この真実に向き合おうと努めるが、首尾は上々というわけにはいかない。

体重が減っているときにはいつも自分の体でいて快く感じられる瞬間がある。より楽に息を吸える。より活発に動ける。私は自分がより小さく、より強くなっているように感じる。私の衣服は本来あるべきかたちで私の体を包み、それからだぶだぶになっていく。私は怖くなる。自分の体は小さくなるにつれ、前よりも傷つきやすくなっているのではないかと心配しはじめる。私は自分がどんなやりかたで傷つけられる可能性があるかを想像しはじめる。私は自分がこれまでどんなやりかたで傷つけられてきたかを思い出しはじめる。

私は希望を味わいもする。服を買いに出かけたときにより多くの選択肢があるという可能性を味わう。レストラン、映画館、待合室の椅子に収まる可能性を味わう。じろじろ見られ指差され噂されることなくショッピングモールを通り抜けたり、人がいっぱいの部屋に足を踏み入れたりする可能性を味わう。知らない人が私のカートから彼らが不適切だと思う食べものを取っていったり、別に頼んでいない栄養アドバイスを私に与えようとしたりすることのない食料雑貨店での買い物の可能性を味わう。私は太りすぎの体で生きているという現実から自由になる可能性を味わう。私は自由でいる可能性を味わう。

それから私は自分が先走りしすぎなのではないかと心配する。自分がより良い食生活、もっと多くの運動、自分自身を気づかうことをこの先続けていくことはできないのではないかと心配する。私はつまずき、それから転んで、自由の味を失う。希望の味を失う。私は落ち込んだ気分のまま、まるで失敗作であるかのように取り残される。獰猛に飢えた気持ちのまま取り残され、それから私は自分の飢えを満たそうとする。これまでの前進をなかったことにしかねないほど。そして私はさらに飢えるのだ。

44

私はより良い、より健康な生活をするぞというやる気に満ちて一日をはじめる。毎朝目覚めると、自分自身の体と自分自身の失敗から自由な数分間を過ごす。この間、「今日、私は良い選択をする。運動する。少しだけ食べる。できれば階段を使う」と思い巡らす。一日がはじまる前、自分の体の問題に取り組もう、これまでより良くなろうという心構えが私には十分にできている。しかしそこで私は寝床を出る。多くの場合、私は大急ぎで身支度をして一日をはじめる。なぜなら私は朝型の人間ではなく、すでに何度か目覚ましのスヌーズボタンを叩いているからだ。私は朝食を食べない。なぜならお腹がすいていないか時間がないか家に食べものがないかのうちのどれかだから。これらはすべて、ちゃんと自分自身を気づかおうという意欲が欠如していることの言い訳だ。私はときどきランチを食べる——サブウェイかジミー・ジョンズのサンドウィッチ。そしてポテトチップ。クッキーを一枚か三枚。大丈夫、一日何も食べていなかったのだから、と自分に言い聞かせる。あるいは夕食まで待ち、そこで一日はほぼ終わっており、何でも食べたいものを食べていいのだ、一日何も食べていなかったのだから、と自分に言い聞かせる。

夜、私は自分自身と自分がいかに失敗したかに向き合わなくてはならない。ほぼ毎日、私は運動をしていない。一日がはじまった時点でそうしたいと思っていたような良い選択は何もしていない。次に何が起ころうともうどうでもよくなって、私は暴飲暴食し、さらに食べたいものを何でも食べる。眠りにつくと、胃はむかつき、胃酸は胸焼けを起こさせ、私は翌日のことを考える。私は考える。「明日こそは良い選択をする」。私はいつでも明日への希望にすがっているのだ。

45

私はしばしば自分自身のための目標を、ある特定の日までにこういう体になりたいと自分で望んでいる以上のところに設定しようとする。感謝祭かクリスマスに里帰りするまでに、あるいはオーストラリアに行くまでに、あるいは次に大切な人に会うまでにXポンド減らす。本の販促ツアーに出るまでにXポンド減らす。新学期がはじまる前にXポンド減らす。ビヨンセのコンサートに行くまでにXポンド減らす。私はこうした目標を定め、この目標を気乗りしないまま達成しようとするが、決してうまくいかず、それから自分はより良く、より小さくなることができなかったダメ人間だという感情のスパイラルに入り込む。

私は自分の最も手のこんだ幻滅と失望を自分自身のために用意しているのだ。

46

スポーツと、今はそれに加えてエクササイズへの軽蔑の念もずっと変わらない。動き回って、汗をかき、その努力から何かいいことが発生するのを期待するのは時間の無駄に感じられる。もちろん、ワークアウトの後にリフレッシュして力に満ち、健康な気分に感じる瞬間があるのは確かだが、運動用の服に着替えてジムに行ったり散歩に出かけたりする必要があるとき、あるいは自分の体を動かすために何かをしなくてはならないとき、そうした瞬間のことはすっかり忘れてしまいがちだ。

私はたいてい運動のすべてを恐れており、自分が怠惰で、やる気がなく、自己管理も自愛もまったく欠如していることを心苦しく思っている。なぜなら頭では運動は自分のためになるとわかっているからだ。私の運動嫌いは不運なことである。なぜなら運動は人間の体に必要不可欠だから。それは減量と健康の主要な構成要素だ。その道理は私もわかっている。私は数字を知っている。

体重を維持するためには、体重一ポンド〔およそ四五〇グラム〕ごとに一一キロカロリーを食べる必要がある。一ポンドの脂肪を減らすためには、三五〇〇キロカロリーを燃焼する必要がある。もしあなたが一五〇ポンド〔およそ六八キロ〕の女性なら、三〇分の有酸素運動でおよそ二二〇キロカロリーが燃焼される。三〇分のエリプティカル〔固定式のエクササイズマシン。自転車のようにペダルを踏んで使う。クロストレーナーともいう〕トレーニングは二八〇キロカロリーを燃焼させる。軽いランニングは一マイル〔およそ一・六キロメートル〕ごとに一二〇キロカロリーを燃焼。軽いウォーキングは一マイルごとに一〇〇キロカロリーを燃焼。私は自分の大きさだと体重一五〇ポンドの女性よりもっとたくさんのカロリーが燃焼されるということを知っていくらか気が休まって然るべきだろうけれど、悲しいかなそうはならない。

私のベッドルームの隅にはエクササイズ用バイクが使われずに置かれたままだ。特に減量に前向きな気分のとき、私は一日に最長で一時間このバイクに乗るだろう。汗をかいて読書がはかどるいい時間だ。私はダンベルを持っていて、覚えているときは曲げ伸ばし運動をするだろう。私は上に座って腹筋運動やらスクワットやらをする用の大きなストレッチボールを持っている。エクササイズに関して、私は無知ゆえに苦しんでいるわけではない。私は無気力ゆえに苦しんでいるのだ。

長年にわたって、私は数え切れないほどのジムに入会してきた。パーソナルトレーナーと一緒にやってみたこともあるが、気が進まなかった。私はあれこれ指図されるのが嫌いだし、その嫌さは、痩せていてありえないぐらい健康で、たいていの場合魅力的な、一時間ごとにかなりの金額を私に請求する人にあれこれ指図されるとき倍々になるのだから。

私はプラネット・フィットネス〔アメリカの大手フィットネスクラブ。北米・南米に全部で一五〇〇以上の支店を展開〕の会員だが、地元の店舗を訪れたことはない。つまり、私は毎月一九・九九ドルを、彼らの企業としての存在と、全国どこにいようがもし私が運動したい気分になったときには最寄りのプラネット・フィットネスに歩いていけるという「可能性」に寄付しているのだ。

もしかしたらプロのサポートは私の身体的健康を向上させる助けになるかもしれないと考えて、何年にもわたって不定期にパーソナルトレーナーをつけてきた。ここ最近、私のトレーナーはティージェイという名前の生まれも育ちもインディアナ州の年下の男性だ。彼は背が低くコンパクトで信じられない体をしている。彼の全人生がフィットネスだ。彼は若さ、健康、そして世界を思いのままにする元気いっぱいの情熱で文字通り輝いている。彼はタンパク質の源として鶏胸肉のマスタード添えを大推薦している。ファットフリーできわめて低カロリーだからだ。彼が自分の食生活について語り、私が彼と彼の味覚を思って悲しい気分になることとなしにトレーニングセッションが終了したことは一度もない。スパイスでも味つけでも、何か食べものをおいしくさせるものを彼はまったく知らないのではないかと心配になる。

ティージェイは、輝いていないし若くもないし陽気でもない私をどう理解すればいいのかわからないようだ。彼は私のペースで一緒に走り、いつも私を励ます。彼は私の魂を破壊しようと躍起になる悪夢的トレーナーではない。彼は誠実で親切で仕事熱心で、私はおそらく彼の心配の種なのだ。私は彼のプロジェクト。彼はそれはもう陽気だ。彼は「健康的なライフスタイル」の恩恵を心底信じている。私が息を切らし汗をかき痛みに苦しむかたわらで、彼はすべてをまるですごく簡単なことであるかのように見せる。一緒に運動しているとき、私はこの男をブッ殺してやりたくなる。息を整えようと苦しみながら私の心臓は激しく鼓動し、基本的に自分はいつでも突然死しかねないと恐怖している。ときどき、彼から私の大きな体にできることを大幅に超えているように思える何かをやれと言われて、「あんたは私が太ってるってことがわかんないの?」と叫びたくなる。過去に一度、私がまさにこの通り尋ねたとき、彼はとても穏やかに「だから僕たちはここにいるんでしょ」と言い、私は近くに置いた水のボトルまで歩いていって、ごくごく飲みながら、「くたばれ」と小声で呟いた。

実のところ、私はしょっちゅう彼に呪いの言葉をぶつけていて、彼はそれをすべてうまく受け流す。毎回、彼はエクササイズをひとつ追加するか、または以前やったエクササイズをさらに強化する。毎回、私はゴムのような脚でよろめきながら自分の車に向かい、ここにふたたび戻ってくる強さをどうやって見つけろというのだと思う。私は車の中に座り、ときにはゆうに一〇分も、汗びっしょりの状態で水を飲む。私は自分がどれだけエクササイズが嫌いかについての怒りの言葉を添えてスナップチャットに投稿するための自撮りをする。これらの自撮りをツイッターでシェアすると、人々は励ましとアドバイスの言葉をよこしてくる。私はそのどちらも求めてはいないのに。私は私の苦しみをシェアしているだけだ。私は哀れみを求めている。

ひとりでジムにいるときには、いつも周りのすべての目が自分に向かってきているように感じてしまう。私はあまりたくさん人がいなそうな時間帯を選ぶように努めている。それは自分自身を守るためでもあり、自己嫌悪からのことでもある。私の自意識はジムで大きく膨らむのだ。自分の体を活発に使うことには、私をいつも以上に傷つきやすい心持ちにさせるものがある。そして、もちろんそこにあるのは自信の欠如であり、わざわざ気に病むまでもない、ジムは自分のいるべき場所ではない、フィットネス関連のあらゆる努力は哀れな幻想にすぎない、という感覚がつきまとって離れないのだ。

私はほとんどのフィットネスマシンの使い方を心得ているけれど、トレッドミルやエクササイズバイクに乗るときはいつも緊張してしまう。なぜならこうした機械は私のような人間用にはできていないように感じるからだ。他の人たちが私を、この運動している太った人物を見て、「がんばれ」とか「その調子」とか「行け行け、ガール」とか頼んでもいない励ましをよこしてくるのが嫌だ。励ましは求めていない。私がジムにいることについての誰かの意見には別に興味がない。知らない人たちからの承認は求めていない。こうした承認が本当の励まし、または優しさであることは稀だ。それは無軌道な体への恐怖心のあらわれ。それは単に健康的な行動に携わっているだけではなく体重を減らそうと努力している「善き太った人」と彼らが考えている人のふるまいにご褒美を与えてやろうという、とんちんかんな試みなのだ。

ジムで運動しているとき、私は汗くさい惨めな状態の私を放っておいてほしい。私は私の体が見世物ではなくなるまで消えてしまいたい。しかし、私は消えられないから、この別に頼んでもいない会話に直面して優しくふるまうか、無視するかせざるを得ない。なぜなら、もしここで自制心を失ってしまったら、私はものすごい憤怒を解き放つことになるだろうから。

47

　あるとき、もう何年も前のこと、ジムに行くと、私が使いたかったリカンベントバイク六台のうち五台が、華やかな、異常に痩せた女性たちで埋まっていた。彼女たちはだいたいがやっぱりブロンド派で、私よりちょっと先に到着してその場を確保したのだ。私はひょっとして映画の撮影中なのか、それともソロリティ〔大学の女子学生クラブ。主に白人エリート層と結びつけられる。男子学生クラブ・フラタニティの女子版〕のワークアウトのお時間なのかと思いながら周りを見回した。これらの若い女性たちが私がエクササイズをしようと選んだまさにその時間にジムにいる理由を脳内ではっきり突き止めることはできなかったが、彼女たちがみんな一緒に運動していることはあきらかだった。私はイラつき、率直な怒りを感じた。ジムで異常に痩せすぎの人たちを見たときはいつもそうなるのだ。彼女たちが痩せている理由がジムのおかげであろうと関係ない。彼女たちがその完璧な、引き締まった体で私をあざ笑っているかのように感じるのだ。彼女たちはその恵まれた体と管理能力を見せびらかしている。

　エクササイズマシンの難度を最高レベルに設定して使う彼女たちには、うぬぼれた様子があった。彼女たちの穏やかな表情は「こんなの全然たいしたことじゃないわ」と言っており、体は激しい運動からの大汗でなくうっすら滲《にじ》む汗の艶《つや》で輝いていた。彼女たちはキュートな面積の小さい服を身につけている――短パンはすごく短く、素材は単なる衣服というよりひとつの自己主張でもあり、細くて襟ぐりと脇の深いタンクトップは彼女たちの完璧な体の表面の領域を可能なかぎり露出するようにデザインされている。彼女たちは自分らが懸命に努力していて見た目がいいことを知っており、それを他のみんなにも知ってほしいのだ。

その日、私は私がいちばん嫌いなバイクを使わなければいけなくなった——有酸素運動・ウェイトトレーニング室への入口のいちばん近くにあって、私の汗と、ぜえはあ息を切らせる様子とごく私的な癖《チック》が、隣接するドアを出入りする人全員の目に触れてしまうのだ。私はバイクにまたがり、四〇分でやめてしまうだろうけれど、もしそれまでに死んでいなかったらもうちょっと頑張る余地をとっておこうと六〇分間に設定した。私は隣の女の子をちらりと見た。彼女は二分ほど前からバイクに乗っていた。四〇分が経過したとき、私の脚は激しく燃えていた。隣人を見るとむこうもこちらを見た。彼女はバイクに乗っている間じゅう私のほうを見ていた。たぶんどれだけ続けられるのかしらと思いながら。

四五分を過ぎると、私はふたたび私の隣人／宿敵に視線をやり、彼女の目がきらめくのを見た。私は何が起こっているのかわかっていた。彼女は私に挑戦しているのだ。彼女は私に、私がいくら続けようとも、自分のほうが長く続けられるのだと知らせようとしているのだ。彼女はデブ尻に負けるわけにはいかない。五〇分の時点で、私は心臓発作は確実だとわかっていた。クラクラして意識が遠のき、脚は震えたが、あの若く鼻持ちならない女、あの生意気な女に負けるなら死んだほうがましだった。五三分、彼女は私を睨みつけ、前傾体勢になって、バイクのハンドルをぎゅっと握りしめた。私は音楽の音量を上げ、ビートに合わせて頭を揺らしはじめた。五四分、彼女は唸って私の向こう側を見つめようとした。ついに彼女は止まり、「彼女がまだ乗ってるなんて信じられないわ」と言うのが聞こえた。彼女の友達はうなずいて同意した。六〇分、私は穏やかに漕ぐのをやめ、はりつくシャツを肌からはがし、バイクを拭いて、ゆっくり部屋を出た。私の脚はゴムのようで弱かったから。私は自分が落ち着いていて強そうな印象を与えようと努めた。「彼女が」見ていることはわかっていた。私はうぬぼれ、一時的に意気揚々たる気分になった。それからトイレに入って吐いた。喉の奥の苦い味を無視して空虚な勝利を喜んだ。

48

私には運動の得意な友達がたくさんいて、ソーシャルメディアも活用しているから、彼らがその身体的才能を誇示する写真を投稿しているのをしばしば目にする。彼らは短パンと、そのすごく締まった体にぴったりくっつくアンダーアーマーのシャツを身につけている。彼らの髪は汗で湿り、顔にはりついている。彼らは勝ち誇ってゼッケンを掲げる。彼らは五キロメートルか一〇キロメートルかハーフマラソンかフルマラソン、ときにはタフ・マダー〔泥まみれになって障害物をクリアするサバイバルレース。二〇一〇年にペンシルバニア州アレンタウンで初めて開催され、人気を集めて世界に広がっている」とかトライアスロンとかウルトラマラソンとかのもっとバカバカしいやつを完走して誇らしげにメダルを見せる。彼らは運動の進み具合をフェイスブックやツイッターに投稿するアプリを使う。「私は六・二四マイル走った」、「私は二四・五マイル自転車に乗った」。あるいはちょっとした最新状況を個人的に投稿する。「山に登って頂上でのピクニックを楽しんだところ」。これらの投稿に添えられる写真は人々が健康と活力に輝く様《さま》をあきらかにする。

彼らが自らの体でやったことを誇るのはもっともなことだが、私は心が超狭くなっているとき、つまりしょっちゅう、彼らが人の不幸をほくそ笑んでいるように感じてしまうのだ。あるいは、はっきり言えば、彼らは私がおそらく決して知ることのない、自分の体によってもたらされる個人的な達成感や満足感のようなものを自慢している。これらのアップデートを見ると腹が立つ。なぜならあの人たちは私にはできないことをやっているから。私はスポーツにもアウトドアにも全然興味がないのだから実際にやることはないだろうけど、理論上はいつかできるようになりたいと望み、すごく求めていることを、彼らはしているのだ。腹を立てているのではない。私は嫉妬している。嫉妬がこみ上げてくる。私は活動的な世界の一部になりたかった。私はそれをすごく求めている。私が飢えているものはものすごくたくさんあるのだ。

49

私は極度に自意識過剰だ。私は絶え間なくそれは激烈に、この世界における自分の体のことで頭がいっぱいになっている。なぜなら人々が私に視線を向けるとき何を思い何を見ているかを知っているから。女性はどのような見た目をしているべきかについての暗黙のルールを自分が破っていることを私は知っている。

私は自分がいかに場所を取るかについてすごく意識している。ひとりの女として、ひとりの太った女として、私は空間を占有すべきではないのだ。しかしながら、ひとりのフェミニストとして、私は空間を占有「していい」のだと信じるよう応援されている。私は矛盾だらけの空間に生きていて、ここで私は空間を占有しようとするべきだけれど、たくさんしすぎてはいけなくて、間違ったやりかたでもダメで、自分の体に関して言えば、どんなやりかたでも間違ったやりかたになってしまうのだ。他の人たちのそばにいるときはいつでも、他の人たちの空間の邪魔にならないように、自分の体をなるべく小さく折りたたもうとしている。私はこれをギリギリまでやる。飛行機では、私は存在感がありすぎるところに不在を創出しようと試みるかのように、窓に体を押しつけ、腕をシートベルトの内側にしまい込みながら五時間のフライトを過ごすだろう。私は歩道の端っこを歩く。建物内では、壁に沿って歩く。背後に誰かを感じたら、自分が邪魔にならないようにできるかぎり早足で歩こうとする。まるで自分には他のみんなほどこの世界にいる権利が与えられていないかのように。

私は自分がいかに空間を占めるかをすごく意識していて、そうならざるを得ないことに憤慨している。だから周りの人たちが、自分らがどんなふうに空間を占めているかに配慮しないとき、私は純粋な憤怒を感じる。嫉妬ではらわたが煮えくりかえる。やつらには自分たちがいかに空間を占めるかを考慮する必要がないことが憎らしい。やつらは望むままどんなスピードでも歩くことができる。やつらの腕は肘掛けからあふれ出る。やつらはどこでもぶらして伸びをして肩をすくめることができる。やつらは自分たちが埋めている空間について考え直したり立ち止まって考えたりする必要がないということに、私は激怒する。やつらがあまりにもやすやすと空間を占有する様が、悪意に満ちた個人攻撃のように感じられる。

私は、おそらく、度を超して自分のことで頭がいっぱいの人間なのだ。私はどこにいようとも、どこに立とうか、自分はどんなふうに見えるだろうかと思い巡らす。私は考える。「私はこのアパートの建物でいちばん太っている人。私はこの教室でいちばん太っている人。私はこの大学でいちばん太っている人。私はこの劇場でいちばん太っている人。私はこの飛行機でいちばん太っている人。私はこの空港でいちばん太っている人。私はこの州間高速道路でいちばん太っている人。私はこの町でいちばん太っている人。私はこのイベントでいちばん太っている人。私はこのカンファレンスでいちばん太っている人。私はこのレストランでいちばん太っている人。私はこのショッピングモールでいちばん太っている人。私はこの公開討論会でいちばん太っている人。私はこのカジノでいちばん太っている人」

私はいちばん太っている人。

これは延々と続く、破壊的な反復。私はそこから逃れることができない。

50

私は他の人たちに怯えている。彼らが私に目をやり、じっと見て、私について話したり、残酷なことを言ってきたりしそうなのに怯えている。私は子どもたちに怯えている。彼らのまっすぐさと残酷な正直さ、私をぽかんと見つめ、私について大声で話し、「なんでそんなに大きいの?」と親に、ときには直接私にも尋ねてくる元気。そうした子どもたちの親が適切な答えを探す一瞬のぎこちない沈黙に怯えている。

私はその質問への答えは持ち合わせていない。あるいは、持ち合わせているけれど、その答えを差し出せるほどの時間も優しさもこの世界には足りていない。

したがって私は他の人たちに怯えている。私はぶしつけなコメントが囁《ささや》かれるのを耳にする。私は視線と大笑いと忍び笑いに気づく。私は薄いベールで覆われた、あるいは大っぴらな嫌悪に気づく。私は気づかないふりをする。できるかぎりそれらを見ないようにする。そうして見せかけだけの平和と共に生きて、息を吸うことができる。この体のおかげで私が対処することになったたわごとのリストは、長くて退屈で、私は、率直に言ってそれにあきあきしている。これが私たちの生きている世界なのだ。見た目は重要であり、そこで私たちは「でもでもでも……」とか言える。でもじゃない。見た目は重要。体は重要。

私は世界の残酷さから逃れようとして引きこもりになっていてもおかしくなかった。たいてい毎日、身支度をして家を出るまでには、自分の持てるすべての強さと少なからずの勇気を要する。教えたり仕事のために旅をしたりする必要がなかったら、私は自分の時間のほとんどを自宅を離れることなく自分自身に語りかけて過ごすだろう。私は居ながらにして何かをオーダーすることができる。私は持てるもので何とかすることができる。「明日」、私は自分に約束する。「明日私は世界に向き合う」。それが週の後半なら、月曜日までいくつかの明日がある。自分自身に嘘をつくことができる、私に対してものすごく残酷な世界に対するもっと強い防御壁を築こうと望んでいられる、いくつかの明日がある。

51

私はふたつの衣装棚を持っている。ひとつは、毎日着る服用で、暗い色のジーンズ、黒い

Tシャツ、そして特別な日のためのドレスシャツなどで構成されている。これらの服は私の臆病さを覆い隠す。包まれていて安全に感じる服だ。これらは世界に向き合うために着用する鎧《よろい》であり、断言するが、鎧は必要とされている。この鎧こそ私が必要としているすべて、と私は自分に言い聞かせる。これらのお決まりの服を着ると、安全な感じがして、ありふれた景色に隠れていられるような気がする。私はそれほど標的でなくなる。私は空間を占めているけれど、でしゃばらないようにしているからそれほど問題でなく、それほど邪魔でなくなる。そう私は自分に言い聞かせる。

もうひとつの衣装棚、クローゼットの大部分を支配しているほうは、私には着る勇気のない服でいっぱいだ。

私は人々が思っているほど勇敢では全然ない。作家として、言葉で武装して、私は何でもできるけれど、自分の体をこの世界に連れ出さなくてはならないとなると、勇気は私を裏切る。私は太っている。私は六フィート三インチ〔およそ一九一センチ〕。ほぼあらゆる方向に空間を占める。消えてしまいたいのに人目についてしまう。

しかし、私はファッションが大好きだ。あざやかな色や、面白いカッティングおよびシルエットのブラウスや、デコルテを露出するような襟ぐりの深い服を身につけるという発想が大好きだ。私はドレッシーなスラックスをたくさん持っていて、クローゼットに収まったそれらを眺めて楽しむ。すごくなめらかでプロフェッショナルで、私からはほど遠い。私は大胆な、明るい色のストライプのロングスカートかマキシドレスを着ることを夢見る。ノースリーブの何かを着て、私の茶色い腕をあらわにすることをちょっと考えただけで息が詰まってしまう。胸のうちには獰猛な虚栄心がくすぶっている。私はいい感じに見えたい。私はいい気分になりたい。私はこの私が入っている体で美しくなりたい。

私の人生の物語は、自分の手には入らないもの、あるいは、もしかしたら、自分が手に入れることを自分に許せないものを欲しがり、渇望する物語だ。

いくつもの朝、たいていの朝、私はクローゼットに立ち、今日は何を着ようか考えようとする。本当に、これはいつも同じ結果に至る、骨の折れる、ぐったりする日々の行動の一環なのだ。それでも私には私の妄想があり、私は危険なほどの頻度と激しさでそれに浸る。私はさまざまな装備を試着し、私が所有しているかわいい服すべてに驚嘆する。特別に勇敢な気分のときは、鏡の中の自分に目をやる。普段の格好から外れた自分、あざやかな色やデニムとコットン以外のものに覆われた自分の体がどう見えるのかを目にすると、いつも驚いてしまう。

何を着るか決めてからベッドルームを出るときもある。日常のありふれた瞬間だが、私にとってはそうじゃない。「今日の私はプロフェッショナル、それらしく見えるだろう」と、私は決意する。私は朝食を用意する、または仕事の準備をする。私は落ち着かない気分になる。すぐに、こうした慣れない服が私を押さえつけているように感じはじめる。私はあらゆる不格好な贅肉と膨らみを目にし、感じる。私の喉は締めつけられる。息ができない。服は縮む。袖は止血帯になる。スラックスは足枷《かせ》になる。私はパニックを起こし、自分でそれと気づくより先に、明るい色の美しい服を剝ぎ取る。自分はそれらを着るに値しないからだ。

いつもの格好になると、あの安全な覆いが戻ってくる。ふたたび息を吸うことができる。それから自分が嫌になりはじめる。自分の管理能力を超えたままならない体ゆえに。他の人たちがどう思うだろうかと気にしてしまう自分の臆病さゆえに。

52

誰かが私にファッションアドバイスをしようとすることがときどきある。彼らは大きな女の子たちのためのものがたくさんあると言う。しかし彼らが考えているのは、すごく限られた種類の大きな女の子のことだ。私のようなすごく大きな女の子にとって選択の幅はすごく小さい。

服を買うのはつらい試練だ。だがそれは太った人々が耐えている数多くの辱めのうちのったひとつでしかない。私が長年にわたって服のショッピングが嫌いでいるのは、自分が本当に着たいと思うようなものは何ひとつ見つけられないことをわかっているからだ。私たちはアメリカ合衆国において肥満がいかに一般的な問題かを示す統計について耳にするけれど、それでも太った人々が服を買うことができる店はほんのわずかしかない。これらの店のほとんどにおいて、置いてある服はおぞましい。

たいてい、私たちはレーン・ブライアント、ジ・アヴェニュー、キャサリンズに行くことができる。他の店、たとえばモーリシズ、オールドネイビー、さまざまな百貨店ではプラスサイズ服を少しだけ置いている。プラスサイズ服のオンライン業者もいるけれど、当たり外れがある。そしてこの事実――これらの店のほとんどは超病的肥満の人々のためには何も用意していないのだ。レーン・ブライアントのサイズはたいてい二八までで、他のほとんどの店も同様だ。ジ・アヴェニューは、もっと気前よくサイズ三二まで用意している。もしあなたがそれより大きかった場合、そして私はそれより大きいのだが、選択肢は極めて乏しい。それに甘んじていたらファッショナブルではいられない。

メンズの服を着るという選択肢もあって、私もときどきそうしている。男性にはもう少しだけ選択の幅があり、百貨店ではしばしば大きなサイズの取り扱いがある。それでも、比較的少ないことに変わりはなく、近年ではすべてカジュアル・メール／デスティネーションXL〔男性向けプラスサイズ服のブランド〕の旗のもとに統合されつつある。

二〇代の頃、私はメンズ服のほうが好きだった。そのほうが自分の女性らしさを隠すことができて、安全に感じられたからだ。しかしメンズ服は体に合わないことが多い。それらは女性の胸と膨らみとお尻に沿うように作られていない。女の子をかわいい気分にするようにデザインされていない。

選択肢をほとんど持たない私は、あこがれでいっぱいだ。私にはできないことがそれはたくさんある。モールにショッピングに行く楽しみがない。友達と服を交換することもない。私の大切な人が私への贈りものに服を買うことは実質不可能だ。私はファッション雑誌をぱらぱらと眺めて、目に入るものを欲しがる。そういった美は、今のところ、私の手には届かないと知りながらも。これらの望みは取るに足らないものだが、取るに足らなくないのだ。私がしばしば訪れる大都市、主にニューヨークとロサンゼルスにいるときは、隙のないおしゃれをした人々に囲まれて、ますます自分のみっともなさを意識してしまう。私もああいう服を着てみたい、でも私は……。

自分が魅力的とかセクシーとかおしゃれとか感じることは滅多にない。自分が本当に好きなもの、または着てみたいものを着るのがどんな気分なのか私は知らない。自分が着られるものを見つけたときは、それを買う。着られるものはほとんどないからだ。私は模様が嫌いだ。アップリケが嫌いだ。太め女子服のデザイナーたちはこれをわかっていない。

私は、もっと多種多様な人体のために服をデザインしようという意欲がファッション業界にまったく見られないことに怒っている。

一〇代と二〇代のはじめ、私はしばしば母と服を買いにいき、私が買い物を強いられる場所での彼女の失望を見てきた。自分の娘がもっと違った体をしていれば良かったのにと彼女が思っているのが見て取れた。彼女の屈辱感と落胆が見えた。ときどき彼女は私に、「私たちがここで買い物するのはこれが最後になればいい」と言い、私はもごもご同意を示した。私も同じ望みを胸に抱いていた。同時に私は決してこれが最後にはならないことをわかっていた。私は彼女の言葉、彼女の私への失望、いい娘でいられない自分のダメさ、さらにもうひとつ、母親と楽しくショッピングするというごく単純な喜びが自分の手に入らないことに、少なからぬ落胆あるいは怒りを感じていた。

何年か前、私はひとりで服屋にいた。いい感じの着るものを何枚か見つけたかったのだ。私は、いろいろな意味で私に自分自身の面倒をみることを教えてくれた、私に見た目の手入れをするようにさせた、ありのままの私を愛してくれた人のために、いい印象を与えたかった。誰かのためによく見えたいと願うのは新鮮で、私はそれが好きだった。

その店でかわいくて色あざやかなシャツを探していると、若い女性が試着室から泣きながら出てきた。詳しいことは私がここで広めるべきではないが、彼女はすごく憤慨していて、彼女の母親は彼女をかなり屈辱的に扱っており、私はすぐさまそこでむせび泣きたくなった。なぜなら、あまりにも身に覚えのある痛ましい場面を目にして処理しきれなかったから。太った娘とその痩せた母には特別に複雑な関係があるのだ。

私はあの女の子だった。何か自分に合うものを見つけようとしただけなのに、店に置いてある服には大きすぎ、同時に善意からのものだけど役に立たない、でも鋭く無神経な誰かからのコメントにも対処している。

服屋のあの子でいるということは、世界でいちばん孤独な女の子でいるということだ。私は誰かをハグしがちな人間ではないが、あの女の子を両腕で抱きしめたかった。私は太りすぎの人々に対して信じられないぐらい残酷なこの世界から彼女を守りたかった。私が本当にできることは何もなかった。なぜなら私はこの世界を知っているから。私もそこに生きている。残酷なまなざしとコメント、あなたの大きすぎる体には小さすぎる座席、小さすぎるすべてからあなたを守るシェルターも避難所も逃走路もここには存在しない。

しかし私は試着室まで彼女のあとを追いかけ、あなたは美しいと彼女に言った。そして実際彼女は美しかった。彼女はうなずき、涙が顔に流れ落ちた。私たちはどちらもショッピングを続けた。彼女の母親の顔を引き裂いてやりたかった。私は私の大切な人に電話して優しい声を聞きたかった。自分が巻き込まれているように感じる自己嫌悪のスパイラルから私を引っ張り出してほしかった。私はこの店を燃やしたかった。私は叫びたかった。

母親と一緒に店を出たとき、あの若い女性はまだ泣いていた。彼女の顔がいまも目に浮かぶ。私がよく知りすぎている彼女のあのまなざし、すごく目につく体を小さく折りたたもうとする様子。彼女は消えようとしていて、それができないのだ。そんなにささやかな何かを求め、それをものすごく必要としているだなんて耐えがたいことだ。

53

自分がタトゥーを入れるような人間になるとは決して思っていなかった。私の家族には、それは間違いなく犯罪行為をほのめかすものとして眉をひそめられている。しかし、あれから後、私はいい子ではなかったし、かつて自分が知っていたルールを守る必要もなかった。私の両親は今でもまだ彼らの考える私の人物像にしがみついているから、びっくりするに違いない。しかし、私がタトゥーを入れたのは、彼らと関係があるわけではない。私が自分のしたいことを、自分の体に、自分で選んでしたということなのだ。

そういうわけで、私は一九歳のときに最初のタトゥーを入れた。まず翼を持った女性からはじめた。彫り師は私の腕を消毒用アルコールで拭き、プラスチックのカミソリで肉のキャンバスからうぶ毛を一掃しながら、タトゥーを入れる際には痛みがあると言った。私は痛みがやってくるのを待ったが、何も感じなかった。私はじっと座ってインクが私の肌にしみ込んでいくのを見た。二〇年以上を経てもなお、弧を描くインクに視線を走らせると、そこには翼のある女性が見える。彼女のあらゆる欲望から、彼女自身の体からだって逃れることができる女性だ。

私はそう時間を置かずに次のタトゥーを入れた。黒と赤のトライバルなデザインで、左の前腕、最初のタトゥーのすぐ下にした。自分のタトゥーに関して、何か思慮深い見識のようなものがあったと言えればよかったのだけれど、別になかった。私はただ自分の体（の印となるもの）を自分でコントロールしたかった。

誰の目にもうつらない自分になりたいと願いつつもタトゥーを入れることによって、どうしても緊張関係が生じてしまうのもわかる。人々はタトゥーに気づく。私のタトゥーはしばしば会話を誘発する。人々は私のタトゥーにどんな意味があるのかを尋ね、私はいい答えを持たない。あるいは、どちらかというと、人々が聞きたいような答えを持たない。わかりやすい、簡単な答え。

はじめに入れた二、三のタトゥーは小さく、ひかえめだ。それからひとつ加わるごとに、インクはどんどん大きく私の肌に広がっていった。私はタトゥーを入れるという行為が大好きなのだ。それはデザインがどうというよりも、印を入れられるという経験の話。私は彫り師が作業場、インク、針、カミソリを準備するのを見るのが大好きだ。

私のタトゥーについては、私が自分の体のために、大いなる納得のうえでした選択だと言える。これこそ私が自分自身につけた印。私が私の体を取り戻す方法。

二〇一四年、修士号の短期レジデンシー・プログラムで教えるためにタホ湖に滞在した際、私は何年かぶりで新しいタトゥーを入れた。タトゥーを入れる前に、私は作家のコラム・マッキャン、ジョッシュ・ウェイル、ランダ・ジャラーと一緒に湖のほとりの焚き火を囲んでいた。これはネームドロッピング〔有名人の名前を持ち出して自慢すること〕ではない。私たちはみんな同じプログラムで教えていて、そこにいたのだ。コラムは私に「なぜタトゥーなんだい？」と、その弾む声ときらめく瞳で尋ねた。よく聞かれる質問だ。ちょっと立ち入りすぎの質問だけれど、大っぴらに黒いインクではっきりと自分に印をつけていた場合、そうした立ち入りは招かれるものだ。人はなぜか知りたい。自分も含め、私たちは境界線を越えたい。それは仕方のないことだと思う。私はコラムに、なぜ私がこんなふうに自分の体に印をつけているかについての真実の一ヴァージョンを、自分の肌についていくばくかの支配力を行使することが意味するところについてを語った。

今、人生の半ばにあって、もしもう一度人生を全部やり直さなければならなくなったら、私は別のやりかたをするだろうけれど、それでもやはりタトゥーを入れるだろう。

たまに、新しいタトゥーを入れたくてたまらなくなる。自分に滅多に許されないやりかたで自分の体とつながっているように感じたくてたまらなくなる。あのやりかたで触れられたくてたまらなくなる。彫り師が私の体の一部を支え、その手はあの道具、あの武器を使うあいだラテックスに包まれて、何度も何度も私の肌にさまざまな針を押しつけ、柔軟な肉はもっともっとやわらかくなっていく。

タトゥーを彫られる経験にはある程度の服従が含まれていて、もちろん私はあのコントロールされた降伏状態に熱中している。私は知らない人に何時間にもわたって自分の体を委ねる服従が大好きだ。私はあの痛みが大好きだ。それは激痛ではないけれど、信じられないほど、腹が立つほど長く続き、終わることのないタトゥーガンのうなる音と共に、永遠に私に印をつける。タホ湖で私にタトゥーを入れた男は己の支配権を行使するのに夢中だった。彼は自分が支配者男性であることをはっきりさせた。私に手を加えながら、彼は本当に「俺は支配者男性だ」と言い、私はあきれた顔をしないよう全力で自制した。

タトゥー中、痛みは常にあり、ときには何時間も続くけれど、それは必ずしも通常の痛みと同じようにあらわれるわけではない。これに関して私は信用してはならない人間だ。私は痛みを大半の人々と同じようには認識しない。つまり、私の痛みへの耐性は高いのだ。おそらく高すぎる。しかしタトゥーの痛みは身を委ねる以外ないものだ。なぜなら、途中でやめたら永続するばかりでなく未完成状態で残されるだけで、いったんはじめたら後戻りすることはできないのだから。私はこの状況の取り返しのつかなさを楽しむ。あなたは思い切って自分自身をこの痛みに晒さなければならない。あなたがこの痛みを選択すれば、その終わりには、あなたの体は違っている。もしかしたらあなたの体はもっとあなたのものであるように感じられるかもしれない。

私は太りすぎだ。これから先もずっとそうではないといいと思うけれど、今のところは、これが私の体。私はそれを受け入れている。それを恥じないように努めている。インクで自分自身に印をつけるとき、私がそれをさせるとき、私は私の肌の一部を取り戻しているのだ。それは長く、ゆっくり進む手続き。これは私の要塞だ。

54

私の体の物語を語ることは、恥についてあなたに語ることだ——自分の見た目を恥じること、自分の弱さを恥じること、自分の体を変えるのは自分の力だとわかっているのに、何年も何年も、まだ変えられていないという恥。それとも私は努力している、やっている。私は正しく食べる。私は運動する。私の体はより小さくなり、自分が常に運んでいる肉の檻《おり》ではなく自分のものであるように感じられはじめている。ここで私は新種のパニックを感じてしまう。なぜなら私は以前とは違うふうに見られるからだ。私の体はまた別の議論のもとになる。私のワードローブの選択の幅はより広くなり、前よりずっと小さいパンツが穿《は》けるようになり、シャツが私の肩からきれいにひだを寄せる、うっとりするような瞬間がある。私の胸のうちに巣喰う虚栄心が膨らむ。

こうした瞬間、私は鏡の中の自分を見る。もっと細く、痩せた自分。私は自分がなれたはずの、なるべきだった、なったかもしれない、なりたい自分を認識する。そのバージョンの自分は恐ろしく、もしかしたら美しくすらあるかもしれないがゆえに私は落ち着かなくなり、数日か数週間のうちに自分のそれまでの前進をすべてなかったことにする。ジムに行くのをやめる。正しく食べるのをやめる。ふたたび安全に感じられるまでこれをやる。

私たちのほとんどは、自分自身を怖がらせるヴァージョンの自分を持っている。どうやってつきあっていけばいいのかよくわからない不完全な体を持っている。私たちはこれらの恥を自らと共に持ち続けている。なぜならありのままの自分を見せるのは、多かれ少なかれ、行きすぎたことになりそうだからだ。

恥は難しいものだ。私が太っているという理由で人々が私に自分を恥じ入らせようとしているのは間違いない。通りを歩いていると、男たちは車の窓から身を乗り出して、彼らが私の体をどう思っているか、私が彼らのまなざしと好みと欲望を喜ばせないことがいかに気に障るか、下卑《げび》た言葉を叫んでくる。私はそうした男たちのことを真面目に受け取らないよう心がけている。なぜなら彼らが本当に言っているのは、「俺はおまえに魅かれていない。俺はおまえとヤりたくない。それが俺の男性性《マスキュリニティ》、権利、この世界における立ち位置についての理解を混乱させる」ということだからだ。私の体で彼らを喜ばせるのは私の仕事ではない。

しかしながら、ある種の人々がどんなふうに自分を見ているかをあまりにも暴力的かつ大っぴらに思い出させられたとき、自分でわかっていることにしがみつき続けるのは難しい。私こそが問題なのだ、この先ああいう男たちに私を罵《ののし》らせないためにできることは何でもしなければ、という気持ちにならないのは難しい。

ファット・シェイミングは現実であり、常時繰り返され、辛辣《しんらつ》だ。衝撃的な数の人々が、太った人々をただただ苦しめて減量に向かわせ、彼らの体を管理もしくは公的な領域から抹消することができると信じている。そういう人々は自分たちが医療専門家だと信じ、個人攻撃として、肥満と関係するさまざまな健康問題の事例を挙げる。これらの苦しみを与える人々は、自分自身を正しさと結びつけながら、わかりきっていること――私たちの体が規格外で傲慢で太っているということ――を指摘する。これは奇妙な、公共心に富む残酷性だ。人々が太っていることで私を辱めようとするとき、私は激しい怒りを感じる。私は意地を張る。私はああいうやつらを困らせるために自分をさらに太らせたい。それで本当に困ることになるのは自分だけだというのに。

55

私は切望でいっぱいで、私は嫉妬でいっぱいで、その嫉妬の大部分は酷いものだ。私は『ナイトライン（*Nightline*）』特番を見る――摂食障害の恐怖特集だ。私はああいった番組とそこに登場する被験者たちに病的に魅せられている。痩せた顔と鋭く角張った体をした拒食症の女の子たちには、嫌悪感を催させると同時に私の心を攫む何かがある。彼女たちの体をつなぎ止めているのはいったい何なのだろうかと考える。彼女たちの肉がそのもろい骨に沿って張る様に嫉妬する。彼女たちの服が、着ているというよりむしろ浮いている感じで体に力なくひっかかっている様に嫉妬する――その細さの見返りとして存在するまことの祭服の光輪だ。レポーターはこれらの女の子たちが自らに課した厳しいエクササイズの試練を、飢餓状態を、自らの体への妄執を蔑むように語る。それでも、私は嫉妬する。なぜならあの女の子たちは意志の力を持っているから。彼女たちは自分の求める体を手に入れるために必要なことをするのに身を捧げている。私は彼女たちの薄くなっていく髪の毛、朽ちる歯、どろどろした無へと溶ける内臓を無視する。それよりも他の人たちが私の体に執着するのと同じように彼女たちの体に執着するほうがいい。私は自分に言い聞かせる。もうすぐ私も、塩クラッカーを一枚食べておなかいっぱいだと言うあの女の子になる。何時間もジムで過ごし、ぶかぶかの服をひらひらさせているあの女の子になる。喉にうまいこと指を突っ込んで不必要なカロリーを注意深く取り除くあの女の子になる。私は誰もが好きになるのを嫌がるのを好きなあの女の子になる。歯は黄ばみ髪は抜け、でも私の体はついに受け入れられやすくなりはじめて、しぼんで消滅し、空間を占めるのをやめる。

どういうわけか、私はあの女の子には絶対ならない。それから、あんなに酷いものを欲しがる自分を憎み、私の体と、それが目立ちすぎるのを理由に私を憎む世界に激怒し、それと同じ世界が同時にあまりにたくさんの少女と女性たちに、全力で消える努力を強いていることに激怒する。私の怒りはたいてい静かだ。なぜなら空間を占めすぎているのにそれでも居場所を見つけられない太った女の子の物語なんて誰も聞きたくないから。それより人は自らを飢えさせ運動をやりすぎる、青白くやつれてありふれた風景に消えつつある痩せすぎた女の子たちの物語のほうが好きなのだ。

56

私はときどき、おなかがすいていなくても空腹を感じる。調子の悪い日には（私にはそういう日がたくさんある）、たくさん食べる。私はこんなことはしていないと自分に言う。私は一日中だらだら座って甘いお菓子やチートスを食べたりしていないと自分に言う。それは本当だ。私は家にジャンクフードを置いていない。ジャンクフードを食べる習慣はない。しかしそこで私は特定の食べものに執着しはじめ、何日にもわたって、ときには何週間にもわたって、うんざりするまでそれを食べて食べて食べる。これは衝動脅迫なのだ、たぶん。

食事のとき、私には量の調節という概念がない。私は完食派。自分の皿に食べものが盛られていたら、全部食べ終えなければならない。もしガスコンロに食べものが残っていたら、それを食べ終えなければならない。残りものが出ることは滅多にない。最初はいい気分で、ひと口ごとに味わい、世界は遠のく。私は私のストレスを、私の悲しみを忘れる。口の中の味、食べるという行為の尋常ならざる喜びがすべてになる。おなかがいっぱいになりはじめるが、私がその満腹感を無視すると満腹感は去り、気持ちが悪くなって、それでも私は食べ続ける。何もなくなったとき、私はもはや慰めを感じない。感じるのは罪悪感と制御不能の自己嫌悪であり、しばしば私はこうした感情をなだめるため、奇妙だが自分自身を罰するため、もっと気持ち悪くなるために他に食べるものを見つける。そうすれば次は、過食したときどれだけ落ち込んだかを覚えていられるかもしれないから。

私は決して覚えていない。

つまり、私は空腹でないのに飢えるというのが何を意味するかわかっている。私の父は飢えは心にあると信じていた。私の認識は違う。飢えは、心と体と精神と魂にあるのだ。

57

私は慢性的な胸やけの症状に苦しんでいるが、それはかつて食べたあとに自ら吐いていたからだ。これを表す「大食症《ブリミア》」という言葉があるが、自分についてこの言葉を使うのはいつも変な感じがする。私は私が嫉妬するあの女の子、摂食障害を起こすほどの自制心を持つあの子になろうとした時期がある。そう長い間ではなかった、と私は自分に言う。これはそんなに真実とは言えない。それは二年ほどで、そう長くはないが十分長い。あるいは、もしかしたら、私がその言葉を使いたくないのは、すごく昔のことだからかもしれない。これはあきらかに真実ではない。私は四年前に自分で自分に吐かせるのをやめた。そしてときどき、私は逆戻りする。ときどき、自分の体の中からすべての食べものを取り除いてしまいたくなるのだ。私は空っぽに感じたい。

昔むかし、私が嘔吐《パージング》をはじめたのは、空っぽに感じたかったからだ。自分を空っぽに感じたかったけれど、同時に自分の中を埋めたくもあった。私は一〇代ではなかったし、二〇代ですらなかった。私は三〇代で、ついに、摂食障害を起こすほどの自制心を見つけたのだ。あの最初の夜、私はクルトンとチーズとドレッシングを振りかけた冷たいレタス添えのミディアムレアの巨大なリブアイステーキが食べたかった。食料品店でいい感じの霜降りのリブアイ厚切り二枚を見つけた。私はオレオ・ダブル・スタッフ〔ココアクッキーのクリームサンド、クリーム二倍の商品名〕を買った。いかにも現代女性らしく、私はインターネットで調べた。私は時間をかけて過食嘔吐のやりかたを学び、そこで得た情報に魅了されるのと同時にゾッとした。吐く直前にたくさんの水を飲むのがよく、過食の始めの時点でにんじんを食べるべしとされているのを知った。それが食べたものすべてが除去されたことを視覚的に示す印となるからだ。チョコレートはもどすときに最悪の味がすることを知った（そしてこれは本当にその通りなのだ）。指が歯で噛み切られるかもしれず、胃酸が指関節を火傷《やけど》させるであろうことを知った（そしてこれもまた真実だった）。

十分に準備ができたと感じると、私はディナーを作り、あとのことを考えずに食べたいものを何でも食べられる見込みに興奮がほとばしるのを楽しんだ。これは夢、と自分に言い聞かせた。私はステーキ、巨大なサラダ、クッキーの袋をすべて食べた。私の胃は痛み、それまで感じたことのない種類の膨張と吐き気を感じた。私はあまり長く待ちたくなかったので、キッチンに走り、コップ三杯の水をゴクゴク飲み込んで、シンクのアルミの底を見つめながら二本の指を喉に突っ込んだ。何回か突く必要があったが、すぐに吐き気を催した。目に涙がにじんだ。それから私は食べたばかりのものすべてを吐き出した。やり終えると、私は水道の蛇口をひねり、汚物と私がやったことの証拠はすべてゆっくりと消えていった。このときだけは、食べたあとに恥を感じなかった。信じられない気持ちだった。コントロールしている感じがした。どうして嘔吐をやってみるまでこんなに長いことかかったのだろうと思った。

あなたが太っている場合、問題のある摂食行動には誰も注意を払わない。彼らは別のところを見ているか、その視線はあなたを通り過ぎる。あなたはありふれた風景に隠れてしまう。私は人生のほとんどを、どうにかしてありふれた風景に隠れてきた。もう自分はそうしないぞと決意するのは、自分に目を向けられたいと望むのは、難しい。

私はかつて太っていなくて、それから私は自分自身を太らせた。私は自分の体をばかでかい、通り抜けられない塊にする必要があった。私は他の女の子たちとは違うのだ、と自分に言い聞かせた。私は私が食べたいものをすべて食べ、彼女たちが食べたいものもすべて食べた。私は、それはもう自由だった。私は自由、自分自身が作った牢獄の中で。私は年を重ね、主に牢獄の壁を高く維持するためだけに食べ続けた。これはあなたが想像する以上に大作業だ。その頃、私はすばらしい男性とすばらしい関係にあり、博士課程を終えつつあって人生はいい方向に進んでおり、私は自らが作り上げた牢獄から出る道筋が見えたと思った。

私たちは別れに苦しみ、私は逆戻りした。私は何かまたは誰かを責めずにはいられなくて、自分自身を責めた。私は自分の体が壊れていることを責めた。かかりつけの医者は私がこれをするのを止めようとはせず、それはそれで地獄だった――自分自身についての最悪の恐怖が、そうした診断をする資格を持つ医療のプロから認められるということは。

私の体こそ責められるべきものだった。私こそ責められるべきだった。私は私の体を変えなければならなかったけれど、食べることは慰めだったから私は食べたくもあり、私は慰めを必要としていたけれど、そんな避難場でただひとり私を慰めることができる人に頼ることを拒否した。これには昔から身に覚えがあった。これより前、私はよく冗談で、私は自分で吐くことができないから大食症ではないと言っていたのだけれど、本当に何かをしたいと望んだとき、私はやり遂げてしまうのだ。私は自分で自分に吐かせる方法を学び、それがとても上手になった。

私は太っている、ゆえにありふれた風景に隠れ、食べ、吐き、食べる。私は完璧に普通でどこも問題ない、と自分に言い聞かせた。ある日、私のボーイフレンドが、バスルームで便器に向かってかがみ込み赤い目に涙を滲《にじ》ませている私を見つけた。酷い場面だった。「出てって」と私は静かに言った。彼にも、誰にも、数ヶ月にわたってほぼ何も言っていなかった。

彼は私を掴んで立ち上がらせた。彼は私を揺すって、「こんなことをしてたのか？　これを？」と言った。私は彼を見つめた。それが彼をもっと怒らせるとわかっていたから。私は彼をもっと怒らせたかった。そうすれば彼は私を罰することができ、私は自分自身を罰するのをやめられる。彼には私を罰する資格があり、私は償いとしてそれを彼に与えたかった。彼は、当時も今もいい人であるがゆえに、私が欲しいものを私に与えはしなかった。彼は指を伸ばして私から手を放し、バスルームから出ていった。彼の拳が壁を貫通し、それは私を激怒させただけだった。なぜなら私は彼の拳が私を貫通することを望んでいたから。

その後、彼は私を決してひとりきりにさせないように努めた。彼は私を私自身から救おうと努めた。ハ！ハ！ハ！　私は大丈夫、と私は彼に言った。あれは全部終わった、と言った。私は大丈夫、おそらく。私は自分のしていることを隠すのが前より上達していた。彼は私の行くところどこにでもついていくことはできない。私はすごく静かにやる方法を学んだ。私たちは大丈夫、あるいはかつてと変わらず大丈夫になりそうで、そこで私は大学院を卒業し引っ越して、彼は私のあとを追わず結局私はひとりで暮らして何でもやりたいことができるようになった。私は立派な専門職の人間だったから、ありふれた風景に隠れるのはかつてなく簡単だった。

新しい街では誰も私のことを本当には知らなかった。私には「友人」がいたけれど、彼らはうちを訪れたり、どこかが間違っていることに気づくほど私をよく知っているわけではなかった。外で夕食を共にするとき、友人たちは私が食べたあとにいつもトイレに行くことに気づいた。「おなかの具合が悪いの」と、私は礼儀正しく述べた。一部は真実だった。

まもなく、私は異常な反動を起こし、ある男性と関係した。あるとき、彼は私が吐いているところをつかまえて、「きみが問題に取り組んでいて嬉しいよ」と言った。彼にとって本当の問題は私の体であり、彼は私にそれを忘れさせてくれなかった。彼は私を罰し私はそれが好きだった。ついに、私は考えた。ついに。彼は残酷なコメントをし、私に「アドバイス」を与え、それは、私の体に関するあらゆる間違いは、結局のところ私の過失なのだと思い出させるだけだった。「なんであのクソ野郎とつきあってるの?」と、たくさんの人々——友達とか、私たちが公の場で一緒にいるのを目にした知らない人たちとか——に聞かれた。彼とつきあえばつきあうほど、彼は私を落ち込ませ、そしていい気分にさせた。なぜなら、それはついに、私がすでに知っていた私自身についての真実を他人が私に告げていたということだったから。

手放さなければいけないものがある。いつもそうだ。私の苦悩は治まりはじめた。こんなクソな事態には自分はあまりにも年を取りすぎていると気づいた。胸やけがはじまり、自分を罰することをやめなければと悟った。私はついに、三〇年以上の時を経て、私の最高なところと最低なところに気づく親友を見つけた。何が起こっているのかを私が言わなくても彼女はそこにいて、彼女には何を言っても大丈夫だった。誰かに自分を開示できることをわかっていることは力になる。それは私に、もっといい人間になりたいと思わせた。

私はやめたかったが、そう思うのと実際にやめるのは別だ。それは習慣化していた。私は一日じゅう自分を飢えさせ、それから大量の食事を食べて、その食事を自分から除去していた。私は自分自身を空っぽにし、私はその空っぽの感じが大好きだった。私は自分の黄ばんだ歯と抜け落ちる髪の毛と右手の指の酸火傷と関節のかさぶたを無視した。まるでそれまで気づかなかったかのように、私はインターネットに尋ねた。「どうして私の髪の毛は抜けているの？」

真実はもっと複雑で、私はそれをどうやってシェアすればいいのかわからない。私がどうにかして自分の体に対処しようとしているかぎり、誰も真実を気にかけすらしないだろうと思っていた。私たちは私のような女の子たちのことではなくて、鼻から管で栄養補給している痩せおとろえた女の子たちのことを心配するべきなのだ。それに、思春期の問題と思われている問題にかかずらうには私は本当に年を取りすぎていた。私は恥ずかしかった。私は恥ずかしい。私は尊敬に値しない。私はめちゃくちゃなのだ。

私がベジタリアンになったのは、なるべく自分に害を及ぼさない食事の整えかたを求めていたからだ。食べものに関して、毎日おなかの中のものを吐き出すのではなく、何か重視すべき指針が必要だった。自分がベジタリアンでいるのはまあ一年だけだろうなと思っていたけれど、貧血ぎみになってふたたび肉を食べはじめる必要が生じるまで、四年近く続いた。

「胸やけ《ハートバーン》」という言葉は誤解を招く。それは心臓《ハート》とは何の関係もない。あるいは心臓とおおいに関係がある。あなたが考えているようなのとは違ったかたちで。

58

人はときどき私に、善意からなのだろうが、私が太っていないと言ってくる。彼らは「自分をそんな風に言うなよ」みたいなことを言う。なぜなら彼らは「太っている」ということが何か恥ずかしく侮蔑的なことだと理解しており、一方で私は「太っている」ということを私の体の現実として理解している。私がこの言葉を使うとき、私は私自身を侮辱しているわけではない。私は自分のことを描写しているのだ。こうした偽善者たちは恥を知らずに嘘をつき、「あなたは太っていない」と言ったり、「かわいい顔してる」とか「あなたはいい人」とかいった怠けたおべっかを言ってくる。まるで私が太っていながら彼らの考える価値ある性質を持っているのはありえないとでもいうように。

意見が求められているか否かは関係なく、痩せた人々が太った人々と体について話すやりかたを理解するのは難しい。気持ちはわかるけれど、私が太っていないかのように振る舞ったり、私の体とその現実を否定したりするのは失礼なことだ。私が自分の肉体的な外見に気づいていないと考えるのは失礼なことだ。私が太っていることで自分を恥じているだろうと思うのも失礼なことだ。たとえそれがいくら真実に近かろうとも。

59

私の体のような体がフィットする空間はほぼないに等しい。

肘掛け付きの椅子は基本的に耐えがたい。すごくたくさんの椅子に肘掛けがついている。後まであざが残ってしまうことはしょっちゅうだ。それは数時間、または数日のあいだ触ると痛いままだ。私の太腿にはたいてい、過去二四時間にできたあざがある。自分に合うはずのない座席に体を押し込み、一時間か二時間かそれ以上が過ぎて立ち上がると血が急にめぐって、激しく痛む。ときどき、私は顔をゆがめてベッドに寝転がり、それから、そうだ、肘掛け付きの椅子に座ったんだったと思い出す。あるいは私は、おそらく自分の体にタオルを巻いているとき、鏡の中の自分が一瞬視界に入ってきて、ウエストから腿の半ばにかけて少しずつあざが模様になっているのを目にする。物理的な空間が規格外の体をしている私をいかに罰しているかを目にする。

痛みは耐えられないことがある。ときどき、痛みが私を壊すように感じる。どこかの部屋に足を踏み入れるとき、私がそこで座ることになっている場合は常に不安でたまらない。どんな椅子があるだろうか？　肘掛けは付いてる？　頑丈にできてる？　どれくらいの時間座ってなきゃいけないの？　もし二本の細い肘掛けのあいだに無理やり自分を押し込めたとして、そこから自分を引っ張り出すことができる？　もし椅子が低すぎた場合、自分だけで立ち上がれるだろうか？　こうした疑問が絶え間なく脳裏に浮かび、太った体特有の不安に対処しなければいけない立場に自分自身を追いやったことへの自己批判も続くのだ。

言葉にされない辱めは、たっぷりある。人には目がある。彼らはただ単純に用意された椅子が小さすぎる様子なのを目にするけれど、何も言わず、私がまったく合いそうもない座席に無理に体を押し込むのを見ている。彼らは、人に優しくない場所で行われる何かの計画に私を含めようとするとき、私に何も言わない。これが軽い残酷さなのか意図的な無視なのか私にはわからない。

学部生だった頃、私は、あの机が固定された椅子に自分を押し込まなくてはならない教室にびくびくしていた。ああいう椅子に座ることの、あるいはちゃんと座り損ねることの屈辱。私の脂肪は四方八方にこぼれ落ち、私の片脚または両脚はしびれ、机がおなかにめり込んで息をすることもできない。

映画館では、座席に可動式肘掛けが装備されていることを祈る。そうでなければ多かれ少なかれ痛い目に遭うことになる。私は演劇とミュージカルが大好きだが、劇場に行くことが滅多にないのは、単純に座席に収まらないからだ。そういった催しに参加するとき、私は苦しみ、全然集中することができない。それというのも私がすごい痛みを感じているからだ。私がしばしば社交の場に出ることを断るので、友達は私のことを人と関わるのがあまり好きでない人だと思っているが、そうでなくてむしろ私は、どうして行けないのかを説明するのが嫌なのだ。

レストランに行く前には、どんな座席があるかを見るためにその店のウェブサイトやグーグル画像検索やイェルプを執拗にチェックする。椅子はウルトラモダンで薄っぺらい？　肘掛けはある？　あるなら、どんな種類の？　ボックス席はある？　あるなら、テーブルは動く？　それとも二本の長椅子のあいだに固定されてるタイプ？　どれくらいの時間なら私はその椅子に叫ばずに座っていられる？　私がこの執拗なリサーチをするのは、人は誰もが自分たちと同じようにこの世界を動き回っていると思い込みがちだからだ。彼らは私の空間の占めかたがいかに彼らのそれとは違っているか決して考えはしない。

思い描いてみてほしい。ディナーの席、二組のカップル、流行りのレストラン。席に案内されるとき、私は突然宿題をやってこなかったことに気づく。椅子は頑丈だが幅が狭く固い肘掛けが付いている。私は支配人に、ボックス席に座れるかどうか尋ねるが、たとえ他に客がいなくても、全部予約が入っていると彼女は言う。泣きたくなるが、それはできない。私はデート中なのだ。友達と一緒にいる。私の連れは私が何を感じているかを知っているが、私がこれ以上いっさいの注意を引きたくないことも知っていて、私が騒ぎを起こすぐらいならこの椅子に耐えることを知っている。私はもうどうしようもなくなる。

席に案内され、私は椅子の端に乗っかる。私はこれを以前にもやったことがある。きっとふたたびやるだろう。私の太腿はとても強いのだ。私は食事を、この大切な友達との素敵な会話を楽しみたい。カクテルと私たちの前に置かれるおいしそうな食べものを楽しみたい。けれど太腿の痛みと椅子の肘掛けが横腹にあたるのと、あとどれくらい何も問題ないふりをしなければならないのかで私の頭はいっぱいだ。

ようやく食事が終わると、安堵の念が打ち寄せる。立ち上がるとき、私はクラクラして吐き気を催し、痛がっている。

人生の最高にしあわせな瞬間にすら、私の体と、それがどこにもフィットしないことが影を落とす。

こんなふうに生きているなんてありえないけれど、私はこう生きているのだ。

60

私は常に不快感または痛みを抱えている。自分の体で心地いいのが、快適なのがいったいどんな感じだったかもう覚えていない。ドアを通り抜けるとき、私は空間の寸法を目測し、それが必要だろうとそうでなかろうと無意識に横向きになる。歩いているときは、くるぶしがうずき、右のかかとが痛み、腰が張るようで苦しい。よく息切れがする。ときどき立ち止まり、景色または壁のポスターを眺めるふりをする。いちばんよくやるのはスマホを見るふりだ。私はできるかぎり他の人たちと一緒に歩かないようにしている。歩きながら話すのは大変だから。何にせよ、私は他の人たちと一緒に歩かない。なぜなら私はゆっくり動き、彼らはそうではないからだ。公共施設のトイレでは、なんとかして巧みに個室に入る。私はトイレの上で浮くように努める。私の下で壊れてほしくないからだ。個室がどれだけ小さくても、私は障害者用トイレを利用しない。なぜなら人々は、私がそこを利用するだけで、私が太っていてもっと大きな空間が必要だという理由で、蔑むようなまなざしを向けてくるからだ。私はみじめ。私は、ときどき、自分がそうではないふりをしようとするけれど、でもそれは、私の人生におけるほぼすべての物事同様、私を消耗させる。

私は全力を尽くして痛くないふりをする。私の背中は痛まない、私が感じているのが何であろうと違う、なぜなら私は人間の体を持つことを許されていないのだから。もし私が太っているのなら、私は太っていない他の誰かの体も持っていなければならない。私は空間と時間と重力に逆らわなくてはならない。

61

そして、知らない人たちが私の体をどんなふうに扱うか。私は公共空間で押しのけられる。まるで脂肪のおかげで私が痛みに慣れっこでもあるかのように、そして／あるいは、太っていることの罰として痛みが当然の報いでもあるかのように。人々は私の足を踏みつける。彼らは私の横をかすめ、ぶつかってくる。彼らはまっすぐ私に突進してくる。私はすごく目につきやすいのに、しばしば目に見えない存在みたいに扱われる。私の体は公共空間において尊敬も配慮も気遣いもされない。私の体は公共空間そのもののように扱われる。

62

飛行機の旅もまた一種の地獄だ。一般的なエコノミークラスの座席の幅は一七・二インチ

〔およそ四四センチ〕。一方、ファーストクラスは、平均で幅二一インチから二二インチ〔およそ五三センチから五六センチ〕だ。前回、エコノミークラスの席でフライトした際、私は足元の空間が広い非常口席に座った。この航空会社、ミッドウエスト航空の非常口の窓側席には肘掛けが付いていないから、私でも収まるのだ。私は飛行機に搭乗し、座った。そのうち隣席の人がやってきて、私はすぐに彼が不機嫌になっているのがわかった。彼は私をじろじろ見ながらブツブツ言い続けていた。彼は面倒を起こすつもりなのが見て取れた。私に恥をかかせるつもりなのが見て取れた。私は屈辱を感じた。彼は私のほうに身を乗り出して、「きみはその席の責任をきちんと果たせるのかね？」と尋ねてきた。彼は年配で、かなり弱々しかった。私は太っていて、でも背が高く強かった（し、今もそうだ）。私が非常口席の責任を果たせないのではと想像するのはバカバカしいことだった。私はただ、できますと答えたが、自分が彼に同じ質問をそのまま返せるような、もっと勇敢な女性だったらよかったのにと思う。

もし太っていて旅行中だと、空港に足を踏み入れた瞬間からじろじろ見られることになる。ゲートでは人々が不快そうなまなざしで、あなたの隣に座りたくない、その肥満体のどの部分も自分に触れてほしくないという思いを露骨に示す。搭乗手続きが進むうち、幸運にもこのロシアンルーレットに外れ、あなたの隣に座ることにはならないとわかった彼らの安心は、あからさまで慎みに欠けている。

このフライトでは、飛行機がゲートからまさに離れようというときに、隣の不機嫌な男性が客室乗務員を呼んだ。彼は立ち上がり、彼女をギャレーに追いかけていって、そこから私を非常口席に座らせるのは危険すぎるという声が飛行機中に響き渡った。彼はあきらかに、非常口席における私の存在が自分の命の終わりを意味すると考えていた。それはまるで彼がこのフライトについて他の誰ひとり知らない何かを知っているといった様子だった。人々が振り返って私を見つめそれぞれのコメントをつぶやきはじめるなか、私はそこに座ったまま、爪を掌に食い込ませていた。私は泣き出さないように我慢した。そのうち、不機嫌な男はどこか別の席に案内され、飛行機が離陸すると、私は飛行機の壁に沿って丸まって、できるだけ人目につかないように、静かに泣いた。

それ以来、私は二人分の座席を買うようになった。それはすなわち、当時比較的若く貧乏だった私は、滅多に旅行ができなくなったということだ。

あなたが大きければ大きいほど、あなたの世界は小さくなる。

あなたが大きければ大きいほど、あなたの世界は小さくなる。

二座席を買っていてもなお、旅は屈辱に満ちている。航空会社は肥満の人々に二枚チケットを買うことを推奨するが、その従業員たちは二枚の搭乗券と満席時の空席の扱いをたいていわかっていない。それで大騒ぎになる。まず、あなたが搭乗し彼らが二枚の搭乗券をスキャンしなければならない際、それは解決不可能なミステリーのようで、席についてからも、どちらの座席も自分のものだとあなたが何度言っても、彼らはこの数の不一致を理解しかねている。空席の向こう側の席の人々はしばしばその空間の一部を勝手に奪い取ろうとし、たとえあなたの体がいっさい彼らに触れていなくてもわめき立てる。これはギョッとさせられる偽善である。私はそれにとてもムカついていて、年を重ねるにつれ、やつらが両方持っていくのはおかしいだろうとはっきり言うようになっている——私が座席をひとつだけ買って私の体の一部が彼らに触れていると不満を言うくせに、私が私の快適と正気のために買った空席の空きスペースにやつらの持ち物を置こうだなんて言語道断だ。

そしてもちろん、シートベルトの問題がある。私はずいぶん前から旅に自前の延長シートベルトを持っていくようにしている。客室乗務員に用意してもらうのはかなりの試練になりかねないからだ。頼む機会はほとんどない。客室乗務員は、たとえあなたが飛行機に搭乗する際に頼んでも、しょっちゅう忘れてしまう。ようやく思い出したときには、まるであなたが標準のシートベルトを使うには太りすぎているということを飛行機じゅうのみんなに知らせるように、あなたを罰するように、大げさにあなたに手渡しがちだ。そんなふうに感じてしまうのは、私が自分の体にまつわることすべてに自意識過剰だからかもしれないけれど。

自前の延長シートベルトを持ち歩くことで、私はしばしばこうした小さな屈辱と厄介事を回避することができるが、しかし本当には逃れることはできない。最近の地域便で、正式に認可された延長シートベルトしか使ってはいけないという航空会社の規則があると言われた。ノースダコタ州グランドフォークスへのフライトは、特に気の滅入るものだった。客室乗務員は、彼女が離陸を許可する前、搭乗客全員の目の前で私に自前の延長シートベルトを取り外させ、自分が持ってきたものに交換させた。国の規則ですから、と彼女は言った。

私が自分のキャリアにおいて、私を講演に招く団体はファーストクラスのチケットを用意する必要があると契約書に明記される地位に到達したのは非常に幸運だ。これが私の体で、彼らもそれを知っていて、もし私に彼らのところまで来てほしかったら、彼らは少なくとも私の尊厳がある程度守られるようにしなくてはならないのだ。

すごく甘ったれているように聞こえそうだが、これが私の現実だ。これは太った体で生きることの真実でもある。耐えるべき重みがたくさんあるのだ。

V

63

『フランス料理の技法（*Mastering the Art of French Cooking*）』でジュリア・チャイルドはこう書いている。「料理は特別に難しいものではありません。あなたがたびたび料理し、料理について学べば学ぶほど、その道理がわかってくるはずです。しかし、他のあらゆる技術と同じく、それには練習と経験が必要になります。あなたの持てる最も重要な材料は、料理そのものへの愛です」

私に料理を愛することができるとは思わなかった。自分にそういった愛が許されているとは思わなかった。自分が食べものを愛することができる、あるいは食べることの官能的な喜びに耽溺することができるなんて発想はなかった。自分のために料理をすることがすなわち自分を気遣うことになるなんて思いつかなかったし、自業自得の堕落のまっただなかで自分を気遣うことが許されているとも思わなかった。体の管理を放棄しきっていることの代償として、それは自分には禁じられていた。食べものは燃料であり、たとえ私が自分にできるかぎりいつでもその燃料に過剰に耽溺していたとしても、それ以上ではなく、それ以下でもなかった。

だが、そこで私はミシガン州のアッパー半島に引っ越して、大学院に通うために人口およそ四〇〇〇人の町に住んだ。そのあと、別の小さな町、イリノイ州チャールストンで職についた。私はベジタリアンになり、もし食べたくなったら、自分で自分のために食事を用意するか、そうでなければレタスとフライドポテトだけの食卓に甘んじるしかないのだと理解した。

それと同じ頃、私は『裸足の伯爵夫人（*Barefoot Contessa*）』を見はじめた。ちょうどキャンパスからうちに帰ってきてすぐ、フード・ネットワークで毎日午後四時から五時まで放映しているアイナ・ガーテンの料理番組だ。それはただ世界が回るままに任せてリラックスする時間だった。私はこの番組が大好き。私はアイナにまつわるすべてが大好き。彼女の髪はいつも暗い色のボブに完璧にセットされて、つやつやでなめらか。彼女は毎日同じシャツのバリエーションを着る。私は彼女のウェブサイトのFAQで、あのシャツがカスタムメイドだと知ったが、それが誰の手によるものなのか彼女は明かしはしない。彼女はローストチキンが大好物のジェフリーという名前の男性と結婚しており、番組から察するに、その関係は愛情に満ちている。彼女は知的でお金持ちで、そうした特質をごく自然かつ鼻につかないように身にまとっている。

アイナは大仰な疑問形が大好きだ。「どんなにおいしいかしら？」と、彼女はそのおいしい料理を味見しながら言う。または、彼女のエレガントなハンプトンの友達仲間のひとりのためにサプライズを計画しながら、「あれを誕生日に欲しくない人がいるかしら？」と。または、彼女の常に魅力的で、お金持ちで、ゲイであることが多い大勢の友達のうちの何人かにブランチを用意しながら、「朝食に素敵なカクテルが必要。そうじゃない？」と。ある回では、彼女は食べもの（ベーグルとスモークサーモン）をブルックリンへの旅に持っていって、さらにたくさんの食べものを食べる（ファーマーズマーケットとかそういうところで）。

私はアイナ・ガーテンが好きすぎて、うちの無線ネットワークのひとつに裸足の伯爵夫人と名づけているほどだ。まるで彼女が常に私を見守ってくれているみたいに。

アイナ・ガーテンは料理を誰でもできる簡単なものみたいに感じさせる。彼女はいい材料が好きだ――いいバニラ、いいオリーブオイル、いい何もかも。彼女はいつも役に立つコツを教えてくれる――よく冷やしたバターはペストリーの生地の質を底上げするとか、シェフにとって最高の道具は清潔な手だとか。彼女はマフィンを作るとき、生地をすくうのにアイスクリームスクープを使い、共犯者めいた笑みで視聴者にこの技を知らせる。町で買い物するとき、彼女はいつも肉屋とか魚屋とかパン屋とかに、彼女の口座につけておいてと言う。彼女は現金でわが身を汚さない。

あるときは、風車の改修をしている建設作業員たちをランチに招き、タープやペンキ用の刷毛やバケツといった工事現場用品でテーブルをデコレーションする。彼らの食事を用意しながら、彼女はしっかり男性サイズの量があるか確かめ、さらにブラウニーパイが続く。私もいつか焼いてみたいデカダンな一品だ。

アイナに関して私がいちばん好きなのは、彼女が強い自我と自信を育むことについて教えてくれるところだ。彼女は気張ることなく自分の体でいることについて私に教えてくれる。どんな風貌をしていようとも、彼女は自分自身でいることに完全にくつろいでいる。彼女は野心的で、自分が自分の専門分野において優れていることを知っており、それを決して申し訳なさそうにはしない。彼女はひとりの女性がふっくらとして感じがよく徹底的に食べものが大好きでいることができるのだと私に教えてくれる。

彼女は私に食べものを愛する許可を与えた。彼女は私に自分の飢えを認めそれを健康的なやりかたで満足させようと試みる許可を与えた。彼女は私に彼女が熱心に推薦する「いい」材料を買う許可を与え、もしかしたら私は自分自身と自分が楽しく料理をしてあげたい人々のためにいい食べものを作ることができるかもしれないのだ。彼女は私に自分の野心を受け入れ自分自身を信じる許可を与えた。『裸足の伯爵夫人』の場合、料理番組は単なる料理番組をはるかに超えたものとなるのだ。

64

私はキッチンの棚を見渡して四つか五つの材料を確認し、おいしい食事をこしらえてみせるタイプの人間ではない。私にはレシピがもたらす安心感と後援が必要だ。私は優しい指示と案内を要求する。たまにはいろいろ混ぜ合わせてみたり、レシピをもとに実験したりもできなくはないけれど、何らかのよりどころが必要だ。

何かをゼロから作ること、食卓のすべての皿が自分の手で作られているとわかっていることには、すごく心満たされるものがあるというのは、私も認めなければならない。怠け者の私は出来合いのもののファンだが、たとえば、美しいチェリーパイのために自分の生地と自分のチェリー・フィリングを作るのは、すごく楽しくて心の底からくつろいだ気持ちになる。自分が生産的で使える人間みたいな気分になる。

人生の半ばになって料理に取り組んでみて魅力的だったのは、料理が実際のところ本当にコントロールフリークに向いた試みだということだ。そこにはルールがあり、うまくやるには、少なくとも初期段階ではそのルールにしたがわなくてはならない。私はそれを自分で選んだ場合にはルールにしたがうのが得意だ。

私はとりわけベーキングを楽しんでいる。これは困ったことである。なぜならパンや焼き菓子は一般的に健康的な食習慣にも減量にも結びつかないから。しかし、私は教師をやっているので、ときどきお菓子を焼いては職場に持っていって学生や同僚と分ける。

ベーキングの喜びの一端はその正確さにある。実験をよしとするクッキングとは違い、計量と正確な時間と温度が要求される。したがうべきルールがあるという喜びは倍々になる。うまくいかないことはよくあるし、料理はときに厄介でもあるが、それぞれ別々の材料から何かを作り出すという行為は、それでも心満たされるものだ。自分は自分の面倒をみることができるということ、自分には面倒をみて栄養を与える価値があるのだということを、料理は私に思い出させてくれるのだ。

65

食べもの。それ自体が私にとっては複雑だ。私はそれを楽しむ。過剰に。料理をするのは好きだが、食料品の買い出しは嫌いだ。私は忙しい。私は恥ずかしいくらい好き嫌いが多い。私はいつも体重を減らそうとしている。これらが組み合わさっているがゆえに、私は常にこうした種々の課題に一度に対処できるような商品またはプログラムを探すはめになる。あるとき、フレッシュ20というサービスを試してみた。献立計画を提供するけれど、食料品の買い出しは利用者に任されているやつだ。ウェイト・ウォッチャーズも試してみた。食べるだけのリーン・キュイジーヌ〔ネスレ社の低カロリーを売りにした冷凍食品ブランド〕を試してみた。ローカーボ・ダイエットも試してみた。高プロテイン・ダイエットも試してみた。いろいろなもののコンビネーションを試してみた。日中はスリムファスト〔ダイエット飲料〕、夜に一食だけ本当の食事のダイエットを試してみた。健康的なおやつを身の回りに置いておくようにしてみた――しかし偽ジャンクフードは本物の代用品としての機能を果たすようなふりをして私を落ち込ませるだけだった。ビーツのチップス、ケールのチップス、豆スナック、米製のお菓子。それから私はその偽ジャンクフードを全部捨てた。なぜなら私は偽ジャンクフードはいらなくて、本物のジャンクフードが欲しくて、もし本物のジャンクフードを食べることができないなら全部いらないと思っているからだ。フルーツとナッツを食べようとしてみた。一日おきの断食をやってみた。午後八時前に食事を全部済まそうとしてみた。一日五食を試してみた。毎日大量の水を飲んで胃をいっぱいにしようとしてみた。私は私の飢えを無視しようとしてみた。

実のところ、こうした試みはいつもかなり中途半端だったり、長くは続かなかったりした。自分自身をよりよく育もうとする努力の一環として、私は二〇一四年にインディアナ州に越してきたときブルー・エプロンに入会した。ブルー・エプロンは定額制サービスで、毎週、三食分の正しい量の材料を送ってくる。料理関係のタスクで最も面倒くさいものふたつ、すなわち献立づくりと食料品の買い出しに対処しているのだ。私はミールキットというものに対してやや懐疑的だった。どんな食材を受け取るか会員が選ぶ余地がほぼないからだ。しかし、私は自分をもっと気遣おうとして、できるだけのことはやってみるつもりだった。

すべてがかわいらしく包装されラベルを貼られていた。シャンパンビネガーの小瓶やマヨネーズのラムカン〔円筒形の耐熱皿〕といった小物類があった。小さいもの好きとして、私はいつもこの箱を開くことをちょっとしたイベントのように捉えていた。食材には、写真入りで手順を親切に説明するフルカラーのレシピカードが添えられていた。間違いを起こす余地はほぼないが、とはいえまだそこには人間的要素がある。食事を用意するよう残されたのは私ひとりであり、私の失敗しがちな性質はキッチンでは特にはっきり表に出るのだ。

最初のメニューは白インゲン豆とエンダイブのサラダ、クリスピーポテト添えだった。エンダイブが何なのか私にはさっぱりわかっていなかったけれど、それはもっと正確な、より適切な名前で言うとつまり苦いレタスなのだと判断した。ブルー・エプロンは苦いレタスを笑える量しか送ってこなかったので、私はロメインレタスを一玉加えた。レタスはカロリーも栄養価もないのにお皿の空間を埋めることができるから。

レシピは簡単だった。私はじゃがいも二個を洗って皮を剝き、薄切りにして、定められた時間茹でた。そのあいだに、私はドレッシングを作った――マヨネーズ、レモンの絞り汁、にんにく。レシピにはケイパーも入っていたが、私は嫌いだ。すごく舌触りが悪くて醜悪。私は偏食を克服しようとしているところとはいえ、一度にできる進歩には限度がある。

茹で上がったじゃがいもをオーブンの天板に移し、オリーブオイル、塩、胡椒を振りかける。華氏五〇〇度〔摂氏二六〇度〕で二五分焼くあいだ、キッチンは耐えがたいほど暑くなった。私は独身でひとり暮らしの人間が自分のためだけに料理することの憂鬱について考えはじめた。ときどき、こうした手間のすべてが自分自身のためにかけられるのがムダなことのように感じられてしまう。私が料理を学び楽しむことを知るまでにこんなに長い時間がかかった、たくさんの理由のうちのひとつだ。

ディナーは憂鬱な気分が晴れるのを待ってはくれないから、私は豆を洗って水を切ったあと、黄たまねぎをやわらかくしてサラダを和え、トマト、豆、レタス、ドレッシングを加えて、クリスピーポテトの上に盛り付けた。悲しすぎる調理器具しか持っていなかったにもかかわらず、すべていい感じにできあがった。参考にしたレシピに似通っているものを作れたのは、人生で初めてだった。

別の箱には、えんどう豆ラビオリの材料が入っていた。私はにんにく四かけとたまねぎを茹でるところからはじめた。私にはナイフを扱う技術がないから、たまねぎは醜く見えた。本来きちんと整ったさいの目切りのたまねぎであるべきものは、変なかたちのたまねぎのぶつ切りになっていた。たまねぎとにんにくがやわらかくなったら、えんどう豆と塩胡椒を加えた。いいにおいがした。私は達成感を味わい、もしかしたら、ちょっとパワフルに、わが料理王国の支配者みたいな気分にすらなった。

たまねぎと豆を火から下ろし、刻んだミントを加え、それをリコッタチーズ、卵、パルメザンに入れた。これは理屈の上では私のラビオリのフィリングになるはずだった。

興味深いことに、私は料理しながら、それぞれの材料は個別にそのままの状態だと近寄りがたいけれど必要不可欠で、それはまるで人間たちのようだということに気づいた。リコッタ、卵、パルメザン、すごく湿っていて緩んでいて、全然私を興奮させない。あまりにも親密すぎる気がする。

そしてラビオリを組み立てるときが来た。私は正しく説明にしたがったつもりだったが、ラビオリはそうではなかった。組み立て作業それ自体がイライラした。パスタシートは私がどうやってもくっつかなかった。私は端をフォークで押さえつけたが、くっついたままにはならなかった。私が期待していた食事のポテンシャルには大幅に不釣り合いだったから、壊滅的な見た目のラビオリを壁に投げつけそうになった。最終的に、私は、「どうにでもなれ」と決め、ぐちゃぐちゃのそれを沸騰する湯に入れ、最善の結果を願いつつ、最悪の料理を食べる心の準備をした。

私が作ろうとした袋状のパスタはすぐに姿を変え、結合部からぐにゃりとばらばらになっていった。悲劇は倍々になっていった。十分に茹だったと思った私はぐちゃぐちゃ状態のそれら全部をざるに上げ、焦がしバターのソースパンに入れて、少なくともなんとか食べられそうに見えてくるまで火にかけた。崩壊したラビオリは最終的にまあまあの味で、このどこかに、自分で料理する場合は何であろうとほとんどは復旧させることが可能だという学びがあったはずだと思うが、私はその学びを見つけられなかった。

ブルー・エプロンをはじめとするミールキットのサービスは結構なものだけれど、料理はしばしば厄介なこともある。毎日自分の体に入れる食べものを用意しなければいけないということを受け入れるのはぐったりだし、ひとり暮らしをしていると、その準備の責任を負うのは常に私だけだ。自分のために料理をすればするほど、毎日家族のために料理をしている女性と男性たちへの賞賛の念はますます膨らんでいく。

ピーナツバターとジャムとパンがあるかどうかで夕飯問題が解決してしまう夜もある。おのずと私は、いったいどこで基本的な食事が食事というより問題となってしまうのだろう、毎日の決まった習慣というより複雑な試練になってしまうのだろうと思い巡らさずにいられない。私は食べものが大好きだが、食べものを楽しむのはとても難しい。自分に食べものを楽しむことが許されていると信じるのは難しい。概して、食べものは常に私に自分の体を、自分の意志の力の欠如を、自分の最大の欠点の数々思い出させるものなのだ。

66

私が母にレシピを教えてくれと頼むとき、彼女は頼りになるが、とにかく漠然としている。彼女は基本の材料と調理の手順を教えてくれるけれど、私は彼女の味を決して再現できない。以前、私は彼女に、ハイチ人が私たちの独立記念日である元日に作る「スープ・ジュームー」のレシピを尋ねた。母がくれたのがこれだ。

キャベツ　二玉
豆
バターナッツスクワッシュ
ポロネギ
じゃがいも
かぶ
にんじん
たまねぎ
シラントロ〔コリアンダー〕とパセリ
牛ヒレ肉

肉をやわらかくなるまで弱火にかける。にんにく、塩、黒胡椒、トウガラシで味付け。
水を加える。
野菜を加える。

私はこのレシピを試してみたことはない。
母はいつも私か私の義理の妹に完全なレシピを渡していると主張するが、私は彼女が本当のことを言っておらず、秘密をひとつかふたつ隠し持ったままでいて、そうすることによって彼女の家族への愛情、料理の独自性がこれからもずっと彼女だけの所有物となるようにしているのではという疑いを振り払うことができない。

多くのハイチ料理の決め手となるのはソースだ――トマトベースで、香り高く、おいしい。母がアメリカ料理を作るときにさえ、このソースはテーブルの上にあった。すべてに合うのだ。父は夕食のテーブルについてソースが見あたらなかったら、「ソースはどこだ？」と尋ね、母は顔をしかめる。彼をじらしているだけで、ソースは保温器の中に入っている場合もある。彼女がそれを作る気分でなかった場合もある。

私は自分が母のレシピの最も重要な部分をわかっている気がしないので、うちでハイチ料理を作ろうとしているときには彼女に電話をかける。すると彼女は、忍耐強く一緒に手順を追ってくれる。ソースはシンプルだがとらえどころのない一品で、私を困らせる。母は私に調理用手袋をはめるよう注意する。私はそういうものが自分のキッチンにあるようなふりをする。彼女はたまねぎとパプリカを薄切りして、「すべてを洗え」と厳しく警告したあとで野菜を脇にどけるよう言う。私のキッチンは家庭のあたたかさで満たされる。ソースはいつもいい感じにできあがるが、すごくおいしいというわけではない。私はそこに何が足りないのか正確に見極めることができないし、母が重要情報の一部を伏せているのではないかという疑いは大きくなるばかりだ。自分の手で作った子ども時代の思い出の食べものを食べながら、私は郷愁と、家族の確かな愛と善意ゆえに沸き上がる静かな怒りでいっぱいになる。

私が作れるようになったハイチ料理がひとつある――おなかいっぱいになるがアメリカ版ほど重くはない、私たちのマカロニチーズだ。持ち寄りパーティに出席する際、私は極端に好き嫌いが激しく集団で分け合う食べものに懐疑的だからそれは恐ろしい催しなのだけれど、この一皿を持っていく。みんないつも感心する。思うに、彼らはちょっとコスモポリタンな気分になるのだ。私たちは「エスニック・フード」に文化的な期待を抱いているから、彼らもこの一品の背景に豊かな物語を期待する。私にとって単純に自分の好きな食べものでしかないのだということを彼らにどう説明すればいいのかわからないが、人は他の人々の期待通りには関係を結ぶことができないものなのだ。この一皿と、その他のハイチ料理は、家族の文化を象徴するものとなる代わりに、私の家族への愛と、静かな、振り払うことのできない怒りに結びついている。

それでも、私は家族と一緒にいるとき、私たち自身があの島になるとき、彼らの一員となることを自分に許す。必要に迫られていたとはいえ私が家族とのあいだに置いた距離を縮め、失われた時間の埋め合わせをし、許そうと努める。ここにいるのは私についてすべては知らないけれど十分よく知っている、いちばん大事なことを知っている人たちなのだ。彼らは私を激しく愛し続け、私も彼らを激しく愛する。

毎年、大晦日《おおみそか》には、私たちはフロリダに集まって両親のカントリークラブでの宴会に出席する。そこではフルコース料理が出る――たくさんのちっちゃな、お上品な皿たちだ。飲酒とダンスがある。他の百人の人たちに囲まれていても、私たちは私たちでいる。私たちは午前一時には両親の家に帰り、パーティは続く――家具は移動され、「コンパ」音楽〔ハイチから生まれたダンスミュージックの一種〕が流れ、さらに踊り、弟たちといとこと私はこの家族の圧倒的なスペクタクルを眺める。私たちは一緒にいるとき、一匹の美しい獣となる。

私の飢えは両親のもとを訪れるとき、特に鋭くなる。ひとつには、食べものの備蓄に関して彼らがミニマリストだからだ。彼らはよく旅をするので、新鮮な食品を手元に置いておいても食べる前にダメになってしまう可能性が高く、意味がない。さらに彼らは、いい食事を楽しんでいるのは確かだと思うが、食べものに特別な喜びを見出すたぐいの人々ではない。彼らは滅多に間食をしない。家にある食べものはたいてい何らかの調理を要する。

しかしそこには私の中で膨らんだパラノイアもある。私は私のやることなすことすべて監視され、調査され、審判されているように感じてしまう。私は周りに順応し、少しは痩せよう、より良くなろう、家族の問題ではなくなろうとしているように見せるために自分を抑えつける。私の体重は家族の問題――それこそ彼らが私に伝えていたことだった。だから、私は私自身の体に加えて、その重荷も運んでいる。私がその「体重」をなくすまで、私の愛する人々は私を問題として捉えているのだと私はわかっている。

私は食べものを激しく求めはじめる。どんな食べものでもいい。ドカ食いして、どんどん膨らんでゆく痛みを消したい、私をいちばんに愛しているはずの人々に囲まれて孤独に感じてしまう空虚を埋めたい、毎年毎年毎年毎年同じ痛みに満ちた会話をする痛みをなだめたいという制御不能の衝動が湧いてくる。

実家にいるときの私は空腹どころではない。私は飢えている。私は動物。私は死ぬほど餌《えさ》を与えられたがっている。

67

私は美しい家族の生まれだ。彼らは痩せていて、おしゃれで、魅力的。彼らのそばにいるとき、私はよく、自分が家族の一員ではないように感じてしまう。自分が彼らのなかにいるには値しないように感じてしまう。もうやめようと思うのだけど、私は家族写真を見たとき「仲間外れはどれだ」と思うし、孤独感がしつこくつきまとう。自分は自分を正真正銘深くまで知っているはずの人々の一員ではないのだと思ってしまう。

私の父は背が高く、細く締まっていて、独特の雰囲気がある。母は小柄で美しくエレガントだ。私が子どもだった頃、彼女の髪は背中へと流れ落ち、とても長くて彼女はその上に座れてしまうほどだった。彼女はヒールを履くのが好きだ。弟たちは背が高くて運動が得意でハンサムだ――そのうちひとりはそれをよく承知していて、自分の魅力について喜んで語るだろう。そして膨らむ一方の私。

私は家族のいるところで食べものを楽しむことはできない。しかし公平を期して言うと、食べものは私が人のいるほとんどのところで楽しむことができないものだ。食べているところを見られるのはまるで自分が裁判にかけられているように感じる。一緒に食べるとき、私の家族は私を見ている。あるいは、私は彼らから見られているように感じる。なぜなら私は超自意識過剰であり、彼らは「心配している」から。もしくは、もっと正確に言えば、かつて私の家族は熱心に私が食べるのを見張り、私を監視し、私をコントロールして私を元通りにしようと試みていた。現在、彼らはこの私の体の状態をおおかた諦めて受け入れたけれど、私はこの先も永遠に彼らが私を見ながら私の存在を無視しているように感じてしまうだろう。彼らは私を傷つけるのと同時に、いまもなお私を「助け」たいと願っている。私はこれを受け入れる。もしくは受け入れようとしている。

そして、私が家族の知り合いの誰かに紹介されると、相手の顔には寛大な言いかたで言ってショックを受けたという表情が浮かぶ。「あなたがロクサーヌ？　あなたがあのすばらしい人だとかねがねうかがっている？」と彼らは尋ねる。そして私は「そう、私が、実は、この美しい家族の一員」と言って彼らをがっかりさせなければならないのだ。

私はあの表情をよく知っている。家族の集まりやお祝いの席で私はそれを何度も、何度も見てきた。きつい経験だ。それは私がかき集めてきたあらゆる自信のかけらを打ち砕く。これは私の頭の中の出来事ではない。これは自尊心の欠如ではない。これが何年にもわたって美しい家族の太った一員でいることなのだ。長いあいだ私はこのことについて決して話さなかった。自分たちの恥は自分たちの胸のうちにしまっておくべきだと私は思っているけれど、私はもうこの恥にうんざりなのだ。沈黙はそれほどいい結果をもたらさなかった。

あるいはもしかしたらこれは他の誰かの恥であり、私はそれを負うように強いられているだけなのかもしれない。

68

一九歳のとき、私は電話で両親にカムアウトした。私は彼らから遠く離れたアリゾナ砂漠におり、他人同然のカップルと住んでいて、かつて私を知っていた人々が呆れるであろうたぐいの仕事をしていた。私は押しつぶされていた。まったく文字通り。私はアイビーリーグの大学をドロップアウトして逃走し、私が知っていた人、愛していた人、私を愛していた人たち全員と連絡を絶っていた。私は情緒不安定に陥っていたけれど、自分のことを説明するのに、またはどうしてそんな選択をしたのかを理解するのに必要な語彙《ごい》を持っていなかった。

私が二〇代に愛した女性たちの最後から二番目、フィオナは、私が自分はもう次に進んだ、またはもう次に進んだのだと自分を納得させた後になって、ついに私がずっと彼女に求めてきた立派なふるまいをした。それまで彼女は私が必要としていたもの——献身、忠誠、愛情——を決して与えてくれなかったのだ。私たちはまだ友達だったが、私は他の女性、アドリアナとつきあいはじめていた。アドリアナは美しくて優しくてクレイジーだったけれど、私たちはどうみてもうまくいくはずがなかった。アドリアナは国中をあちこち転々としていて、中西部にいる私を訪れた。私たちは一緒にいい時間を過ごした。私たちはまだお互いの最悪の部分を知らなかった。どうやらこれらの部分が出てきたとき、私たちの町に一時的に滞在中のアドリアナの存在は、フィオナに私が彼女から離れつつあることを悟らせた。

私とフィオナとの関係はだいたい暗黙のうちにあった。私たちはふたりきりで過ごした。私たちはときどき親密だった。私たちはお互いの家族を知っていた。彼女はシングルで、ほかの女性たちに熱をあげ、ときには関係を持ち、それでも、私はそこにいた。私たちはそこにいた。もう十分になるまでは。そしてアドリアナがあらわれた。彼女は私にもっとたくさんを与えたいと願い、私は彼女に与えるものを十分持ち合わせていなかったにもかかわらず、そうさせておいた。

アドリアナの滞在中、フィオナは私に電話し続けた。彼女の声には私がずっと聞きたかった切実さがあった。彼女は私を「必要として」おり、私は必要とされているのは非常に魅力的という複雑な立場にあった。アドリアナが町を訪れていたあるとき、私は彼女を本屋に残してフィオナの家に走った。なぜなら彼女はどうしても私に会う「必要がある」と言ったからだ。私たちが何について話したかも覚えていないけれど、あとでアドリアナを迎えに行ったとき、罪悪感から彼女の目を見ることができなかったのを覚えている。

ご覧の通り、私自身が大きく開いた欠乏の傷口だったから、私は私の求めているものを私に与えはしない、私を十分に愛することなんてできっこない女性たちとつきあう癖がついてしまっていた。自分でそうと認めることはできなかったが、そこには可能なかぎり劇的な関係に自らの身を投じようとし、何度も何度も何度も一種の犠牲者でいようとする強烈なマゾヒズムがあった。それは身に覚えがあり、理解できる。

両親がついに私の居どころを突き止め、私と話し合ったとき、彼らはわが子を猛烈に愛するいい親だったゆえに、なぜ私が姿を消したのかだけを知りたがった。彼らは私を手放したりしなかった。私は自分が彼らをどんな目に遭わせたのか理解するには若すぎてはちゃめちゃすぎた。それについて、私は今でも後悔し続けている。彼らに何と言っていいのか私にはわからなかった。「酷いことが起こったから私は完全に壊れてしまって自分を見失った」とは、それが真実でも言えなかった。私は彼らの信仰と彼らの文化のことを考えた。私は彼らに、私の考えた、ついに私たちのあいだのつながりを断つことになるかもしれないあるひとつのことを告げた。親に自分の人生に入ってきてほしくなかったわけではなくて、自分が壊れてしまったのにどうやって彼らの知っている娘でいればいいのかわからなかったのだ。私はうっかり口走った。「私は同性愛者《ゲイ》なの」。私のクィアネス〔クィアであること。標準的とされているのとは違う性的指向や性自認などを持っていること〕がではなく、私が彼らをちっとも信じていなかったことと、私自身のクィアネスの理解がすごく歪んでいたことが、今となってはすごく恥ずかしい。

私がゲイだというのは真実ではないが、嘘でもなかった。私は女性に魅かれていたし、今もそうだ。私は彼女たちにすごく興味がある。その頃、私は女性と男性のどちらにも魅かれながらこの世界の一部になれるということを知らなかった。そして、あの若かった日々には、私は女性とつきあって彼女たちとセックスするのを楽しんでいただけでなく、男性を怖がっていた。真実は常にぐちゃぐちゃだ。私は自分の持てる力で、人生において男と一緒にいる可能性を取り除くためにできることは何でもしたかった。結局うまくいかなかったけれど、自分はおそらく同性愛者で、もしそうなら二度と傷つくことはないだろうと私は自分に言い聞かせた。私には二度と傷つかない必要があった。

私の両親は自分たちのひとり娘が同性愛者だと聞いて喜びはしなかった。私の母は、前に私が結婚式にはデニムを穿《は》いて出たいと言ったことがあったからわかっていたとか何とか意見を述べた。私にはそれがどう関係あるのかわからなかった。私は両親が背を向けることを期待していたけれど、彼らはそんなことはしなかった。彼らはうちに帰ってきなさいと言ったけれど、私は、まだ、彼らのもとには行けなかった。私がどれだけ壊れているか彼らに知らせることができなかった。それでも、私たちはふたたび話すようになった。その数ヶ月後、私はうちに帰り、彼らは私を歓迎することになる。私たちのあいだはうまくいかないときもあったけれど、彼らが間違っていたことはなかった。そのずっと後、いろいろなことがうまくいくようになって、彼らはそのままの私自身を見るようになり、私の愛する女性を家に歓迎し、そのままの私を愛するようになった。これまでもずっとそうだったのだと私は理解することになる。

私がはじめて寝た女性は大きく美しかった。私はいまでも彼女のにおいを覚えている。彼女の肌はとてもやわらかかった。私が優しさに飢えていたときに彼女は優しかった。パーティでの一夜限りの関係だった。密会のあいだCDが何枚か再生された。すごい経験だった。彼女の名前を思うと私の舌はうずく。次に寝た女性は私のガールフレンドだったと言える。お互いのことをほとんど何も知らなかったけれど。インターネットで出会い、私は荷物をまとめて、彼女と一緒にいるためだけに真冬にアリゾナからミネソタに飛んだ。私が持っていたのはスーツケース一個で、冬服はなく、すごく寒くて彼女の車の鍵は凍っていた。私はそんなことが起こり得るのだということを知らなかった。彼女は暗い、窮屈な地下のアパートに住んでおり、私は背が高すぎてまっすぐ立っていることができなかった。私たちはバカげていて若かった。私たちは二週間続いた。

それからの数年間、私は次々とそれぞれ新しく違ったかたちで酷い女性たちとつきあった。私の腕をすごく強く握ってあざを残した女性。アウトドア、キャンプ、女性音楽《ウィミンズ》フェス——全部私をゾッとさせる——を楽しむ女性。浮気をしてその証拠を私の車に残していく女性。オリーブ・ガーデン〔レストランチェーン〕のトイレが関係していて、まさに踏んだり蹴ったりだった。私と一緒にいる未来が見えると言ったけれど、現在からその仮想未来のあいだの毎日をどうやって私と一緒に過ごすのかわからなかった女性。

私もまた新しく違ったかたちで酷かった。私も相手と同じかそれ以上にこうした関係について責められるべきだった。私はあまりにも不安で愛情に飢えており、常に自分が愛されていること、自分が愛するに値することを確認したがっていた。私はそれを求めるあまり感情的に相手を操ろうとしていた。私は、女たちは男たちのようには私を傷つけないはずだという妄信のもと動いていたので、女性に対して酷い評価を下していた。もし女性が私に何らかの興味を示した場合、私は反射的に彼女の気持ちに報いた。私は恋に恋して恋の危険な罠《わな》に落ちた。私は求められ必要とされたかった。何度も何度も、私は私の求めるもののかけらすら与えてくれないし、また与えることができない女性たちとつきあうことになった。私が彼女たちの求めるもののかけらすら与えられないし、また与えることのできない女性たちとつきあうことになった。

私は自分のクィアネスを演じ、したがって私は、自分がみんなと自分自身に言い聞かせていた半端な真実を信じることができた。私は行進《マーチ》した。「私はここ《ヒア》でクィア」だった。この時代の若いクィアらしく、私はものすごい数のプライドリング〔レインボーカラーなどの意匠にLGBTの権利擁護の主張が込められた指輪〕やピンやなんかを身につけていた。自分の車に大量のステッカーを貼った。なぜだか完全に理解していないまま、たくさんの問題について情熱的に闘争的だった。

　さらに悪いことに、私はそれでもまだ、しばしば熱烈に男性に魅かれていた。ときどき私はガールフレンドと寝ているときに、ある部分がもっと固く、他の部分が引き締まった体の他の誰かといるようなふりをした。私は自分にもう十分だと言い聞かせた。私は誰もが性的なファンタジーを胸に抱いているものだと自分に言い聞かせた。男は自分をひどく傷つけたというのにそれでも男を欲しがる自分が嫌になった。自分は同性愛者だと自分に言い聞かせた。これが私が手にできるすべてであり、したがって傷つけられることはないと自分に言い聞かせた。私は石だと自分に言い聞かせた。かなり長いあいだ、私は誰かに触れたけれど自分が触れられるのを許せなかった。私は石であり、なおかつ触れてはならない。私は沸き立った。触れられること、女の肌を私の肌に感じること、快楽を通じて解放を見出すことを必死で求め、私は欲望で膨れあがっていた。私はそれを自制すらした。私は自分を罰した。私は石だった。私は血を流すことができなかった。

　何年も経って、私は自分が血を流すことができるし他の人たちに血を流させることもできるのだということを理解した。アドリアナの滞在が終わるとき、私は彼女を空港に送って、近いうちにまた会おうと約束したあとうちに帰ってきた。それはまた破られて彼女の心を傷つけることになる約束だった。フィオナは私に、私がずっと彼女から聞きたかったことすべてを綴った美しい手紙を書いていた。私はソファに座って、彼女の言葉を何度も何度も読み、震えていた。なぜなら、ついに私は、私が彼女に求めていたものすべてを掌のうちに持っていて、そして、そのときですら、私は自分が彼女を退けるであろうことがわかっていたからだ。私がするべきは、電話を手に取ってダイヤルを回すことだけだった。私は「いいよ」と言いさえすればよかった。

69

あまりにも長きにわたって私は欲望を知らなかった。私はただ自分自身を、自分の体を、ほんのわずかでも私に興味を示した人たちに与えていた。私にはこれがすべて、と自分に言い聞かせた。私の体は無だった。私の体は使用される物だった。私の体は不快で、したがってそういうふうに扱われるべきだった。

私は欲望されるに値しない。私は愛されるに値しない。

恋愛関係において、私は自分から最初の動きを起こすのを決して許さなかった。なぜなら私は自分が人を遠ざける存在だと知っていたから。私は自分からセックスをはじめるのを許さなかった。自分が愛情または性的快楽みたいないいものを欲しがるなんてとんでもなかった。毎回毎回、向こうから差し出されるまで待たなければならないとわかっていた。私は差し出されたものに感謝しなければならなかった。

私はたいていは私に我慢し、たまにささやかな愛情を差し出す人々との関係を結んでいった。私を裏切って浮気した女、私のお気に入りのテディベアをステーキナイフで刺した女、いつもお金が必要な様子の女、私を職場のパーティに連れていくのを恥ずかしがった女。男たちもいたけれど、彼らはたいていは記憶に残っておらず、正直なところ、私は彼らが私を傷つけることをもとから予想していた。

私の体は無であり、したがって私は私の体にどんなことも起こるままにした。自分が性的にどんなことを楽しめるのか私にはさっぱりわからなかった。決して尋ねられなかったし、私の望みなんてどうでもいいと私にはわかっていたから。ただ感謝するべきだった。私に満足を追求する権利はなかった。

恋人たちはしばしば私に乱暴だった。まるで私ほど太った体への触りかたを理解するにはそれしかないみたいに。私は受け入れた。私は思いやりや優しく触れられることには値しなかったから。

私は酷い名前で呼ばれ、それを受け入れた。なぜなら私は自分が酷く、人を寄せ付けないものだと理解していたから。甘い言葉は私のような女の子たちのためのものではなかった。私はとても長いあいだすごく粗末に、あるいは冷淡に扱われたので、いい扱いを受けるのがどんな感じかを忘れてしまった。私はそんなものが存在すると信じるのをやめた。私の心は体よりもさらに気遣われることがなかったので、しまい込んでしまおうとしたけれど、あまりうまくいかなかった。

「少なくとも私は恋愛している」と、いつも自分に言い聞かせていた。「少なくとも私は一緒に過ごす人が誰もいないほど不快だったり、悲惨だったりはしない。少なくとも私はひとりぼっちじゃない」

70

ここそしていなくて薄汚れた感じでもないロマンティックなやりとりは得意じゃない。どうやって誰かをデートに誘えばいいのかわからない。どうやって他の人間の潜在的関心を察すればいいのかわからない。どうやって私に関心を示す人々を信用すればいいのかわからない。私はそういった状況で〝うまくやる〟女の子じゃない、あるいは自分はそうなのだと自分に言わずにはいられない。私はいつも自己不信と疑念で無力になっている。普段、私は自分に関心を示す人に魅かれるよう自分を仕向けている。認めるのはつらいが、これも真実なのだ。こういうのは私だけではないのではないかと思っている。私はよく「これが私の最後のチャンス、唯一のチャンスかも。活かしたほうがいい」と思う。

自分の中に価値判断の基準を持つこと、あるいは基準を持とうと努力して譲らないことは自分で想像していたより難しいことがあきらかになった。「私はいいものを受け取るに値する。私は私がほんとに好きになった誰かにふさわしい」と言い、信じるのは難しい。なぜなら「私には何であろうとそこにやってきたつまらないものがお似合い」と信じるのに慣れっこになっているからだ。私たちの文化において、私たちは変わることと成長することについてたくさん話すけれど、嗚呼《ああ》、それがどれだけ難しいかについては全然話し足りない。それは難しい。私にとって、自分は取るに足り、いいものに値し、いい人々に囲まれているに値する人間だと信じるのは難しいことなのだ。

また私は、自分はスレンダーなスーパーモデルではないのだから自分なりの基準を持つ権利なんてないに等しいという考えに毒されていた。第一声が「よお、どうよ?」な誰かを値踏みしているその私はいったい何様? これは私が出会い系サイトから受け取ったメッセージの文字通りそのままだ。自尊心の問題が私の恋愛生活のかなりの部分を形づくってきた。私の過去にはつまらないものが散らかっている(すごくいい関係もふたつほどあったけど！）。しかしながら、ほとんどの時間、私はこれらの長い、実に満足いかない関係に行き着いていた。

いい関係にあるときでさえも自分自身のために立ち上がるのは難しい。私は太っているおかげでもうあらかじめ自分が薄氷の上にいるように感じているから、不満を伝えたり、私がしたい議論をするのは難しい。欲しい、必要な、受け取るべきものを求めるのは難しいから、私は求めない。私はいつもすべてが問題ないかのようにふるまうが、それは私自身にとっても他の誰にとってもフェアではないやりかただ。

私はこのパターンを変えようと本当に努力し、自分の選択とその理由を厳しく見直している。関係が終わったときに安堵したくはない。私には差し出せるものがある。私は感じがよくて面白くてお菓子を焼くのも本当に上手。自分がつまらないもの、あるいはとことん粗野な扱いよりましなものには値しないと信じ込んでしまうのはもう嫌なのだ。私は私という存在の全細胞をかけてこれを信じようとしている。

私はよく学生たちに、フィクションは何らかのかたちで欲望についてのものになると語っている。年を取れば取るほど、人生とは概して欲望の追求なのだということがよく理解できるようになった。私たちは欲しがって、欲しがって、どれだけ欲しがるのか。私たちは飢えている。

71

ときどき、私は自分のセクシュアリティがどんなふうに形づくられてきたかについて考えて激怒する。私が愛した最初の男の子、私をあの森の中の女の子にした男の子と、それ以後の私の性的体験が直接つながっていることに怒る。私は彼の手が私の欲望に触れているのをもう感じたくないから怒る。私は、私がこれからもずっとそうかもしれないと気に病む。

最初の恋愛は最悪の恋愛だった。私は激しく若かった。私の最初の恋愛は私をあの森の中の女の子にした男の子とのものだった。彼はいい地域に住んでいるいい家のいい男の子だったけれど、最悪のやりかたで私を傷つけた。人が表向き通りであることは滅多にない。彼を知れば知るほど、彼はいつも彼の本当の姿を見せていて、彼の人生に関わっている人々は彼に向ける視線を素通りさせているかその目を閉じているのだとわかるようになった。あの男の子と彼の友達が私をレイプして以来、私は壊れた。彼が私にいろいろなことをするのをやめさせなかったことは、私の最も恥ずべきことのひとつであり続けている。それがどうしてだか自分にわかっていればよかったのに。いや、私はそれがどうしてだかわかっている。私は死んでおり、したがってすべてどうでもよかったのだ。

あれ以来、私は他にいくつもの恋愛を経験してきて、そこまで悪いものはひとつもなかったけれど、すでに損傷は取り返しがつかなかった。私の道筋は定められていた。そして価値判断の基準となるのが、いいとか将来性があるとかではなく、「そこまで悪くない」だというのは残念なことだ。私は自分のいくつかの最悪の関係を考えて、「少なくとも私を殴らないし」と思うのだ。私は必要最低限のことをありがたく思うところからはじめている。以来、私は合意の上ではないあざを隠さなければいけない関係にはまり込んではいない。生命の危険を感じたことは一度もない。自分から立ち去ることのできない状況に身を置いたこともない。これで私は幸運な女の子ということになる？　他の女性たちから聞いた話を考えると、その通り、私は幸運ということになる。

私たちはこんなものさしで幸運を測るべきではない。

私はいい恋愛をしてきたけれど、私の考えるいいは常にすごくいいと感じられるわけでは全然なかったから、それを信じるのは困難だ。

あるいは私は長年にわたって他の女性たちから聞いてきた証言のことを考えている――自分の真実を分かち合い、「これが私に起こったこと。私はこんなふうに不当な扱いを受けた」と言うために勇敢にも自らの声を使う女性たち。私は、こんなにもたくさんの証言をすることが女性に求められ、それでもなお、私たちの物語を疑う人々がいることについて考えてきた。

私たちがまだ生きているという理由で、一部の人々は狭い視野で推測し、私たちがみんな幸運な女の子だと考える。

私は私たちの悲しい物語にうんざりしている――それらを聞くことにではなく、私たちにこうした語るべき物語があることに。それがあまりにもたくさんあることに。

72

これも私が二〇代だったときの話だが、ある恋愛で、ふたりの関係は良くはなかったがそれほど悪くもなかった。それは、感情的虐待はときに肉体的虐待より悪い場合もあるということを思い出させるたぐいの関係だった。私は手荒く扱われるのは構わない。これは無神経で言っているのではない。私には単純に何も感じないことがいくつかあるのだ。しかしながら、この相手は私を完全に壊そうとし、私は自分がそれ以上に壊れることができるとは思っていなかったから面白くなってきた。なんでそんなことに？　たぶん、あの人たちはわかっていた。彼らは私にそれを嗅ぎつけたのだ。

私たちのあいだにはドラマチックなことも暴力的なこともなかった。ただ私が絶え間ない批判の集中砲火に直面したというだけ。私がやることなすことすべて十分ではなかった。私は二〇代で猛烈に不安定だったから、恋愛とはおしなべてこういうものなんだろうと思った。私には価値がないからこれがお似合いなのだと思った。

この人物の同僚たちと一緒に過ごすとき、私が直す努力をすべき欠点の数々が厳しく批判されずに済むことはなかった。ご想像の通り、私たちが公の場に一緒に出ることはあまりなかった。単純に私がしょぼいという理由で。私が十分いい感じに見えたことはなかった。私はうるさく話しすぎた。私はうるさく息を吸いすぎた。私はうるさく眠りすぎた。私は眠っているあいだあたたかすぎた。私は眠っているあいだ動きすぎた。私は実質眠るのをやめた。私は私の眠りがそんな迷惑にならないように、まるでベッドのへりの一部になったみたいにできるかぎり小さく縮こまってずっと起きていた。私はいつも疲れていた。

私はお皿を正しく洗わなかった。お皿の洗いかたには正しいやりかたと間違ったやりかたがある。私は今それを知っている。「床に水をこぼさない。水切りかごの水を抜く。水切りかご上のお皿の配置に注意する」。現在、私が好きなことのひとつは、古いやりかたでお皿を洗うことだ。水を床にこぼし、私はほほえむ。だってこの床も皿も私のものだし、床に水が飛び散ったって他に誰も気にしやしない。

私は食べものを正しく食べなかった。私は食べるのが早すぎた。私の咀嚼音はうるさすぎた。私は氷をよく噛みすぎた。私は物を正しく片付けなかった。私は玄関のドアのところに自分の靴を正しく整えなかった。私は歩いているときに腕を振った。こうしたことを言われ、してはならないことすべてを覚えているよう努力しなければならなかった。そうすれば、存在しているだけで気に障る人間にはならなくて済む。一緒に歩いていて、私は思い出す。「オーケー、腕を脇に固定。腕を振らないこと」。すべての時間を「腕を振らないこと」と自分に言い聞かせるだけに費やした。それから気が散って忘れてしまい、ふいに一インチか二インチ腕を動かすと、あのイライラした様子のため息が聞こえてきて、私はこの私の愛する人をなるべく怒らせない自分になるための努力を倍にするのだった。「腕を振るなよ、ロクサーヌ」。今になっても腕を振らないように努めている自分にときどき気づいて、私は激怒する。私はそれはもう激怒して風車のように腕を振りたくなる。これは私の腕なのだ。私はこう歩く。

ある日、私はデパートへ行き、メイクをしてもらった。自分はかわいいと思った。私は化粧品をひと揃い買った。そうすればもっといい女の子になれるから。私があの人たちを驚かせようと家に行くと、あの人たちは私をじろじろ見て、他にどうすれば私が少しはましに、彼らにとって見苦しくなくなるのか告げた。私は自分の体にそのまま崩れ落ちてほしくて、玄関先に立ち尽くした。私は自分をかわいくして、すごく興奮してご機嫌だったけれど、まだ十分ではなかったのだ。私はもう二度とそれをやってみようとは思わなかった。高価な化粧品とかわいい顔を家に持って帰り、それから泣いて化粧は落ちた。あの化粧品はいまでも私のクローゼットの黄色い袋の中にある。ときどき、それを取り出して眺めるが、使う勇気はない。

本の宣伝で、またはポップカルチャーや政治情勢についてのコメントを頼まれてテレビに出演する際にメイクをすると、自分にはかぶる権利のない仮面をかぶっているような気分になる。メイクは実際よりもずっと厚く感じられる。人々が私を見つめ、私が図々しくも自分をもっと人前に出られるように手を打つことができると考えたということで私を笑いものにしているように感じる。そして私が誰かのためにかわいくなろうとしたとき、それが十分ではなかったあのときの気持ちが蘇ってくる。私はできるだけすぐにメイクをゴシゴシこすって洗い落とす。私は自分自身の肌で生きることを選ぶ。

私が十分に良くなることは決してなかったけれど、すごく努力したのだ。自分自身をより良くしようと努力した。おそらく私のことを受け入れられるとは決して思わないにもかかわらず、私には理解できない理由で私を身近に置いていた人に、自分が受け入れられるようにしようと努力した。私がそのままそこにいたのは、私が自分についてすでに知っていたあらゆる酷いことの数々にあの人たちが裏付けを与えたからだ。私がそのままだったのは私ほど無価値な人間に耐えられる人は他に誰もいないだろうと思ったからだ。私は不貞と不敬のただなかでそのままだった。私はあの人たちが私を近くに置いておきたくなくなるまで、そのままだった。私は、どこかの時点で自分から立ち去ったと思いたいけれど、人はいつだって自分自身の行動を都合のいいように考えるものだ。違う?

しかし私は幸運な女の子だった。私の悲しい物語はもうほとんど過ぎ去ったものだと思っている。ひとりでいるのはしけてるけれど、私をあんな酷い気分にさせる誰かといるよりはひとりでいたほうがいい。私は自分が無価値ではないと理解しつつある。それを知るのは気分がいい。私の悲しい物語は常にそこにあるだろう。私はそれらを語り続ける。たとえ自分にその語るべき物語があることが嫌であっても。これらの悲しい物語はこの先もずっと私にのしかかってくるだろうけれど、自分が誰であるか、どんな価値があるかを私が理解すればするほど、その重荷は軽くなっていくのだ。

73

とはいえ、孤独は、自分の体が制御不能になるのと似て膨らんでいくものだというのは重要だ。いかにも田舎らしい土地に一二年暮らしたこと、引っ込み思案と社会不適合と孤立の人生、こうしたことが孤独を築きあげ、ときどき私を覆い隠す。それは忠実で、歓迎されない相棒だ。

長いこと、私は何もかも誰もかもに対して自分自身を閉じていた。酷いことが起こり、私は生き延びるためにシャットダウンしなければならなかった。私は冷たいと言われてきた。私はしばしば、冷たいと受け取られ、そうした受け取られかたを腹立たしく思っている女性たちについての物語を書く。こうした女性たちを書くのは、人の表層の下にすごく大きなあたたかさが渦巻き発見されるのを待っているのがどんな感じか、私が知っているからだ。

私は冷たくない。冷たかったことなど一度もない。私のあたたかさは痛みをもたらしそうなあらゆるものから遠く離れたところに隠されていた。そうした守られた場所にあって、自分にはこれ以上の痛みに耐えるだけの内面の足場がないとわかっていた。

　私のあたたかさは、私がそれを分かち合える正しい人々、信頼できる人々を見つけるまで隠されていた――大学院の友達、文章を書きはじめたときに物書きのコミュニティで出会った友達、いつだってそのままの私自身を見て受け入れようとしてくれた人々。

　私は自分のあたたかさを誰彼構わず振りまきはしない。しかしそれを分かち合おうと思ったときには、それは太陽のように熱くもなり得るのだ。

74

　ときどき自分にとって恋愛や友情がすごく難しくなる理由の一部は、正しくやらなければいけないと考えているところが私にあるからだ。正しいことを言い、正しいことを行わないかぎり、私はもう好かれも愛されもしない。それはストレスで、だから私は誰かの親友あるいはガールフレンドでいるという複雑な試みに携わるとき、善良な心の持ち主だけれど同時に常に正しいわけではないという本当の私からどんどん離れていく。気がつくと、自分が申し訳なく感じる必要はないこと、すまないと思う必要は全然ないことについて申し訳ながっている。気がつくと自分が自分でいることについて申し訳ながっている。

そして私は、良い、優しい、愛情あふれる人々に囲まれているときでさえも、その良さ、優しさ、愛を信用しない。彼らは遅かれ早かれ、私が減量することをその愛情が続く条件にするかもしれないと心配する。この恐れが私を、さらに懸命に正しくやるよう努力させる。まるで賭け金を分散させるみたいに。

これらすべてが私をますます自分に厳しくさせ、激しく動かす。私は頑張り続け、ただ正しくあろうと努力し、自分が誰なのかまたは自分は何が欲しいのかが見えなくなり、そして辿り着いているのは決して理想の場所ではない。私が辿り着くのは……どこでもない。

年齢と共に自己認識が、あるいは自己認識のように見える何かが生まれ、私は自分が頑張りすぎ、たくさん与えすぎ、その正しさは他の誰かが私にそうあってほしいというだけのものなのに、正しくあることに没頭しすぎているときの自分のふるまいや選択のパターンに注意しようと努めている。怖いけれど、自分自身でいようと努め、自分自身が十分であることを望んでいる。ただの自分が、自分のままでも十分になれるのだと信じるのは怖い。

自分自身でいることには不安もある。「もしだめだったら？」という質問は常につきまとう。ありのままの私自身が十分でいられなかったらどうする？　自分がこの先も誰かにとって十分正しくはなれなかったら？

75

私の太った体は、私のジェンダーを消去する力を他の人たちにもたらす。私は女だが、彼らは私を女として見ない。私はしばしば男と間違われる。私は「サー〔男性に対して用いられる敬称・呼びかけ〕」と呼ばれる。なぜなら人々は私の体積を見て、私の顔を、整えられた髪を、非常に豊かな胸とその他の曲線を無視するからだ。自分のジェンダーが消去され、ありふれた風景に紛れ目をとめられなくなるのは困惑する。私は女。私は大きいが、私は女だ。そのように見られて然るべきだ。

私たちは女らしさという概念を極めて狭く捉えている。とても背が高くて横幅も広かった場合、それにおそらくタトゥーも影響するのだろうが、あまりにも頻繁に「非女性」とされてしまう。人種もこの問題の一端を担っている。黒人女性がその女性性を認められることはほとんどない。

またもっと深層に流れる真実もある。長いこと私は男性用の服しか着てこなかった。私は自分を男っぽく見せたいと強く願っていた。なぜなら女性らしく自分を示せばトラブルと危険と痛みが招かれるとわかっていたからだ。私がブッチ〔レズビアンのうち一般に男性的とされている装いやふるまいをする人を指す〕のアイデンティティで生きていたのはそれが安全に感じたからだ。それは自分の体と自分の体がどう見られるかを自分でコントロールしているような感覚を私にもたらした。この世界を渡るにはそのほうが楽だった。見えなくなるほうが楽だった。女性との恋愛において、ブッチとして自分を示すということは、触れられなくて済むということだ。私は触れられたくないふりができ、安全でいることができた。私がいつも切望していたコントロールをもっと手にすることができた。

それは、自分が自分にとって真実だと感じられたアイデンティティに属しているというよりむしろ役割を演じているのだと悟るまでは、安全な隠れ場所だった。人々は私を見ていたけれど、見ていなかった。

私はそのアイデンティティを脱ぎ捨てはじめたが、人々は彼らが見たいものだけを見続けた。今日、私のジェンダーを間違える人々は、そこにあるクィア的な美学を察しているからそうしているわけではない。彼らがそうしているのは、私を、私の体を、丁重に扱われる、あるいは考慮されるべきものとみなしていないからだ。

76

体は要塞ではない。私たちは懸命に体を要塞にしようとするかもしれないけれど。これは人生最大の失望にもなる。あるいは屈辱に？　体とその境界線について、そしてどうやら人々は何としてでもこれらの境界線を無視しようと躍起になっている様子であることについて考えるのに、私はたくさんの時間を費やしてきた。私はハグする人ではない。そうだったこともないしこれからそうなることも決してないだろう。私は友達を喜んでハグするが、しかしそうした愛情表現をなるべく控えている。ハグは私にとって意味がある。それは深い親密さを示す行為だから、誰にでも見境なくやりすぎないように気をつけている。

また同時に、自分自身を開いて、人々が私の要塞に触れ、侵入するのを許すのは落ち着かない感じがする。

私はハグしないと言うと、それを挑戦と受け取る人々が一部にいる。まるで彼らは私を無理やりハグできる、彼らの腕の強さでもって私のハグへの反感をどこかへやれるとばかりに、しばしば私を彼らの体に引き寄せて、「どう、悪くないでしょ?」とか何とか恩着せがましいことを言う。私は「そうじゃねえよ」と思い、そこに立ったまま、腕は両脇に力なくぶら下がり、たぶん顔は歪んでいるが、それでも彼らは、私はこの抱擁に望んで参加しているわけではないというメッセージを受け取らない。この要塞は破られた。

朗読会で熱心なファンがしばしばハグを求め、私が右手を差し出して「ハグはしないの、でも握手はどうぞ」と言うと、まるでハグが彼らに関心を寄せられる対価として必要な貨幣であるかのように彼らの顔は失望に曇る。あるいは彼らは、「あなたがハグをしないのは知ってますけど、私はあなたをハグします」と言い、私は近寄ってくる彼らの体をできるかぎり礼儀正しく避けなければならない。

なぜ私たちは人が自分自身のために創り出した境界線を挑戦とみなすのだろうか？　なぜ私たちは誰かがまず限界を設定し、それから押し広げようとするのを目にするのだろうか？　昔、大人数のグループとレストランにいたとき、ウェイトレスが私に触り続けたことがあった。性的な関係にあるわけではないのにああいう風に触られるのは嫌だったから、本当にすごく気に障った。彼女は通り過ぎるたびに私の肩をなで、手を私の腕にすべらせ、私はどんどん腹が立ってきて、でも何も言わなかった。私は絶対言わない。声に出して言わないかぎり、境界線が存在しないとでも？　人々には私の体が、その体積が、ひとつのとても大きな境界線として見えないのだろうか？　彼らはこれにどれだけの労力が注がれているか知らないのだろうか？

私は人にべたべたする人間ではないから、私の肌が他の人の肌と接触するとき、本当に、いつもこの軽いショックを、驚きを感じる。ときどき、そのショックが快い場合もある。「ああ、この世界に私の体がある」みたいな。そうでない場合もある。どちらになるかは私にもわからない。

77

たいてい、私は絶望的な気分でいる。私は諦める。私は自分に、私の体に、私の体に覆い被さる数百ポンドに打ち克《か》つことはできない。思うに、自己嫌悪にはまり続けているのは、みじめでいるのは簡単だ。私は社会が私にそうするよう仕向けているようには自分のことが嫌いではないのだが、嫌なことがあった日には、私は私が嫌いになる。私は自分にムカつく。私は私の弱さ、私の惰性、私の過去に打ち克つ、私の体に打ち克つ能力の欠如に耐えられない。

この絶望は身動きをできなくさせる。運動し、健康に食べ、自分を気遣おうとする努力がムダに感じられてくる。私は自分の体に目をやり、そして私の体で生きていて、「私はこれだけしか知ることはないだろう。私はこれよりましなものを知ることは決してないだろう」と考える。

それから私は、「もし私が本当にこんなにみじめだとしたら、もし私の人生が本当にこんなに厳しいのだとしたら、どうして私はまだ何もしていないんだろう？」と考える。

何度も何度も、鏡の中の自分の姿を見て、「なぜ？」そして「変わるための勇気を見つけるには何が必要なんだろう？」と自分に尋ねることしかできなくなる。

78

書くことに関して私が好きなたくさんのことのうちのひとつは、必要なのは想像力だけだということだ（出版することと混同しないように）。あなたが誰であろうと、あなたは書くことができる。あなたの見た目はまったく問題にならない。私のキャリアが軌道に乗る前、もともと引っ込み思案な人間として、私は書くことの匿名性が大好きだった。私の物語が私の体重なんてお構いなしなのが好きだった。文章を世に出しはじめたとき、読者にとって重要なのはページの上の言葉であるということが好きだった。文章を通じて、私は、ついに私の人格の中身への尊敬を獲得することができたのだった。

私が世間に知られ、本の販促ツアーに出かけたり、講演会や宣伝活動をしてテレビに出演するようになったとき、それは変わった。私は私の匿名性を失った。私の見た目は重要ではないが、やはり私の見た目は重要なのだ。

まるで肌の色など関係ないかのように書くというのはどういうことかという問題がある。写真が絡んでくるのは、それとはまたまったく別の問題だ。私はしばしば写真を撮られざるを得なくなるが、萎縮してしまう。私のあらゆる部分がカメラに晒される。私の真実を隠すのは不可能だ。ときには動画を撮られ、そこで私の真実、私の太さはさらに拡大される。私のキャリアが軌道に乗ったのに伴って私の可視性は爆発した。私の写真がそこかしこにある。

私はMSNBCとCNNとPBSに出演した。一部の人々は私をテレビで見かけると、わざわざ時間をかけて私にメールを送ったり私に向けてツイッターでつぶやいたりして、私が太っている、あるいは醜い、あるいは太っているうえに醜いと言ってくる。彼らは「典型的フェミニスト」とか「世界一醜い女」といったキャプションを付けて私をミーム化する。グーグル・アラートはときどき私をMRA〔男性権利運動〕信奉者や保守のクソ野郎どもがイベントや雑誌に出た私の写真をもとに私の見た目をバカにして大はしゃぎしているフォーラムへと案内する。私は放っておくべきなのだ。私は軽くあしらうべきなのだ。ああいう残酷なことをするたぐいの人たちは気にかけるに値しないということを心に刻んでおくべきなのだ。私は彼らが本当に憎んでいるのは彼ら自身なのだと心に刻んでおくべきなのだ。

『バッド・フェミニスト』の宣伝をしていたとき、「ニューヨーク・タイムズ・マガジン」〔新聞「ニューヨーク・タイムズ」日曜版の別冊〕のインタビューを受けた。彼らにはインタビューに添える写真が必要で、私の正面顔写真にも私のスマートフォンに入っているスナップショットにもまったく興味を示さなかった。私はニューヨークに行き、素敵なフォトグラファーのスタジオで撮影をした。受付係は背が高くしなやかな、あきらかに副業でモデルもやっている若い女性で、待っている私に水かコーヒーはいかがと尋ねた。

この冊子で、彼らは私の頭からつま先までの全身写真を使った。私はカメラを見つめながら考えていた。「これが私の体。これが私の見た目。驚くのをやめろ」。私がずっと撮られるのを避けてきた類の写真だ。あたかも上半身か首から上だけの写真ならなぜだか私自身を私の体から切り離すことができるとでもいうように。あたかも私の真実を隠すことができるとでもいうように。私は私の真実を隠さねばならないとでもいうように。

フォトグラファーはチャーミングで、ハンサムだった。彼と彼の妻はハドソンヴァレーの家を改築中だった。私がこれを知ったのは彼がその夜の私のイベントに行けないことを詫びたからだ。私は彼がどうやって私のイベントについて知ったのかすら知らない。彼は私に化粧直しは必要ないかと尋ねたが、私はまったく化粧をしていなかったのでただほほえんで「これが私の顔よ」と言った。はじめる前に彼はどんな音楽を聴きたいか尋ね、私はつい「マイケル・ジャクソン」と口に出した。ちょうど心に浮かんだのがそれだったからだ。すぐにマイケル・ジャクソンの声がスピーカーから流れ出し、私は自分が映画の中にいるような気分になった。

事態はどんどん超現実的になっていった。フォトグラファーには彼の望むカメラかレンズを手渡す係のアシスタントがふたりいた。彼は私に立つ位置とアクションフィギュアみたいなポーズの取りかたを説明した。彼は私にくつろいで欲しがったが、私はカメラが自分に向けられているときにくつろぐのは得意ではない。次第にコツが摑めてきて、一度か二度笑顔になった。まるでのびのび過ごしてるみたいに、クールな気分になりはじめた。それからこれらの写真が世に出たときに起こるであろうことが頭に浮かんだ。私は自分がただ存在しているというだけの理由であざ笑われ、貶《おとし》められ、引きずり下ろされることがわかっていた。そんな具合に、いい瞬間は去っていった。

初期の頃、まだ私の写真がオンラインにたくさん出回る前、イベントに参加してもオーガナイザーたちはしばしば私に気づかなかった。ある司書たちの集まりで、ある男性が私に何かお力になれますかと尋ね、私は「ええと、私は基調講演をする者です」と答えた。彼は目を丸くし、顔は赤くなって、「ああ、わかりました、あなたが探しているのは私ですよ」とモゴモゴ言った。こうした反応をする人は彼が最初ではないし最後にもならないだろう。人々は自分たちのイベントで講演をする作家が私のような見た目をしているとは思わないのだ。彼らはまあまあ成功している作家が太りすぎだと知ったときのショックをどうやって隠せばいいのかわからない。こうした反応は、いろいろな意味で痛い。それは人々がいかに太った人々のことを考えていないか、こんな野放図な体を持つ私たちのことを賢くもないし有能でもないと決めつけているかを示している。

イベントがはじまる前から私は信じられないぐらい緊張している。私は自分が何らかのかたちで自分に恥をかかせてしまうのではないかと心配する——私が収まることができない椅子があるかもしれないし、一時間立ち続けていられないかもしれないし、それにあれもこれもと懸念は尽きない。

そして、ときには私の最悪の恐怖が現実になるのだ。『バッド・フェミニスト』の販促ツアーの一環として、私はニューヨーク市のハウジング・ワークス・ブックストアで、ハーパー・ペレニアル〔『バッド・フェミニスト』原書を刊行した出版社〕の一五周年イベントに出た。

床から二〜三フィート〔およそ六一〜九一センチ〕高くなっているステージがあり、そこへの階段は付いていなかった。私はそれを見た瞬間、厄介なことになると悟った。イベントの開始時間がやってきて、他の著者たちはやすやすとステージに上がった。それから、私もそこに上がろうと苦心するのを何百人もの観客が気まずく見つめる拷問的な五分間が続いた。誰かが手伝おうとした。そのうちステージ上の親切な作家、ベン・グリーンマンが私を引っ張りあげ、私は太腿にある筋肉すべてを使った。ときどき、私の体は紛れもない監獄となるのだ。それからの数日間、私は激烈な自己嫌悪でいっぱいになった。ときどき、あの夜の屈辱がフラッシュバックして私は身震いする。

なんとかステージに上がったあと、私は小さな木製の椅子に座り、小さな木製の椅子はひび割れて、私は「吐きそう」そして「きっとこの人たち全員の目の前で尻もちをついてしまう」と悟った。耐えたばかりの屈辱のあとで、私は自分が両方の問題についてじっと黙っているしかないだろうと悟った。私は口の中で戻し、それを呑み込んで、続く二時間にわたってスクワットをした。どうやって自分が号泣しないでいられたのか私にはわからない。私はステージから、あの瞬間から、消えてしまいたかった。恥について重要なのは、それに深さがあるところだ。自分の恥の底がどこにあるのか私には見当もつかない。

ホテルの部屋に戻ったときには、私の太腿の筋肉はボロボロだったが、同時に私はこれらの筋肉の強さに感銘を受けた。私の体は檻《おり》だが、これは私の檻であり、それを誇りに思う瞬間もあるのだ。それでも、ホテルの部屋でひとり、私は泣き続けた。自分がすごく無価値に感じて、すごく恥ずかしかった。言葉では言い表せない。私が泣いたのは、イベントのオーガナイザーたちと彼らの見通しの甘さ、それと自分自身に対して怒っていたからだ。私が泣いたのは世界が私のような体を受け入れられないから、自分の限界に直面するのが嫌だから、徹底的に孤独に感じたから、私は自分が自分の周りに築いた防御の層をもはや必要としていないのにその層を引き剝がすのが想像を超えて難しいからだ。

79

可視性には支払うべき対価があり、それは可視性が極めて高い場合より大きくなる。私には意見があり、文化批評家として、普段からしばしば自分の意見を公表している。私は自分の意見に自信があり、申し訳なく感じることなく自分の視点をシェアする権利があると信じている。この自信は私と意見の合わない人々を刺激しがちだ。私の考えそのものがそこに関与していることは滅多にない。その代わり、議論されるのは私の体重についてだ。「おまえは太ってる」と彼らは言う。あるいは、たとえば、私がツイッターのプロフィールで小さな象の赤ちゃんが好きと公表していると、彼らは象ジョークを言う。もちろん、私こそが象だっていう。

スウェーデンでの販促ツアーの最中、私はここにはスウェーデン版の『最大減量者』があるとツイッターでつぶやいた。知らない人が、私はこの番組のためのアメリカからの輸出品だと言った。私が話しているのが深刻なことかくだらないことかにかかわらず、こうしたハラスメントは常にある。私の体の現実を、私の体がいかに他の人々の神経を逆なでするかを、私の体がどれだけ大きな空間を占めてしまうかを、よくもまあ自分に自信を持てるかを、よくもまあ自分の声を使えるかを、よくもまあ私の声に価値があると信じることができるかを私が忘れることは、決して許されない。私の体「ゆえに」と「にもかかわらず」の両方で。

成功すればするほど、きわめてたくさんの人々の心の中で、私が私の体以上のものになれることはこの先も決してないだろう、と思わされてしまう。私が何を成し遂げようとも、何よりもまず第一に、私は太っているのだ。

80

二〇代を通じて私は一文無しだった。私はとんでもない利子のペイデイ・ローン〔消費者金融業者が次の給料を担保に貸し付ける、利息の非常に高い小口ローンサービス〕を覚えている。たくさんのインスタントラーメンがあった。一度に五ドルずつガソリンを補給した。電話は通じなくなった。何年にもわたって健康保険がなく医者のところには滅多に行かなかった。なぜだか覚えてすらいないが、CATスキャンを受けなければいけなくなって、その返済に何年もかかった。何年も歯医者に行かなかった。私は幸運であるから、これは悲しい物語ではない。これはただの人生であり、そして率直に言って、私は物質的充足に関してはまあ気楽なものだった。私は恵まれている。これまでずっとそうだった。自分の両親は決して私を飢えさせたりホームレスにしたりはしないというセーフティネットがあった。けれど私は、大人がそうすべき通りにひとりで暮らしていて、たいていはすごく、すごく貧乏だった。私は文章を書いていて、誰もその文章には興味を示さなかった。私は自分の作品に打ち込んでいたのだと、今ならわかる。もちろん今でも打ち込んでいるが、しかし当時、私はフィクションとノンフィクションの両方において、自分の声をどう使えばいいのかわかりはじめたばかりだったのだ。学ぶことがたくさんあり、私は書いて書いて書いて読んで読んで読んで望んだ。私は学校へ行き、それから働いて、仕事がどんどんできるようになり、さらに学校へ通い、より良い書き手に、そしてゆっくりと、より良い人間になりつつあった。私はそれほど貧乏ではなくなり、それで問題なく、それほどたくさんではないにしても、自分の生活をうまく回すのに十分なお金を稼ぐことができた。私は過去九年間に二回引っ越しをしていて、引っ越しはお金がかかるものだけれど、それができる余裕があった。最後に出発する前に空っぽの部屋に立ったとき、私はむせび泣いた。よくあることではない。私はすべてを感じることを自分に許した。自分がどれだけ遠くまで来たのかを認めることを自分に許した。これは自慢ではない。これはひとつの地図。

二〇代を通じて、私の私生活は大荒れだった。大荒れ。私は成長し、ようやくあの手の炎が自分を焼き尽くすのを避けるために自分を十分気遣うようになったから、二度とあんなにめちゃくちゃにはならないだろう。私は変わらずめちゃくちゃだが、今は別の種類のめちゃくちゃなのだ。私はたいていそれがどんなめちゃくちゃでどこから来ているのかを特定することができる。ゆっくりとだが助けを求めることを学んでいる。私はたくさんのことを学んでいる。

私の目は大きく見開かれている。どんなものが見えてこようが大丈夫。

私はこうした感情すべてを安全な場所、きちんと収まる場所にしまっておくよう努めている。そうあるべきだから。そして、激しい欲求が生まれる。剥き出しの衝動。呑み込まれる。押しつぶされる。優しさと激しさ、その両方。自制心。この容れ物は嘘。この容れ物は粉々になった。私のあたたかさへと至る道を見つける人がいた。その人は私の地図をその手に収めた。その人はでたらめに弧を描く線をはじめから終わりまでなぞる。

VI

81

病院にはできるかぎり行かないようにしている。なぜなら、私が病院に行くとき、たとえ症状が巻き爪だろうが風邪だろうが、医師にできるのはただ私の体しか見ずに診断を下すことだけだからだ。私はかつて喉の痛みで緊急治療施設に入り、医師が診断結果の欄に、まず「病的肥満」、次に「連鎖球菌咽喉炎」と書くのを見たことがある。

医師は一般的にヒポクラテスの誓詞を守るものだ。そこで彼らは、常に患者の最大の利となる治療を行うと誓う。ただし患者が太りすぎでない場合に限る、だ。私が医師のところに行くのが嫌なのは、彼らが肥満の患者の治療となるとまったくヒポクラテスの誓詞を守りたくなさそうな様子だからだ。「第一に、傷つけるなかれ」の言葉は規格外の体には適用されない。

そこにはただ単純に診察室にいることの屈辱がある。これだけ肥満と健康にまつわる大衆ヒステリーが蔓延しているにもかかわらず、病院には肥満体に対応する設備が整っていないことが多い。体重計の多くは三五〇ポンド〔およそ一五九キロ〕以上の患者を量ることができない。血圧計の腕帯は、すりきれた患者衣と同様、いつも小さすぎる。診察台に上るのは難しい。横たわるのは、自分を無防備にするのは、手足を広げるのは難しい。

そこには体重計の、数字に直面することの、または私の大きさに対応できない体重計に直面することの屈辱がある。そしてもちろん、私の「実際の」体重が量れるよう靴を脱ぎ捨てるパフォーマンスがあり、服をすべて脱ぎ、髪を切って、健康な臓器と骨を全部取り除くことができればいいのにと願う。それならばもしかしたら私は、量られ、測られ、審判されたいと願うだろう。

看護師に体重計に乗るよう言われたとき、私はしばしば断り、自分の体重は知っていると彼女に言う。その数字を喜んでお伝えしますと彼女に言う。なぜなら私が体重計に乗るとき、デジタル表示にあらわれる私の体重への軽蔑または嫌悪を隠すことのできる看護師は滅多にいないからだ。あるいは彼女たちは私に憐れみのまなざしを向ける。私の体はただただ私の体であり、憐れみを要求するものではないから、むしろそのほうが悪いぐらいだ。

診察室で、私は両手をぎゅっと握る。私は防衛態勢で、闘う準備ができていて、そして本当に私は闘わなければならない。私の尊厳のために、基本的な治療を受ける権利のために。医師たちは肥満体に伴う困難について知っているからこそ、私が糖尿病ではないことを知って驚く。彼らは私がたくさんの薬品を服用していないことを知って驚く。あるいは彼らは私の血圧が高いことを知って驚かない。彼らは数字を見て、減量と数値を基準内に戻すことの大切さについて厳しく注意する。私に自分の体を統制するよう強いるためにその専門的知識を使おうとしているとき、彼らはこのうえなくしあわせそうだ。

結果として、私はこれまでずっと公正に親切に扱われる権利があるのに加え、今やいい健康保険に入っているにもかかわらず、本当に必要にならないかぎり医師の診察は受けない。

少なくとも一〇年にわたって折々に私を苦しめている病名が特定されていない慢性の胃の不調があるにもかかわらず、私は病院に行かない。医師はまず何よりも人を傷つけてはならないはずだが、しかしそれが太った体となると、ほとんどの医師は根本の部分でその誓いを守ることができないようだ。

82

二〇一四年一〇月一〇日、最大の恐怖が現実となった。私は自分の部屋にいて、卒論指導を担当している院生たちの小説へのコメントを書いていた。その週はずっと胃が痛かったけれど、よくあることなので全然気にしていなかった。そのうち、トイレに行くときわめて激しい痛みの波がやってきた。「横にならなきゃ」と思った。気がつくと、私は床にうつぶせになって汗をかいていて、でも気分はましになっていた。それから左足に目をやると、それは不自然に曲がって、もう少しで骨が肌から突き出そうになっていた。私は「これはまずい」と悟った。私は目を閉じた。深呼吸しよう、落ち着こう、次に起こりそうなことを考えるのはやめようと努めた。同時に排尿の問題もあったけれど、私のダメな足で対処することはできなかったから、その問題は心の隅に追いやった。

太っていた場合に最も恐ろしいことのひとつが、ひとりでいるときに転んで救命士を呼ばなければならなくなることだ。これは私が長年にわたって心のうちで育んできた恐怖で、足首を骨折したときその恐怖はついに現実となった。

幸いその夜、私はスマホをポケットに入れていたので、トイレの隣の収納スペースまで這っていき、呼び出し音を待った。足は痛みはじめたが、長年にわたって『シカゴホープ』や『ER 緊急救命室』や『グレイズ・アナトミー』などの医療ドラマを見てめちゃくちゃ痛いに違いないと思っていたほどでは全然なかった。

これが起こったのは小さな町、インディアナ州ラファイエットだったから、救急車を呼ぶ電話には速やかに応答があった。優しいオペレーターと通話している最中、私はまるでそれが深い恥の印ででもあるかのように「私は太ってるんです」と口走り、彼は穏やかに「問題ありません」と言った。

何人もの救命士があらわれ、その八三パーセントはすっごくイケてた。彼らは優しく思いやりにあふれ、私の足を見るたびに顔をしかめてみせた。そのうち彼らは添え木みたいな処置をし、私を奇妙な装置で引きずり出し持ちあげて車輪付き担架に乗せ、そこからはもう大丈夫だった。彼らは血管を見つけるのに苦労し、あちこち間違った箇所にあざがいっぱいになった。救命士を待っているあいだ、私は事故に遭ったと私のあの人にメッセージを送った。たいしたことないと思いたかったが、ゆっくりと私は本格的に自分を傷つけてしまったのだと理解した。

病院でレントゲン写真が撮影され、技術者は「あなたの足首は非常に、非常に骨折していますね」と言った。たぶん、普通の骨折と混同しないようにということだと思う。私の足首は脱臼してもいた。その夜のうちに手術をすることはできなかったので、彼らは私の足を整復する必要があった。それはまさにご想像の通りおっかなかった。彼らはフェンタニル、あのマイケル・ジャクソンが眠るために飲んでいたやつを私に与え、あなたは何も覚えていないでしょうと言った。彼らは正しかった。意識を取り戻したとき、私は「今からやるの？」と尋ねた。技師が足をぽんと優しくたたいた。私は製薬産業に感謝した。

他にもふたつばかり異常が見つかった。まず私の心臓の鼓動が不規則なことで、これは何年にもわたってずっとそうだったに違いないと私は確信している。それとヘモグロビン値がとても低かった。彼らは私を家に帰すつもりはなく、私は病室をおさえて、結局そこに一〇日にわたって滞在することになった。お尻がすごく痛くなって、外科的に除去してほしくなった。ほとんど眠れなかった。とりわけ精神状態がよろしくなかった最初のうちは。看護師たちは折々に私の「生命兆候《バイタル》〔生命を保っている状態を示す指標。体温・呼吸・脈拍・血圧・意識レベルを指す〕」を測定し、干渉し、その他の謎めいたいろいろをした。私は触れられるのは嫌いだから、これは普段とは違う経験だった。彼らは、慈悲深いことにきちんと大きな患者衣を用意していたが、しかしその着心地はよくなかった。手の施しようがない人間でいることにはすごくたくさんの屈辱がついてまわる。

この病院では、バイタルを毎日午後一一時と午前三時と午前七時に測定していたので、いつ眠るべきなのか私にはわからなかった。彼らは日中もたびたびバイタルを測定した。この一〇日間に私は病院の慣例についてたくさんのことを学んだ。つまり私はエキスパートになった。隣接した病室には二〇秒かそこらごとに「ねえちょっと」と言い出す女性がいた。彼女は点滴を引っ張り抜くのが好きでトラブルメーカーだった。彼女はお年寄りで、もうずっと誰もお見舞いに来ていない様子だったから気の毒に思った。私はついてなかった。

事故の夜、私は当時シカゴに住んでいた弟と義理の妹にテキストメッセージを送り、「母さんと父さんには絶対言わないで」と告げた。彼らが慌てふためくのはわかっていたからだ。もちろん、弟たちは母さんと父さんに伝えた。私の両親は、事実、慌てふためいた。弟と彼の妻は車を借りて私の様子を見にきた。最初の一日は痛みと混乱のもやがかかっていた。私のヘモグロビン値が低いという理由で整形外科医は手術ができなかったため、私は初めて輸血を受けた。あまりに突然に誰か他の人の血が私の内側に入ってきたことに私は驚いた。整形外科医が信じられないくらい魅力的で、腕がよく、自分の職能においてすごく優秀なうえに、その仕事でたっぷり報酬を手にしている男性らしい自信満々な様子をしているのも、私は楽しんだ。土曜日のことだった。

日曜日、私はふたたび輸血を受けた。したがって私には少なくとも他のふたりの人間の血が流れていることになる。それから整形外科医は、足首が不安定なので手術をしようと決めた。彼らが私を手術室にゴロゴロ運んでいったとき、私は映画『アウェイク』〔二〇一一年、ジョビー・ハロルド監督。全身麻酔の手術中に意識を取り戻してしまった青年の物語〕を観ていたから、絶対に麻酔を余計に打ってと麻酔専門医に言った。彼女は頭を振って、「あのゴミ映画は大嫌い」と言った。物書きについての映画はいつも決まって酷い有様だからその気持ちもわかりますと私は彼女に言った。それでもなお、私は「でも、絶対に私を超ぐっすり眠らせてください」と言った。

その一方で私は、電話で私のあの人とテキストメッセージを交わしていた。彼女はできるかぎり穏やかに動揺していた。彼女は私と一緒に病院にいたがったが、状況がそれを許さなかった。彼女はあらゆるやりかたで私に付き添ってくれて、私は今でもそれをありがたく思っている。

手術室でのことは、酸素マスクが私の顔に下りてきた以外は何も覚えていない。別の部屋で目を覚ました私は、ひとりの淑女が私を見つめているのに気づいて、彼女に見つめられたくなかったので、「見ないで」と言った。それから頭がふたたびぼんやりしてきた。私は弟から、手術はうまくいったけれど私の足首は医師が最初に思っていた以上に壊れていたと聞いた。腱《けん》のあちこちが引き裂かれていた。今、私の足首には金属部品が入っている。私はサイボーグだ。

私がとても親しくしている姪は、手術のあと私をけげんそうな目で見た。彼女は二歳で、私の左足の巨大なギプスをあまり気に入っていない様子だった。彼女はいやいや音だけのキスを送り、自分のことに取り掛かった。彼女は病院のベッドも好きではなかった。それでも、部屋の隅にある車椅子は好きだった。手術後、私が自分の部屋に戻ると、私の両親がもうひとりの義理の妹と姪といとことそのパートナーと共に魔法のように姿をあらわした。つまり、村中みんなで〔ヒラリー・クリントンの著書『村中みんなで　子どもたちから学ぶ教訓』を参照〕というあれだ。ふたたび私は、自分は愛されているのだと思い知らされた。

一〇日間のうちに、私は他の人たちがすごくうるさくいびきをかいたり、唸り声のような音を出したりするのを耳にした。体温は激しく上下した。私は便秘になった。シャワーを浴びたくてたまらなかったけれど、できなかった。ドライシャンプーや全身用サイズのウェットタオルみたいなものを手にした看護師たちに介助されて体を洗った。クスリをいっぱい与えられ、そこのところは本当に楽しんだ。私はこの怪我の重大さと、自分がかなり長いあいだ職務を離れざるを得ないことに向き合わなければならなかった。いくつかのイベントをキャンセルして人々をがっかりさせなければならず、六週間ずっと家に閉じ込められることになった。療養中はオンラインで授業ができるように、勤務先の大学と調整した。

医療スタッフはよく私の面倒をみたけれど、コミュニケーションに長けているわけではなかった。その間ひとりきりでいることは滅多になかったにもかかわらず、私は恐れと孤独と構われたがりの震える塊と化した。すべてに自分のコントロールがきかず、私はコントロールが大好きだから、まさに同時にすべての急所が突かれている状態だった。

私は手術を受けるのを徹底的に怖がっていた。自分にはまだ生きるべき人生がいっぱいあるのだと理解した。私は死にたくなかった。私は「死にたくない」と考えたが、こんな具体的なかたちで死の可能性と直面しなければならなくなったときまで、決して積極的に生きたいとは願っていなかったから変な感じだった。自分がやりたいこと全部、自分が書かねばならない言葉全部について考えはじめた。友達、家族、私のあの人について考えた。

私は怖がるのがあまり上手ではない。私は私の愛する人々を遠ざけようとする。自分には人間の弱さを持つことが許されていないのでは、怖がることは自分を十分にいい人間にしないのでは、と気を揉《も》んでしまう。

入院中、私は最高の状態ではなかった。自分でどうにもできないことが多すぎたし、ベッドはクソちっちゃいし、患者衣は私を安心させなかったし、入浴できなかったし、全然動けなかったし、病院食は酷い有様だったから食べていなかった。私はそんなに泣き虫ではないから、本当に参ってしまいはしなかったが、それも数日後の朝、すぐには家に帰れないと医師から告げられるまでのことだった。

私はべそをかかないよう努めた。映画で繊細な淑女たちが泣くときのように気品ある泣きかたをしようとした、けれど……私は繊細な淑女ではない。看護師が覗きにくると、私は平然としているふりをして目をこすり下唇を噛み、彼らが目をそらすと、ふたたび泣きはじめるのだった。私はあらゆる種類の悲惨な話を口走った。最悪のときだった。たくさんある最悪のときのうちのひとつ。

足首を骨折したとき、みんながすごく私のことを心配してくれて、それが私を混乱させた。私には大きな、愛情に満ちた家族としっかりした友達の輪があったけれど、それらはどこか抽象的で、あたりまえのように思っていたら突然そうではなくなるかもしれないものだった。毎日私に電話をしてくる人、病院のベッドの周りをうろうろする人、私を元気づけるためだけに何かを送ってくる人たちがいた。たくさんのお見舞いのテキストメッセージやメールが届き、私が長いこと自分では完全には理解できない理由で本当ではないふりをしてきたことに向き合わなくてはならなくなった。もし私が死んだら、私を失ったことに苦しむ人々を後に残すことになるのだ。自分は自分の人生に関わる人々にとって大事な存在であり、私には自分を大事にし自分の面倒を見る責任があるということが、ようやくわかった。そうすれば彼らは然るべき寿命が尽きる前に私を失わなくて済み、私はまだ生きられるのだ。足首を骨折したとき、愛はもはや抽象的なものではなかった。それはこのリアルな、いらいらする、ぐちゃぐちゃの、必要なものとなり、自分の人生にはそれがたくさんあったのだ。その理解は圧倒的経験だった。それは常にそこにあったのだが、私は今でもその意味を理解しようと努力している。

あれからもう二年以上の時が経った。私の左の足首はズキズキ痛み、私に「かつて、これらの骨は粉々だった」と思い出させる。

私はいつも癒しとは一体どんなものなのか訝《いぶか》しく思っていた――体における癒し、精神における癒し。心は、魂は、骨と同じようにうまく癒されることができるという考えかたは魅力的だ。もしそれらが一定の時間きちんと固定されていれば、もとのままの強さをふたたび獲得できるというように。癒しはそんなに単純ではない。決して。

何年も前、いつの日か私は、自分が他の人たちのせいで経験させられたことの数々に対する静かだが恒久的な怒りを感じなくなるだろうと自分に言い聞かせた。目を覚ましてフラッシュバックが起こることはない。目を覚まして私の暴力被害経験について考えることはない。ビールのイースト臭を嗅ぐやいなや数秒、数分、数時間、自分がどこにいるのかわからなくなることはない。それからそれから。けれど、そんな日は決して来なかった、あるいはまだ来ていない、そして私はもうそれを待ちはしない。

それでも新しい明日は訪れた。触れられたときのたじろぎはどんどん減っていっている。私は優しさを常に嵐の前の静けさだとみなしはしなくなった。なぜならたいてい嵐はやってこないと信じることができるから。自分自身に対する憎しみは減っていった。私は自分の過ちを許そうとしている。

私の小説『アンテイムド・ステイト』で、主人公のミリは地獄を経験したあと、ときに壊れたものは本当に回復できるようになる前にもっと壊れる必要があるのではないかと考える。彼女は、そういうふうに彼女自身を壊す何かを見つけたいと願う。そうすれば誘拐される前の彼女の人生に戻ることができるからだ。

私は壊れていて、それから私の足首を壊し、ずっと自分が目を背けてきたたくさんのことに向き合わざるを得なくなった。私は自分の体とその脆《もろ》さに向き合わざるを得なくなった。私は立ち止まり、深呼吸して自分自身を気遣わざるを得なくなった。

私はいつも自分が強くないことを気に病んできた。強い人たちは、私がいつのまにか陥っていた被害に遭いやすい状況に陥ったりはしない。強い人たちは私が犯した間違いを犯しはしない。これは何年にもわたって私がでっちあげてきたナンセンスであり、私は誰か他の人にそういう考えかたを捨てさせるくせに、なぜだか自分自身がまだ手放せていない。自分は十分強くないと気に病むとき、私は自分が脆弱でない、壊れない、石のように冷たい要塞で自立しているように見せることに力を注ぐ。たとえ無理なときにすらこの見た目を保たねばならないと気に病む。

二〇一四年一〇月一〇日以前、私はへとへとになるまで働いていた。いつもへとへとになるまで働いて、休みなく、前へ前へと進み、自分は超人だと思っていた。二〇歳のときにはそれができるが、四〇歳になると、基本的に体は「落ち着いて。席について。野菜を食べてビタミンを摂りなさい」と言い出す。足首の骨折後、私はたくさんのことを理解するに至った。これらの理解のうち最も大きかったのは、自分の体を気遣い、自分の体と人間的な関係をどう築くかを学ぶことが癒しの一端となるということだった。

私は壊れて、さらにもっと壊れ、まだ癒されてはいないが、いつかはと信じはじめるようになった。

83

自分の小説を発表したら状況が変わってくるであろうことはまあわかっていたけれど、私はそれに関してかなり腰がひけていた。その理由には、女性が書くとき、たとえそれが創作された作品であっても、著者の私的な物語がその物語の一部とされてしまうことに少々憤慨していたというのもある。

両親はずっと前から私が物書きだと知っていた。若い女の子だった頃、彼らは私が創造性を発揮するよう励まし、私に最初のタイプライターを与え、私が書いた短いお話を読んで、愛情深い親としてそれを褒《ほ》め称えた。しかし私の書くものは、私がたとえばバーンズ&ノーブルに置かれるような本を出していない無名の書き手だった頃には特に、彼らにとってはなんだか掴みどころのないものでもあった。両親は私のほとんどの作品が発表された場であるオンラインマガジンに馴染みがなく、私も自分の作品をわざわざ彼らに読ませようとはしなかった。私の小説「ノース・カントリー」が『アメリカ短編小説傑作選』に収録されたとき、母にそれを伝えると、彼女は「それは何なの?」と尋ねた。

『アンテイムド・ステイト』を出版したときは、両親にははっきり伝えていなかった。『バッド・フェミニスト』での告白に関しては特に沈黙を守っていた。それから「タイム」誌が書評を掲載し、そこで私のレイプについて言及した。それは私の何本かのエッセイを読んだことのある人たちにとっては秘密ではなかったけれど、あの時点で、家族のほとんどには秘密だった。起きたのは家族と話し合ったりはできないことだった。彼らと話すことはできない——あまりにもしんどかった。あの記憶は現在でさえ生々しすぎる。その影響は今でも私についてまわっている。すなわち、それは秘密だったのだ。

あの記事が出た日、父は私に電話をかけてきて「『タイム』の記事を読んだよ」と言った。私は平然としていたけれど、彼が何を言おうとしているのかわかっていた。

その二、三週間前、母は彼女なりのやりかたで私を突っつき、どうして子どもというものはしばしば、すばらしい親がいる子でさえも、自分が体験したトラウマについて親に話すのを怖がるのかについて会話を交わした。私は彼女に、私が書くものの多くは性暴力とトラウマを扱っていると告げた。母と私は、私たちの姪にとって世界がよりよい場所になることをどれだけ望んでいるかについて、そしてもし何か起こった場合にはあの子だったら誰かに相談できるだろうということについて語った。私は母が知っているのだと気づき、彼女と私がすごく似ていること、真実を見つめるよりもその周辺について語るだけで十分だったことをありがたく思った。

「タイム」の記事が出たあとに両親のもとを訪れたとき、父は「どうして私たちに言わなかったんだ?」と尋ね、私は「父さん、私は怖かったの」と言った。「面倒なことになると思ったから」

一二歳のとき、私は起こったことを、彼と彼の友達みんなとのあいだに起こったことを引き起こした私が自分を愛してほしかった男の子としたことすべてを、そしてその後のことをすごく恥じていた。私はそれが自分の過ちだと感じていた。

父は私に正義がもたらされて然るべきだと言った。自分はおまえのために正義を勝ち取っていただろうと彼は私に言い、私はいつもよくやってしまうように内に引っ込んだ。私は電気機器をたっぷり見つめることでそのあとの会話を中断しつつやり過ごした。もっとうまく対応することもできただろうけれど、私は長いことずっと聞きたかったことを聞いていて、崩れ落ちてしまいたくて、でもどうやればいいのかもはやわからないのだった。私の家族は私の秘密を知っている。私は解放された。あるいは私の一部が解放され、私の一部はまだあの森の中の女の子だ。私はずっとあの女の子かもしれない。父と弟たちは名前を求めた。私はこれからも彼の名前を口にしないだろう。

私の家族は前よりも私を理解していて、思うに、それはいいことだ。私は彼らに私を理解してもらいたい。

私は理解されたい。

84

何年か前、あの男の子を検索した。彼がどうなったか知りたかったのだ。珍しい名前じゃなかったけれど、でも彼の名前はジョン・スミスではないから、見つかる可能性はあった。私は探して探して探した。それはちょっとした妄執になった。毎日、彼の名前をグーグルで検索するとあらわれる何百件もの結果をスクロールした。彼の名前と私が彼に出会った州を組み合わせて検索したが、彼はもうそこには住んでいなかった。私は彼が成長して何になったかを推測しようとした——まっさきに浮かんだふたつは政治家か弁護士、と言えばたぶんあなたも彼がどんな種類の人間か推測することができるだろう。私は彼を見つけた。彼は政治家でも弁護士でもなかったけれど、そんなに大きく外してはいなかった。人は変わらない。顔を見たら彼だとわかるだろうかと自問した。わからなくていい。忘れられない顔がある。彼はそのまま変わっていないように見えた。そのまま。年を重ねたように見えるが、それほどではない。彼の髪はより濃い色になっている。私が最後に彼を目にしてから何年も、何ヶ月も、何日も、長い時間が経っているのはわかっている。二〇年以上だが三〇年よりは短い。どこにいても私は彼だとわかるだろう。彼はかつての彼がいつもしていたのと同じ髪型で、てっぺんはフェザーカットでサイドへ流した、本物のつやつやしたカタログ的プレッピー〔名門校のお坊ちゃま、および彼らに特徴的なきちんとしたスタイル〕だ。彼は幅が広い顔をしている。頬はひょっとしたら飲みすぎたかのように赤い。彼は大企業の幹部だ。立派な役職に就いている。彼は西海岸の私のお気に入りの都市に住んでいるから、冬に華氏八〇度〔およそ摂氏二七度〕の気候を楽しみターゲットでスウェットパンツとUGG姿の映画スターたちを目にしているのだろう。彼はかつてと同じキザな表情を見せる。一部の人たち、彼のような人たちに生まれつき備わっている、あの「世界は俺のもの」的なうぬぼれの表情。彼を見つけてからというもの、私はまるで彼がどこかへ消えないよう念を押そうとしているかのように、数日ごとに彼をググった。彼がどこにいるか知らねばならなかった。私は、常に、もしもの場合に備えて、彼と私のあいだの距離をわかっていなければならなかった。なぜ自分があなたにこれを伝えているのかわからない。いやわかる。私はこの本を書くとき、彼をググった。どうしてかわからない。いやわかる。私は何時間も座り込み、彼の会社のウェブサイトの彼のページに載っている写真を眺め続けた。それは私をむかつかせる。私は彼の臭いを嗅ぎ取ることができる。これが未来の有様。次に彼の街に行ったときに彼を見つけ出したらどうだろうと考える。私はよくあそこに行く。あそこの友人たちに私がしていることを言ったら、みんな私を止めようとするだろうから、この計画のことは自分の胸に秘めて待ち、不作為の罪を犯す。待つのは得意だ。私は彼を見つけるための時間を作ることができる。彼は私がわからないだろう。彼が私を知っていたとき、私は痩せっぽちで、もっと背が低かった。私はとても小さくてかわいくて賢かったけれど賢くなかった。私はもはやあの女の子ではない。私は彼を見つけてもありふれた風景に隠れることができる。私は気をつける。彼は私を見ないだろう。彼の視線は私を通り抜けるだろう。私は彼がどこで働いているかを、彼のメールアドレスを、彼の電話番号とFAX番号を知っている。私はそれらを書き留めてはいないけれど、知っている。私はそれらをブックマークしたし、ひょっとしたら記憶している。私は彼のオフィスビルの外の通りがどんな様子かも知っている。グーグルマップのストリートビューのおかげで。そこには椰子《やし》の木がある。彼はいい眺めに恵まれている。これが未来。私が彼に言うことは何もない。いやむしろ、彼に言いたいことは何もない。いやある。もしかしたら彼に言うべきことはいくらでもある。私にはわからない。彼はどこに住んでいるのだろうと思う。もし私が彼の職場まで行って外の駐車場で待機し彼を家まで追跡したら、彼がどこに住んでいるのか、どんなふうに暮らしているのかを知ることができる。私は彼が夜はどこで、どう眠っているのか見ることができる。彼は結婚しているのだろうか、子どもはいるのだろうか、しあわせなのだろうかと思う。彼はよい夫でありよい父親？　彼はかつて一緒に走り回っていた連中とまだつきあいがあるのだろうかと思う。彼らは古きよき日々のことを、私のことを話し合ったことがあるのだろうかと思う。彼は彼らの名前を私に教えることができるだろうかと思う。なぜなら私は彼らをよく知らず、存在は知っていたけれど、その名前はまったく知らなかった。彼はよい人間になっただろうかと思う。私たちが森でやっていたときに下の弟が私たちを見つけ、何週間にもわたって私をゆすったことがあった。彼の言うことをしなければ両親に言いつける、つまり、私は彼のくだらない雑用をこなし、常に、私が悪いカソリックの女の子だと彼が両親に告げ口するのではないかと気に病んで過ごしたのだ。兄弟姉妹の関係は奇妙に邪悪だ。そのとき下の弟は、あいつは嫌なやつだから近寄らないほうがいい、とも私に言ったのだ。おまえはバカだし子どもじみてると私は弟に言った。私は人気者の男の子と秘密の恋をしていた。大事なのはそれだけだった。私が誰かに好かれているから嫉妬しているんでしょうと彼に言った。おまえはただのガキだから理解できないのだと私は言った。私は弟に耳を傾けるべきだった。私もまたガキだったのだ。私の過去のあの男はどんな風にコーヒーを飲むのだろうと思う。なぜなら彼のオフィスのすぐ向かいにスターバックスがあるから。それもグーグルが私に見せたのだ。彼は赤身の肉を食べるだろうか、今でも「プレイボーイ」を見るのが好きだろうか、趣味はあるだろうか、今でも太った子どもたちに意地悪だろうかと思う。私は彼に夢中だった。もし彼がわざわざ頼んできたらたぶん私は何でもやっただろうと思う。みんなはかつてそうだったように今でも彼が好きだろうか？　彼はどんな車に乗っているのだろうか？　彼は両親と仲がいいだろうか？　彼らは前と同じレンガ造りの植民地時代風の家に住んでいるだろうか？　私は彼のオフィスに電話して彼を呼び出した。私がこれをしたのは一度だけではない。私はたいてい即切ってしまう。一度、どうして彼と話す必要があるのか話をでっちあげたら、秘書が彼につないでくれた。あれはよくできた話だった。彼の声を耳にして私は電話を落とした。彼の声は変わっていなかった。私が電話を拾いあげたとき、彼は「もしもし、もしもし、もしもし……」と言い続けていた。長いこと続いた。彼は呼びかけをやめなかった。それはまるで彼が私だとわかっているようで、まるで彼も私をずっと待っていたようで、そして長い時間が経って彼が口を閉じたとき、私たちは沈黙のまま座り、私は彼が切るのを待つけれど彼は切らず私も切らないので私たちはただお互いの息に耳を傾けた。私は身動きできなくなった。彼は私のことを、私が彼に与えなかったものを奪う前に私から与えられていたもののことを思い出すだろうかと私は思った。彼は自分の妻と愛し合うとき私のことを思い出すだろうかと私は思った。彼は自己嫌悪に陥るだろうか？　自分がしたことを思って彼は興奮するだろうか？　私は彼を嫌悪している？　彼は私が彼のことを毎日考えていることを知っているだろうかと私は思った。私は考えていないと言うけれど、考えている。彼はいつも私と共にある。いつも。平穏はない。彼がしたことを私にしそうな男たちを私が探し求めてきたことを、あるいはそういう男たちが私が探し求めていることに気づいて私を見つけてきたことを彼は知っているだろうかと思った。私がどうやって彼らを見つけ、どうやってあらゆるいいものを遠ざけてきたかを彼は知っているだろうかと思った。彼がはじめたことを私が長年にわたってやめることができなかったのを彼は知っているだろうか？　セックスをしているあいだ彼のことを考えないかぎり私が何も感じないことを、私は感じているふりをし、それはすごく上手で、そのうえ彼のことを考えると快楽はすごく強烈で息を呑むということを知ったら彼はどう思うだろうかと私は思った。彼はダモクレスの剣を知っているだろうかと私は思った。彼は常に私と共にある。毎晩、私が誰と一緒にいようとも、常に。もし彼を追い詰めるのなら、私は彼が取り扱っている案件のクライアントのふりをすることができる。私は彼の領域でどう動くべきかわかっている。私はあれこれ見せるよう彼にアポイントを取ることができる。彼はこうなるとは決して予想していなかっただろうけど、私には彼と同じ部屋にいられるだけの金銭的余裕がある。私も立派な肩書を持っている。私は眺めのいい角部屋に違いないオフィスで彼の向かいに座ることができる。彼のデスクは何かを打ち消すように巨大で堂々としているに違いないと私は確信している。どれだけそこに座り続けたら彼は私だと気づくだろうと思う。彼は私を覚えてさえいないかもと私は思う。私の目はずっと変わっていない。私の唇はずっと変わっていない。もし私を覚えていたら、彼はそれを認めるだろうか、それとも気づいていないふりをして私を探ろうとし、このゲームの最終局面を解決しようとするだろうか？　私はどれくらいそこに座り続けているだろうかと思う。私はどれくらいそこに座り続けることができるだろうかと思う。私は自分が何者になったか、どう自分自身を作りあげたか、彼のことがあったにもかかわらず私がどう自分自身を作りあげたかを彼に語るだろうかと思う。彼はそれを気にかけるだろうか、どうでもいいんじゃないかと私は思う。

85

私は私の求める生活に少しずつ近づいてきている。過去一二年間、私はだいぶ不幸に、アメリカの田舎で生きてきた。ひとりの黒人女性として、これはよく言ってしんどかった。正直に言えば、大学院時代は自分がどこに住むか選択の余地がなかったが、私はずっと隠れ続けてきた。少なくとも私の心の中では誰も彼もが細くて締まっていて美しい都会に住むのは気が引けてしまうし、私は人々の目には不愉快な女だ。

私はミシガン州アッパー半島で五年間を過ごした——大学院に進学するためそこに引っ越すまで存在していることすら知らなかった場所だ。私は人口四〇〇〇人の町に住んだ。ポーテージ橋を越えたところの隣の町は、人口七〇〇〇人だった。私の町では、道路標識は英語とフィンランド語の両方で書かれていた。フィンランドの外で最もフィンランド人率が高い町だったからだ。私たちは北の彼方にいたから、私の黒さは脅威というより好奇心の対象となった。私は場違いな女だったけれど、常に危険を感じていたわけではなかった。そこには打ち棄てられた銅山とスペリオル湖の大部分があり、大きな森がすべてに覆い被さっていた。秋は鹿狩り、それはたくさんの鹿肉。冬は終わることなく、はかりしれない量の雪、スノーモービルの唸り声。そこには寂しさがあった。孤独を耐えられるようにしてくれた友達がいた。すべてを美しくしてくれたひとりの男がいた。

イリノイ州の田舎では、トウモロコシ畑に囲まれた町の、何もない草地の隣にある共同住宅に住んだ。この草地は共同住宅を建てたデベロッパーのお金が尽きてくじかれた野望の土地である。広々として緑で、木々が境界線を示していた。秋には、ここを鹿の家族が全速力で横切っているのをよく見た。鹿たちはミシガンを思い出させた。とりわけ来たばかりの頃には、鹿たちは私に「うちに帰りたい」と思わせ、私は自分の心、自分の体がそんな思わぬ場所をふるさととみなしていることにギクリとした。男は追いかけてこなかった。あの男には、どうして私が彼にとって唯一のふるさとである場所で茶色い肌の子どもたちを育てようとしないのか、そうできないのかわからなかった。もっといろいろあったけれど、つまりはそういうこと。夏が終わるたびに、農家の人が草地を刈って干し草をどこかに運んでいった。私はバルコニーに立って彼が働き、決まった手順通りに土地を使えるように整えるのを眺めた。私には仕事がある、と私は自分に言い聞かせ続けた。少なくとも私には仕事がある。この町は前のところより大きい。私はきわめて小さな夢――私の髪を誰かに任せられるところに住むこと――を、叶うかどうかわからないまま胸に育んでいた。スターバックスがあったけれど、他にはあまりだった。寂しさがあった。すべてを醜くさせる、とても、とても不適切な男たちが何人かいた。シカゴから三時間のところだったから、私の黒さは前ほど好奇心を向けられなくなり、前より恐怖の源となった。そしてキャンパスには黒人学生たちがいて、あえて高等教育に進む彼らは度胸があった。地元の新聞には、住民たちが新たな犯罪分子――若々しく黒い野望、黒い喜びの弊害――について怒りの投書を寄せていた。私は寛大な気分のときには、地元住民たちはこの変わりゆく世界の死にゆく町で生きることの恐れを覆い隠すのに怒りを使っているのだ、と信じようとした。

四年後、私はインディアナ州北西部のもっと大きな町、実際のところ小さな都市に引っ越した。最初の数週間、私は電器屋で人種にもとづく選別を受けた。ここでも生きることは決してましにはならなかった。いかに居心地が悪かったか、今ここでも悪いかを嘆くとき、地元の知り合いたちはよく私に、いろいろなかたちで「フーザー〔インディアナ州およびインディアナ州民のこと〕全員がそうじゃないよ」と言おうとする。ソーシャルメディアの男たちがミソジニーについての議論を脱線させようとして「男全員がそうじゃない《ノット・オール・メン》」と言うのと同じように。そこに寂しさがあった。私たちはオールド・サウス〔一七世紀から一八世紀前半にかけイギリスによって北アメリカ大陸に建設された一三植民地のうち、南部のヴァージニア州、メリーランド州、ノースカロライナ州、サウスカロライナ州、ジョージア州を指す（デラウェア州を含める説もあり）。南北戦争前の南部の社会および価値観を指して言う〕

から何百マイルも遠く離れているけれど、南軍《コンフェデラシー》は健在だ。リアウィンドウから白人至上主義者の旗をはためかせた威圧的な黒い軽トラでそこらを乗り回している男がいた。私の歯科衛生士は私がこの町の治安がよくない地域に住んでいると言った。この町には治安がよくない地域なんてない。本当によくない地域は。地元新聞では、住民たちがこの町の新たな犯罪分子について怒りの投書を寄せている。「シカゴから来た人たち」と彼らは言う。黒い人々を指す符号だ。キャンパスでは、プロライフ〔妊娠中絶反対派〕の学生たちが歩道に「プランド・ペアレントフッド〔全米家族計画連盟〕黒人殺しナンバーワン」とか「手をあげろ、中絶するな」とかいったメッセージをチョークで書いて残す。私の黒さは、ふたたび、脅威となる。私は自分が安全だとは感じないけれど、自分がどれだけ幸運か知っていて、もっと不安定な生活を送っている黒人たちはさぞかし安全でなく感じているに違いないと思い巡らすことになる。

都会に住んでいる友人たちはこれまでずっと私にいったいどうやってるのと尋ねてきた――来る年も来る年も黒人らしさに対して優しくない小さな町で過ごすなんて。もともと中西部出身だし、と私は言う。これは事実。そして私は大都会に住んだことはない、これも事実。中西部はいつでも私を受け入れてくれるわけじゃないとしてもやっぱり私の故郷で、中西部は活気ある、なくてはならない場所だと私は言う。私はどこにいても物書きになれるし、学者として職があるところへ行くだけだと言う。あるいは、これらのことを言ってきた。今、私は単純にうんざりだ。私は「ここはもうたくさん」と言い、沸き立つ愉悦に満たされる。

私はどこにいてもしあわせ、あるいは安全に感じることはできないのではないかと心配する。しかし、そこで私は私の黒さが目立たない場所、常に息を吸う権利を主張しなければならないように感じなくていい場所へと旅する。私はすでに自分の家として考えている場所についての新たな夢を育んでいる——明るい空、広い海。私は本当の本当に自分が欲しいものと必要なものにもとづいてわが家を作ることを学びつつある。これからは私の存在がどうあるべきか私の体に指図させない、少なくとも、完全には、と心に決めた。私はこの世界から隠れはしない。

86

私の体と、この体で世界を渡る経験が、思わぬかたちで私のフェミニズムに影響を与えてきた。私の体で生きることは、他の人々と彼らのさまざまな体に共感する気持ちを膨らませた。それは確かに、さまざまな体型の包摂と受容（単なる容認でなく）がいかに重要かを私に示した。大きな女でいること（これは私の体がどんな状態か尊厳のようなものをもって他の人々に慎重に伝えるのに私が使うフレーズ）、それは少なくとも過去二〇年にわたって、私が私であることの一部だったのであり、それは私が私であることの他の部分と同様なのだ。

あの失望と屈辱と試練にもかかわらず、私は自分の体を讃える道を見つけようともしている。この体には回復力がある。あらゆる種類のことに耐えられる。私の体は私に存在の力をもたらす。私の体は力に満ちている。

そして、私の体のおかげで、私は他の体たち、身体能力がそれぞれ違う人々がどのように世界を渡っているかについて、より気を配るようになった。太っていることは障害なのかどうか私にはわからないが、私のサイズは間違いなく私が特定の場所にいられる能力を弱めている。私はたくさんの階段は上れないから、常に場所へのアクセスについて考えている。エレベーターはある？　ステージへの階段はある？　何段？　手すりはついてる？　こうした質問を自分にしなければならないということは、障害を持つ人々が表に出るためにしなくてはならない質問がどういうものであるかの一端を私に知らせる。それは自分がどれほどたくさんのことをあたりまえだと思っているのか、私たちが健常者でいるときどれほどたくさんのことをあたりまえだと思っているのかを私に教える。

グロリア・スタイネムとのイベントがシカゴで開催されたとき、私たちはステージ上に並んで座った。彼女は著書『わが人生の途中（*My Life on the Road*）』の宣伝中だった。私はクールでいようとしていた。だって私の隣に座っているのはグロリア・スタイネムなのだから。私たちの右側数フィートのところには手話通訳者がいた。グロリアと私が話しはじめたとき、観客の一部がざわついているのに気づいた。何人かが、グロリアと私がもっとよく見えるように手話通訳者にどいてほしがっていたのだ。どれだけ見えるかは重要ということで彼らの要求は理解できる。しかし、それは、手話通訳者が聴覚障害を持つ人々から見えるようにすること以上には重要ではない。手話通訳者はあきらかに混乱し困った様子で立ち尽くしステージを見回していた。私は彼女に、他の人たちに私たちの姿が見えることはあなたがちゃんと見えることほど重要ではないから、元いた場所に座るよう言った。それは結局のところ、対話だった。重要なのは、私たちの話を観客「全員」が聞けるということなのだ。

私は自分が特別だとか祝福を必要としているとかでこの話を公表しているのではない。そうではなく、これは私の体の現実があったからこそ、より大きな感受性を持って対応できたいくつかの瞬間のひとつだった。それは私が自分自身を超えて、私たちみんなが他の人々の体の現実をもっと思いやる必要があると理解した瞬間だった。

私はあの瞬間に感謝した。今もしている。私の体がいかに手に負えなかろうと、そのおかげで私はあの瞬間から学ぶことができたのだということを、私は感謝した。

87

もしこの酷いことが起こっていなかったら、もし激しく飢えることに人生をこんなにも費やしていなかったら、私はどんな人間になっていただろうかとよく考える。別のロクサーヌの人生はどんなふうだったろうと、なんだかんだ無傷のまま大人に成長したその女性を想像してみると、彼女は私とは大違いだ。彼女は痩せて魅力的で、人気者で、成功して、結婚して子どもがひとりかふたりいる。彼女はいい職とすばらしいワードローブを持っている。彼女は走り、テニスをする。彼女は自信がある。彼女はセクシーで欲望される。彼女は堂々と顔を上げて街を歩く。彼女は常に怖がっていたり不安だったりはしない。彼女の人生は完璧ではないが、彼女は心穏やかだ。彼女はくつろいでいる。

また別の言いかたをすると、人が心地よく自分の体でいること、それがどれほどの贅沢に違いないかについてたくさん考えてきた。自分の体でいることを心地よく感じている人がはたしているだろうか？　実際、きらびやかな雑誌の数々は、それが滅多にない経験なのだと私に確信させた。友人たちが自分自身の体について話す様子も私を同じ結論に至らせた。私の知っている女性はみんなもうずっとダイエット中だ。私は自分が自分の体でいて快適ではないと知っていて、でも快適になりたいし、それを目指している。私の価値は私の体と厳密に結びついていると言ってくる有害な文化的メッセージを捨て去ることを目指している。私が自分自身に向かって言う憎しみに満ちたすべてを取り消すことを目指している。私は部屋に足を踏み入れるときに堂々と顔を上げ、人々に見つめられたらそのまま見つめ返す方法を見つけようとしている。

自分の体で快適にいられる助けとなるのは減量だけではないということを私は知っている。頭では、私は痩せていることがすなわち幸福であるとは思っていない。もし明日目覚めたら痩せていたとしてもなお、私はほぼ三〇年にわたって持ち運び続けたのと同じ荷物を抱えているだろう。それでもなお私は、残酷な世界の太った人物でいた長い年月の傷あとに耐えねばならないだろう。

その傷あとすべてを消し去ることは決してできないというのが私の最大の恐怖のひとつだ。いつか私はこの傷あとのほとんどを消し去るだろうというのが、私の最大の希望のひとつだ。

88

一二歳のとき、私はレイプされ、それから私は食べて食べて食べて自分の体を要塞にした。私はめちゃくちゃで、それから成長し、あの酷い日から遠く離れて別の種類のめちゃくちゃになった――よく愛しよく愛され、よく生き人間らしく善くあるよう全力を尽くすひとりの女だ。

私はかつてなく癒されている。私は自分がもしこうでなければなれたかもしれない女の子には決してなれないということを受け入れたのだ。私は今なおとり憑《つ》かれている。今でも思わぬきっかけでフラッシュバックが引き起こされる。私は特別な種類の親密さを分かち合っている人以外に触られるのは嫌だ。特にひとりのときには、男性の集団に警戒心を抱いてしまう。私は悪夢を見るけれど、その頻度はだいぶ少なくなった。私は私をレイプした男の子たちを決して許さないし、許さないことに一〇〇パーセント納得している。なぜなら彼らを許すことは私を何からも自由にしないからだ。自分がしあわせかどうかわからないが、しあわせが十分私の手の届くところにあるのが見えるし感じることができる。

だけど。

私はかつての私と同じ怯える女の子ではない。私は正しい人々を招き入れてきた。私は自分の声を見つけた。

私は他の人たちがどう思うかを以前ほど気にしなくなりつつある。私のしあわせの基準は減量ではなく、むしろ自分の体でいてもっと快適に感じることにあるのだとわかりつつある。私は、女性が自分の人生をどう生き自分の体をどう扱うかを指図しようとしすぎの有害な文化的規範への挑戦に、ますます真剣に取り組みつつある。私は自分の声を自分のためだけでなく、その人生が目を向けられ耳を傾けられることを求める人々のために使う。私は一生懸命働き、こんなことになるとは思いもしなかったキャリアを楽しんでいる。

私は少なくとも私の一部が人生最悪の日から立ちあがったことを感謝していて、今の私自身を変えたくない。

私はもう私が築いた体の要塞を必要としていない。私はその壁のいくらかを取り壊す必要があり、この解体工事からどんないいことが期待できるかはさておき、これらの壁は私のために私だけで壊す必要がある。私はそれを、自分自身を破壊できなくすることだと考えている。

この本を書くことはこれまで私がやったことのうちでいちばん難しいことだった。無防備に自分を晒すのは簡単ではなかった。自分自身と、私の体で生きるのはどんなものだったかに向き合うのも簡単ではなかった。でも私がこの本を書いたのは、それが必要だと感じたからだ。私の体のメモワールを書くことで、私の体の真実をあなたに語ることで、私は私の真実を共有させていて、その真実は私だけのものだ。その真実があなたの聞きたいものではなかったとしても、それは承知の上だ。私だって真実に向き合うのは気まずい。しかし私は、これが私の心、心からのもの、とも言っている。ここで私は私の飢えの獰猛さをあなたに見せている。ここで私は、ついに自分を解放して、無防備かつひどく人間的でいる。ここで私は、その自由をおおいに楽しんでいる。ここで。さあご覧なさい、私が何に飢えているか、私の真実が私に何を創り出させたかを。

謝辞

このメモワールに収められた文章は、グッド、ティン・ハウス、オートストラドル、ザ・トースト、xoジェーン、ブレヴィティに別のかたちで発表されたものだ。

『ロー&オーダー：性犯罪特捜班』に感謝を。これがいつもテレビで放映されていたおかげで、私は本書を書くにあたってどこか自分とバックグラウンドが似ているものに恵まれた。

この本をすごく猛烈に、すごく徹底的にサポートしてくれたハーパーコリンズのマヤ・ジヴ、カル・モーガン、ケイト・デズモンド、アマンダ・ペルティエ、エミリー・グリフィンにも感謝したい。この本を最初に企画したマヤは、いつも最高に情熱的なチャンピオンで、エミリーは惜しみなく洞察に富んだ編集で本書をこのように形づくる助けをしてくれた。

私のすばらしい出版エージェントのマリア・マッシー、私の映画・テレビエージェントのシルヴィー・ラビノー、私の講演エージェントのケヴィン・ミルズとトリニティ・レイ、そして私の弁護士レヴ・ギンズバーグら「チーム・ゲイ」にありがとう。

サラ・ホロウェルにありがとう。私がミッドウエスト・ライターズ・ワークショップで出会った美しく若い女性は、私に空間を占め自分の体を擁護する権利があることと、ありのままの自分の体で美しく感じることについて、彼女には知る由《よし》もないほどよく教えてくれた。

私の友人たち、リサ・メーチャム、ローレンス・ジョセ、アリッサ・ナッティング、ジャミ・アッテンバーグ、モリー・バックス、ブライアン・リャン、テリー・マクミラン、リディア・ユクナヴィッチ、メンサ・デマリー、ブライアン・オリウにありがとう。私がうっかり忘れている誰かにもありがとう。私はいつも誰かを忘れて謝っている。

いつも無条件で私を愛し、私がいつでも家に帰れるのだとしっかりわからせてくれた私の家族にありがとう――マイケルとニコール・ゲイ、マイケル・ゲイJr、ジャクリン・カムデン・ゲイ、パーカー・ニコール・ゲイ、ジョエルとヘイリー・ゲイ、ソニー・ゲイ、マーセル・ラフ、メスミン・デスティン、マイケル・コスコ。

私が『飢える私』を書く勇気を見つけられたのは、私の親友トレーシーのサポートのおかげだ。ありのままの私を見て、ありのままの私を受け入れ、私にスナップチャットの使いかたを教え、いつも私を笑わせてくれる。ありがとう、ありがとう、ありがとう。

訳者あとがき

『飢える私　ままならない心と体』(*Hunger: A Memoir of (My) Body*)は、ロクサーヌ・ゲイの二冊目のエッセイである。ブログ、SNS、ウェブマガジンなどのオンラインメディアで熱烈な支持を集め、初のエッセイ『バッド・フェミニスト』の成功を経て、現在では小説家としても批評家としてもきわめて高い評価を獲得している彼女が、世間一般に「標準的」とされる姿から外れた体で生きることについて綴った、文字通り渾身の一冊だ。

ひとりひとりの個人的な経験と私たちの生きる現代社会の構造とが分かちがたく結びついていることを巧みに照らし出して人気作家となった彼女。その筆致は自身の体と心を見つめた本作においてひときわ切れ味鋭く、かつ感情豊かだ。日本では俗にロスジェネとか氷河期とか呼ばれてしまっている世代のはじめのほうにあたるひとりのハイチ系アメリカ人女性の半生記として、本作は彼女だけの固有の物語であるのと同時に、世紀をまたがったこの四〇年余りのアメリカ社会についても多くを教えてくれる。自らの置かれた複雑な立場と決してひとことでは言いあらわせない入り組んだ想いを正直に根気強く伝えるその言葉は、他者への想像力をはたらかせるとはどういうことか、また自分は何者であるのかを読む者それぞれに考えさせるだろう。

著者は二〇一七年に本作と小説の短編集『むずかしい女たち』（小澤英実・上田麻由子訳　河出書房新社）を発表した後も、ますます精力的に執筆・講演・教育活動に取り組んでいる。二〇一八年には性暴力についてのアンソロジー『*Not That Bad: Dispatches from Rape Culture*（そこまで悪くない：レイプ・カルチャー緊急報告）』を編纂し、歴史ある短編小説アンソロジー『*The Best American Short Stories*（アメリカ短編小説傑作選）』のゲストエディターも務めた。また、『飢える私』のテーマを直接に引き継いだ仕事に、文章を書いて発表する場（ブログのようなもの）とコミュニティ機能を提供するオンラインプラットフォーム「Medium《ミディアム》」で展開した『Unruly Bodies（ままならぬ体たち）』と題する「ポップアップ・マガジン」がある。彼女はここで二五名の書き手を選出したのに加え、『飢える私』後の自身の体にまつわる大きな決断について告白しているので、興味のあるかたはぜひアクセスしてみてほしい。

『バッド・フェミニスト』の訳者あとがきに、ロクサーヌ・ゲイのツイッターのフォロワー数は一五万八〇〇〇人と書いた。あれから二年余りの時を経て、現在、その数はなんと五五万六〇〇〇人に達している。これまでの常識が猛スピードで書き換えられ、書く／読む経験のありかたや作者と読者の関係も激しく変化しつつある時代の先頭を走る彼女がどこへ向かうのか、引き続き注目していきたい。

この作品の翻訳にあたっては編集の内藤寛さんと高尾豪さんにたいへんお世話になりました。亜紀書房のみなさまをはじめ、出版に携わったすべてのかたに感謝を捧げます。

途方に暮れてしまうほど複雑で残酷極まりないこの世界で、日々迷いながらも自分の声を見つけようともがいている誰か——もしかしたらあなたかも——が、この本から何かのヒントを摑んだり励まされたりすることを、訳者として心から願っています。

二〇一八年一月　　野中モモ

［著者］
ロクサーヌ・ゲイ
Roxane Gay

1974年米国・ネブラスカ州生まれ。ハイチ系アメリカ人の作家。大学で教鞭を執りながら、フィクション、ノンフィクションの両方の分野で執筆活動を行う。2014年、初のエッセイ集『バッド・フェミニスト』がベストセラーに（邦訳版小社刊）。同年刊行された長編小説『アンテイムド・ステイト』は映画化計画が進行中。他にマーベル社のコミック『ブラックパンサー：ワールド・オブ・ワカンダ』のストーリー等も担当。2017年には短編小説集『むずかしい女たち』（河出書房新社）を上梓。本作は2冊目のエッセイ集となる。

［訳者］
野中モモ

ライター、翻訳者。ロクサーヌ・ゲイ『バッド・フェミニスト』（小社刊）、レイチェル・イグノトフスキー『世界を変えた50人の女性科学者たち』（創元社）、ダナ・ボイド『つながりっぱなしの日常を生きる ソーシャルメディアが若者にもたらしたもの』（草思社）、アリスン・ピープマイヤー『ガール・ジン 「フェミニズムする」少女たちの参加型メディア 』（太田出版）など訳書多数。著書に『デヴィッド・ボウイ 変幻するカルト・スター』（筑摩書房）、共編著書に『日本のZINEについて知ってることすべて』（誠文堂新光社）がある。

飢える私　ままならない心と体

2019年3月22日　第1版第1刷発行

著者　ロクサーヌ・ゲイ
訳者　野中モモ
装丁　名久井直子

発行所　株式会社亜紀書房
〒101-0051
東京都千代田区神田神保町1-32
電話　(03) 5280-0261
http://www.akishobo.com
振替　00100-9-144037
印刷　株式会社トライ
http://www.try-sky.com

ISBN978-4-7505-1577-9